마흔에

꽃피운 삶을
고백합니다

마흔에 꽃피운 삶을 고백합니다

독서와 평생교육으로 나다움 찾기

초 판 1쇄 2024년 10월 18일

지은이 이선희
펴낸이 류종렬

펴낸곳 미다스북스
본부장 임종익
편집장 이다경, 김가영
디자인 윤가희, 임인영
책임진행 안채원, 이예나, 김요섭, 김은진, 장민주

등록 2001년 3월 21일 제2001-000040호
주소 서울시 마포구 양화로 133 서교타워 711호
전화 02) 322-7802~3
팩스 02) 6007-1845
블로그 http://blog.naver.com/midasbooks
전자주소 midasbooks@hanmail.net
페이스북 https://www.facebook.com/midasbooks425
인스타그램 https://www.instagram.com/midasbooks

ⓒ 이선희, 미다스북스 2024, *Printed in Korea*.

ISBN 979-11-6910-848-5 03810

값 19,000원

🐕 **미다색북스**는 다음세대에게 필요한 지혜와 교양을 생각합니다.

마흔에
꽃피운 삶을
고백합니다

독서와 평생교육으로
나다움 찾기

이 선 희

미다스북스

위대한 코칭 멘토의 탄생과
아름다운 삶의 스토리를 엿보며

누구에게나 인생의 스토리는 있다고 하지만, 이 글은 매우 감동적이고, 상상 그 이상이었습니다. 추천의 서문을 써 달라고 해서 승낙을 했지만, 막상 책을 다 읽고 보니, '잘못하면 내 글이 누가 될 수 있겠구나.'라는 걱정이 앞섭니다.

이 책은 많은 인생 이야기와 철학을 담고 있습니다. 경영전략을 전공한 교수로서, 긴 시간 저자를 보아온 사람으로서, 몇 가지로 본서의 요약 및 감회를 적어 볼까 합니다.

첫째, 신념과 철학이 있는 삶은 아름답다는 것입니다. 예전에 저의 스승님 중 한 분께서 교수는 두 가지를 잘해야 한다고 말씀하셨습니다. 즉, 본인의 공부와 제자들을 가르치는 일을 무엇보다 우선해야 한다는 것입니다. 나머지는 부수적인 일이니, 본업을 잊지 말라는 뜻이라고 생각하며,

지금도 그러한 가르침에 부응하려고 노력하고 있습니다. 저자 또한 본인의 철학과 신념에 따라 삶을 살아 낸 분이라고 생각합니다. 어린 시절과 부모님, 가정일까지 드러내기 쉽지 않은 내용이 적나라하게 기술되어 있고, 그러한 삶 속에서 어떤 선택을 하였는지 알 수 있었습니다. 저는 글 읽는 중간중간 멈추어서, 과연 제가 그러한 환경에서라면 어떤 선택을 할 수 있었을까 반문하곤 했습니다. 삶에 답이 있다고 생각하지는 않습니다. 다만, 선(善)과 사랑을 기반으로 한 공부와 코칭에 대한 신념과 열정은 누구라도 박수를 보내지 않을 수 없을 것입니다. 그리고, 그러한 여정에서 독서가 올바른 길을 인도하였겠다고 생각합니다.

둘째, 현실을 직시하고, 그 속에서 '차선의 길'을 찾아야 한다는 것입니다. 살다 보면 어떤 결정을 해야 할지 어려운 경우가 많습니다. 저자의 경우, 무조건 도피도 아니고, 그렇다고 저절로 이끌려지는 대로 가는 것이 아닌, 삶의 상황 안에서 최선이라고 생각되는 차선의 길을 선택했다고 합니다. 즉, 가정과 자신의 목표, 그리고 전체의 행복한 삶을 위해 그 나름 최선의 길을 찾지 않았나 생각됩니다. 자신의 기준과 신념을 갖고 이러한 삶의 결정을 하는 것, 쉽지 않다고 생각합니다.

셋째, 끊임없는 성찰과 도전 정신을 통한 '성장'이 중요하다는 것입니다. 저자는 쉽지 않은 삶의 무게에서 열정과 독서, 그리고 성찰을 통해 본인의 삶의 방향을 결정하였고, 특히 하루하루 삶에 조금씩 더 성장하는 모습은 감동이었습니다. 성장하는 삶은 아름답습니다. 우리는 나이가 들어서 성장을 멈추는 것이 아니라, 성장을 멈출 때 비로소 노년기가 찾아온다고 생각합니다.

넷째, 자신의 중요성을 잊지 않되, 친척, 가정, 지역 사람들, 제자 등 '관계된 사람들과 더불어 사는 삶이 아름답다.'는 것입니다. 손주를 돌보느라, 남편의 회사를 도와주느라 적지 않은 인생의 큰 부분을 희생했고(?), 결국 그러면서도 본인의 목표를 잊지 않았습니다. 무조건 자신의 성취를 내세운 것이 아니라, 더불어 사는 삶의 중요성을 마음 깊이 엿볼 수 있었습니다. 끝부분에 저자가 염원하는 '한 가정에 한 코치 만들기'는 어쩌면 진정으로 모든 가정에 필요한 필수 사항이 아닌가 생각되며, 본인이 힘닿는 한 그러한 일을 즐겁게 해 나간다는 목적의식은 타인과 자신을 동시에 생각하는 아름다운 여정이 아닌가 생각해 봅니다.

파울로 코엘료의 책 『연금술사』에서, 책이 마무리되고 마지막 에피소드가 나옵니다. 거기서 성모님이 아기 예수님을 안아 볼 수 있는 자격을 준 사람은 황금을 기부한 사람이 아니라, 보잘것없어 보이나, 공으로 아기 예수님을 웃음 짓게 한 수사님임을 생각나게 합니다.

제가 과연 이 책의 추천사를 쓸 자격이 있는지! 모든 꿈과 희망을 품고 어려운 일상을 살아 내고 있는 예비 독자들에게 감히 일독을 권합니다. 또 다른 감동과 지혜를 선사할 것이라 확신합니다.

저자의 삶과 글에 박수를 보냅니다.

2024년 무더위를 보내고

이제 가을인가 싶은 어느 날

충북대 경영대학의 연구실에서

정진섭 교수

들어가는 글

삶은 여정 자체로서도 보상이다.

스티브 잡스

'마흔에 꽃피운 삶을 고백합니다.'

　살다 보면 강풍도 만납니다. 인생은 폭우 속에 떠 있는 종이배 같은 운명, 배 모서리 단단하게 붙잡고 진보적인 발걸음 걸을 수 있어야 합니다. 삶의 수 없는 복병을 벽이라고 말하고 싶습니다. 뛰어넘기 어렵고 잘 해결되지 않는 문제들, 장애물이라는 거대한 벽을 만날 때, 나는 책을 읽었습니다. 인생은 책입니다. 책 안에서 희망을 만납니다. 좋아하는 글 한 문장이 나의 삶에 지속적 힘을 줍니다. 문제가 생겨서 한계에 부딪히거나 넘어서야 할 때, 절망의 순간에서도 담쟁이 넝쿨처럼 혼자가 아닌 함께 그 벽을 올라갑니다. 더불어 살아가기 위해 견디고 버텨냈습니다. 어쩌면 더 잘 살고 싶어서 수많은 반대 속에서도 책을 읽고 공부하며 살고 있는지도 모릅니다. 책은 내 삶의 위안소이며 소생의 문입니다. 인생의 새로운 문을 열어 준 것이 책이었습니다. 일단 읽다 보면 생각이 바뀝니다. 의식이 확장됩니다. 자신도 모르게 예전에 생각하지 못한 방향으로 전환하도록 돕습니다. 같은 문제도 다르게 볼 수 있는 높은 시선이 생깁니다.

말 공부를 오랫동안 해 왔습니다. 배우고 익히고 말하기를 20년 이상 멈추지 않고 달려온 말하기 전문가입니다. 떠도는 불안 속에서 저를 단단하게 잡아 준 것은 평생교육으로 만난 말하기와 늦은 나이에 인연이 된 읽고 쓰기입니다. 말하기에서 쓰기로의 전환은 자연스럽게 일어나고 있습니다. 읽고 끝나는 것이 아닌 보여주고 전달하는 일, 즉 쓰기는 삶을 응시하는 일입니다.

예전에는 자신의 단점, 약한 부분을 좋아하지 못했습니다. 과거의 자신을 인정하지 않고 흠결 있다는 생각으로 일관되게 살았습니다. 자신의 부족했던 삶을 관대한 시선으로 끌어안지 않았습니다. 항시 더 나은 미래에 초점을 맞추고 살았습니다. 상처는 드러내야 회복할 수 있다는 것을 알지 못했습니다. 소설가 김연수 씨는 "글쓰기는 아랫도리 벗고 남들 앞에 서는 것"이라고 말합니다.

생각지 않게 글쓰기를 만났습니다. 말하기보다 어려운 일은 쓰기의 고통입니다. 이 한 권의 책을 쓰기 위해 수많은 기억을 더듬고 메모를 찾았습니다. 사부작사부작 쓴 메모장들이 많습니다. 매주 세 번 이상은 글쓰기 커뮤니티, 자이언트 북 컨설팅에 들어가서 공부하면서 쓰고 지우기를 반복하며 세상에 나온 책입니다. 줄탁동시라는 말을 좋아합니다. 초보 작가는 스승이 톡톡 알을 두들겨 줄 때 반응을 통해 글이 깨어 나옵니다. 그 호응을 책으로 출간하여 저와 비슷한 상황에서 어려움을 겪고 있는 주부를 한 사람이라도 돕고자 하는 마음입니다. 강의와 독서 모임을 통해 주부들을 만납니다. 방황하는 모습들을 볼 수 있네요. 그 문제는 '스스로 행하면서 걸어가는 길'에서 구할 수 있지요. 현재는 불확실성이 높은 시대입니다. 지혜가 있는 독서를 통해 자기 계발을 꾸준히 하면서 알아챈 일은, 좋은 문장을 자주 만나 읽으면서 실천하려고 노력하니 삶이 조금씩 나아진다는 것입니다. 계획은 풍만하게 실행은 소심하게 했던 사람이 매일 그냥 쓰고 있습니다. 쓰는 일로 세상을 반딧불처럼 조금씩 밝혀 주고 싶습니다.

이 책을 쓰게 된 배경은 경력 단절 주부들에게 희망의 메신저가 되고 싶었습니다. 뭐든지 시작하려면 말리고, 못 하게 하는 주변 장애물 때문에 앞으로 나아가지 못하는 4050 주부들에게 적극적인 실천력과 경험으로 삶은 버티고 견디고 넘어서면 이겨 낼 수 있다는 것을 알리고 싶습니다.

1장 '나를 성장할 수 있게 한 원동력, 결핍'은 가난과 장녀라는 이유로 제때 가지 못한 학교와, 어린 나이에 들어간 직장 이야기로 시작됩니다.

성장하고 싶지만, 결혼한 여성으로서 주변 챙기는 일에 먼저였네요. 자신을 구할 수 없던 시절, 두려움과 방황을 겪으며 앞으로 나아가는 모습입니다. 경력 단절 주부에서 시작하여 수많은 어려움에도 불구하고 독서와 글쓰기, 동화구연, 스피치 공부로 자신이 원하는 일인 강사로 나아가는 경험 과정을 집필했습니다. 강사가 되기 위해 극복한 고통 덕분에 내가 가장 좋아하는 일, 읽고 쓰는 삶 지금까지 하면서 삽니다. 마흔 이후의 삶을 선물처럼 지니고 열정적으로 살아 낸 이야기입니다.

2장 '경력 단절 주부의 고군분투기'는 집에서 아이 키우고, 남편 회사 돕던 주부가 자신이 하고 싶었던 일, 간절하게 원했던 일을 찾아가는 과정에서의 망설임, 두려움 장애물 등 주변의 압박과 설움을 물리치는 과정을 적나라하게 보여 줍니다. 경력이 단절되었던 사람들도 자신이 하고 싶은 것 있다면 적극적인 행동과 배움을 통해 이룰 수 있다는 것을 보여 줍니다. 성장으로 나아가기 위해 거쳐야 하는 필수 단계는 원하는 목표를 정확하게 설정하고 비전 또한 이룰 수 있도록 실천하는 일입니다. 새로운 지식을 배우고 자기화하는 과정, 배운 것을 복기해서 다른 사람에게 전달하는 일. 강사가 잘해야 하고 좋아해야 할 수 있는 일입니다. 매일 반복하면서 공부하고 나누었습니다. 나의 철학적 가치는 '배워서 남 주자!' 입니다.

3장은 '행동은 반드시 미래의 성장을 선물한다'입니다. 마음과 몸은 변화하고 싶은데 예전과 같은 환경에서 변화라고 말만 부르짖는 사람들이 있습니다. 환경도 바꾸고 행동도 변화시켜서 내가 간절하게 하고 싶었던 일을 해내는 과정을 자기 계발이라고 합니다. 열정과 의지는 수시로 흩어집니다. 그럴 때는 요즘 '트랜서핑'이란 말처럼 조금 다른 환경을 만들어 보는 것입니다. 이 장은 저자가 평생학습으로 성장하고 발전하는 단계를 보여 줍니다. 새로운 공간 글쓰기 책 쓰기 모임에 들어오니 책을 쓸 수 있습니다. 이것이 환경이며 새로운 행동으로 거듭 나아갈 수 있는 공간과의 연결입니다.

4장 '성장하고 싶다면 미친 듯이 계속하라'는 매일 반복되는 일과 중에서 미친 지속성을 가지고 꾸준하게 계속하는 일이 인생을 변화시키고 진보시키는다는 걸 보입니다. 하루아침에 성공이 아닌 시작의 첫 발자국, 도전과 실패 속에서 답을 찾는 것이 성장입니다. 다른 사람의 인정과 관심에 목이 말랐습니다. 그때는 자신보다 원 가족을 더 소중히 여겨 고통과 역경에 부딪혀 죽으려 했던 순간도 있었습니다. 큰일을 겪은 후 우리는 가장 소중한 자기 자신과 결혼해야 한다는 중요함을 깨달았지요. 이제는 자신이 원하는 길을 걸어가고 있습니다. 딱 한 번뿐인 내 인생 내가 살고 싶은 대로 한번 살아 보는 것입니다.

손주인 유한과의 만남은 또 다른 삶의 기쁨을 느끼게 하고 설렘을 줍니다. 별에서 온 아이와 만남을 통해 삶의 맛과 멋을 깨닫게 됩니다. 손주 덕분에 머리에서 가슴, 발까지 사랑을 나눌 수 있는 사람으로 변화합니다. 희망 있는 고생을 통해 할머니와 엄마를 넘나들었습니다.

5장은 '마흔에 꽃피운 삶을 고백합니다'입니다. 나답게 살기 위해 견디고 버티고 올라섰습니다. 일을 통해 두근거리는 삶을 살고 싶었고 축제처럼 자유로운 삶을 얻기 위해서는 경제적으로 독립을 갈망했습니다. 내가 선택한 독서와 평생교육을 통해 좋아하는 일, 하고 싶었던 일, 가고 싶었던 길을 가려면 역경과 장애물을 헤치며 묵묵히 가야 했습니다. 부모한테 배운 또 하나의 가치는 내가 뿌린 씨앗, 가족도 책임져야 한다는 철칙입니다. 사명과 비전을 통해 인생 목적을 알고 가는 길, 그 길에는 내가 선택한 사람들도 포함되어 있습니다. 그들과 함께 곤경을 겪으며 살아온 삶, 차곡차곡 살아 낸 과정입니다. 내 인생 나답게 살려고 발버둥 친 이야기, 그 속에 한 가지 강조하고 싶은 것은 어떠한 상황에서도 나를 챙기는 시간이 반드시 필요하다는 것입니다.

이 책은 삶의 비난과 불평이 가득했던 마흔 살 전과 공부하고 깨달은 마흔 살 이후, 꽃피운 변화와 성장 고백을 담고 있습니다. 예전에는 상대를 원망하고 투덜거리며 부정적인 생각이 제 머릿속에 가득 차 있었습니다. 그러나 공부하고 나누고 도전하면서 '나답게 세상에 존재'하고 싶었습니다. 읽고 쓰는 삶을 시작한 후 다른 사람 인정이나 욕구에 덜 휘둘리고 단단해지는 자신과 만나게 됩니다. "인정받는 가장 좋은 방법은 아예 인정 자체가 필요하지 않은 것이다." 『훔쳐라, 아티스트처럼』에 나온, 이런 문장을 통해 자신을 스스로 알아주고 돌보게 되었습니다.

가족과 자신을 살피기도 바빴던 사람이 다른 사람의 삶을 돕기 위해 독서 모임을 운영하며 읽고 쓰는 삶에서 나누는 삶으로 성장하고 있습니다. 작은 기부자가 된 것입니다. 독서 모임을 통해 재능도 기부하고 매달 적은 금액이지만 일정한 금액도 기부합니다. 내가 사는 동네, 넓게는 청주가 신비한 읽기와 쓰기로 밝고 맑은 도시, 활력 있는 도시로 재탄생되는 그날까지 말입니다.

지금까지 제가 성장하도록 도와준 스승님들께 감사드립니다. 이은대 작가님, 정진섭 교수님, 한규섭 교수님, 이영희 선생님, 강경희 선생님. "무엇으로 성장했는가"에 대한 답변은 스승님들 덕분이었습니다.

자기 일한다고 에너지 밖에 있는 아내를 소리 없이 후원하고 지지해 준 남편 고맙습니다. 두 아들과 며느리에게도 고마움 전합니다. 사랑하는 손주들 덕에 더 열심히 살고 있습니다. "유한아, 도윤아, 나윤아! 사랑해."

콘텐츠 멘탈 코치 해냄 이선희

마흔에 꽃피운 삶을 고백합니다

차 례

제 1 장

나를
성장할 수 있게 한
원동력, 결핍

1
첫 결핍은 중학교 졸업 후

절망의 순간에도 우리 안에는 변화를 이끌 힘이 있다.

버락 오바마

학교에서 오자마자 가방을 휙 던집니다. 빨리 뛰어나가지 않으면 엄마에게 잡힙니다. 아니나 다를까 밖으로 나가는 순간 엄마가 "이선희 너 빨리 안 와!" 하며 뛰기 시작합니다. 아! 우리 엄마 달리기 선수라도 저렇게 잘 뛸 수는 없습니다. 얼마 가지 못해 잡힙니다. 이유 없이 흘러가는 물은 저를 조롱하듯 바라보고 있습니다. 엄마는 나를 그 물에 밀어 넣고 "그렇게 살려면 죽어!" 나는 속으로 외칩니다. '엄마가 맞아? 딸에게 누가 이렇게 함부로 해.' 나는 물에 젖은 채로 엄마에게 끌려 나옵니다. 생각하고 또 생각합니다. '난 주워 온 딸이 맞아! 빨리 커서 이런 상황을 벗어나야지.' 이런 일은 되풀이되는 엄마와 저의 모습이었습니다.

어느 날 엄마가 철이 없는 나를 앉힙니다. "우리 이제 이곳을 떠나야 한다.", "왜요?", "우리 집 망했어." 나는 깜짝 놀랐습니다. 우리 집은 장호원읍 4구에서 만물상회라는 가게를 운영하는 손님이 많은 집이었죠. 나중에 안 일입니다. 엄마는 초등학교도 나오지 못해 한글을 모르셨고, 그러면서 장사를 해 오셨습니다. 그 시절에는 외상을 줘야 장사가 된다는데, 누구에게 얼마를 줬는지 모르니 이익을 남길 수 있었을까요. 엄마는 문맹이었고 그 사실을 가족에게 솔직하게 털어놓지 않았습니다. 사람은 좋지만, 늘 술에 취해 돌아오시는 아버지는 우리 가족을 잘 건사할 능력이 없으셨지요. 그 시절은 이에리사 선수가 탁구에서 명성을 떨칠 때라서 저는 시간만 나면 엄마 몰래 가게에서 돈을 꺼내어 탁구장으로 갔습니다. 우리 가족은 서로 얼마나 힘들고 고통스러운지 어떻게 도와주어야 하는지 방법을 몰랐습니다, 알려고 애쓰지도 않았지요. 결국은 사는 곳을 잃고 새로운 터전으로 떠나게 되었습니다. 엄마가 남은 재산을 처분했습니다. 돈을 빌려준 분들에게 나누어 주고 우리는 고향을 떠나야만 했습니다.

엄마는 "선희야." 제 이름을 부릅니다. 서울에 엄마 친구가 있으니, 취직을 시켜 준다고 하면서 중학교 졸업을 한 나를 서울로 보냅니다. 처음 간 곳은 방직공장이었습니다. 꼭 필요한 생필품 칫솔, 치약, 수건 얼굴 씻는 대야를 준비하고 들어간 공장에서 꼬박 서서 3일을 일했습니다. 기계가 고장 나거나 서게 되면 실을 이어서 다시 돌아가게 하는 일입니다. 쉴 시간도 없이 열악한 환경에서 끊어진 실을 이어야 하는 방직공장은 어린 제가 견딜 수 없었습니다. 내가 왜 여기에 있지? 공부해야 할 시기인데, 그곳에 있는 나의 상황을 이해할 수가 없었습니다. 불행은 가까운 곳에서 일어나고 있습니다. 사람마다 짊어지는 불행의 모습은 다르지만. 우리 가족의 불행은 우리가 자초한 불행입니다. 애초의 삶은 우연이 아니라 우리가 만들어 온 과거의 행동이 지금의 모습으로 변주된 것입니다.

　잠깐 다녔던 회사를 나와 다시 들어간 곳은 엄마 친구분이 소개해 준 가방을 만드는 회사입니다. 그 회사는 성수동에 있었지요. 약 300명이 근무하는, 재봉틀이 주가 되어 가방을 만들어서 수출하는 회사였습니다. 그곳에 취직해서 열심히 일하고 있었는데 회사 분위기가 좋지 않았습니다. 이런 생각이 들었습니다. 재봉사가 갑인 이곳은, 여성들이 농락당하고 있다고 말입니다. 기숙사 한방에서 있던 윤미 언니가 자주 울며 노래를 부릅니다. 지금도 귓가에 맴도는 이 가사 "지금 나는 우울해 왜냐고 묻지 말아요." 윤미 언니는 남자 미싱사와 3년 정도 연애했습니다. 언니의 인생을 작업반장인 미싱사에게 바쳤는데 새로 들어온 예쁜 여성에게 반한 미싱사는 언니를 헌신짝처럼 버렸습니다. 이런 불행을 방관자로서 바라보며 이곳에서 일어나는 일이 곧 나에게도 일어날 수 있다고 생각해 불안했습니다. 밤에 기숙사에서 벌어지는 모습 또한 낮은 지대에 사는 약자들의 모습입니다. 저녁에 기숙사에서 먹는 날라면은 언니들이 즐겨 먹는 간식이었습니다. 저녁이면 이곳저곳에서 라면 봉지 뜯어서 먹는 소리가 요란합니다. 이곳은 사람의 점진적 성장은 없고 그저 살아 내는 곳입니다.

　어느 날이었습니다. 검사실에서 가방을 올려놓고 검사하는 도구가 있었습니다. 쇠로 된 꽤 높은 물건인데 가방 밑에 장식을 박아서 마무리하는 쇠입니다. 그 쇠뭉치가 검사자의 실수로 나의 오른쪽 발에 떨어진 것입니다. 저는 병원으로 실려 가고 오른쪽 네 번째 발가락이 부서져 수술했지

23

제1장 나를 성장할 수 있게 한 원동력, 결핍

요. 크고 작은 불행은 저를 비웃듯이 찾아오고 있었습니다. 삶은 절대 제 마음대로 되지 않지요. 마침 그날은 부모님이 모처럼 나를 보러 오신 날입니다. 내가 좋아하는 절인 배추를 가지고 딸을 만나러 오셨습니다. 배추절임에 속을 넣고 쌈을 싸서 먹는 음식은 제가 가장 즐기는 음식입니다. 깜짝 놀랐습니다. '하필이면 발가락을 다친 오늘 오시다니.' 부모님께는 다친 사실을 알리지 않았지요. 갑자기 다친 것을 보면 어린 나이에 저를 공장에 보낸 부모님의 마음이 불편할까, 참고 있었습니다. 그런데 그날 오신 거예요. 저는 기숙사에서 부모님이 오셨다는 말에, 부축받으며 아래를 내려다보았지요. 두 분은 계단 위에 있는 저를 올려다봅니다. 그때 위를 올려다보는 두 분의 모습은 오랫동안 가슴이 아픈 장면이었네요. 저는 부모님께 말씀드렸습니다. "이 발가락 치료 잘 받고 낳으면 이곳을 나갈 거예요." 부모님도 이사를 왔으니, 발가락 치료 잘하고 집에 와서 살자고 했습니다.

집으로 돌아온 후, 우연히 엄마가 행상하며 물건을 파는 어린이대공원 앞에 가게 되었습니다. 엄마가 보고 싶기도 하고 어떻게 장사하시는지 궁금하기도 했으니까요. 그런데 우리 엄마가 어떤 아주머니 밑에 깔려 있고 힘센 아주머니는 위에서 엄마를 사정없이 때리고 있었습니다. 나는 울면서 소리 질렀습니다. "우리 엄마 왜 때리느냐"며 딸이 울면서 덤비자 아주머니는 못마땅한 표정을 지으며 그 자리를 떠났습니다. 엄마는 어린이대공원 앞에서 아이들에게 풍선이나 장난감을 파는 행상을 했습니다. 엄마가 장사 수완이 좋아서 물건을 잘 팔자 먼저 자리 잡은 아주머니가 텃세하는 모습이었지요.

엄마가 다른 사람에게 처절하게 당하는 모습을 보며 저는 돈이 없고 힘 없으면 강자에게 당할 수 있다는 것을 알았습니다. '돈도 벌고 힘이 있어야 겠다.', '그런데 힘은 어떻게 길러야 하지.' 낮에는 다른 사람의 딸 이름을 빌려서 회사에 취직했습니다. 본래 나이는 어려서 취직이 안 됐기 때문입 니다. 옆집 아저씨 도움으로 이선희가 아닌 곽미자라는 이름으로 들어갔 지요. 힘을 기르고 싶은데 방법을 모릅니다. 막연하게 학교에 다녀야겠다, 생각했습니다. '학교에 가면 경제력도 좋아지고 힘도 기를 수 있을 것'이라 는 신념으로 스스로 학교를 수소문합니다. 낮에는 돈을 벌어야 합니다. 그 래서 회사에 다녔고, 저녁이면 버스를 타고 40분 이상 걸리는 학교로 갑니 다. 내려서 걷는 시간은 15분입니다. 학교에 도착하면 이미 한 시간이 지 나 있습니다. 그 시절 중소기업은 야간 학생을 위한 배려를 해 주지 않는 곳이 많았습니다.

2
절망의 벽 오르는 담쟁이의 성장

"나답게 세상에 존재" 하고 싶습니다. 그러나 함께라는 끈은 놓지 않았습니다.

이선희(저자)

성장하고 싶으십니까? 그렇다면 고통을 마주하세요. 아침에 눈을 뜹니다. 오늘도 회사에 출근해야 합니다. 그곳에는 남편, 시어머님, 그리고 시동생이 있는 곳입니다. 세 분은 핏줄이 섞여서인지 서로 마음이 맞지 않아도 잘 지내고 있습니다. 그런데 저는 힘이 듭니다. '오늘도 어떻게 출근해야 하나?' 저에게 묻습니다. 부지런히 아이들 학교에 보내고 출근 준비를 합니다. 몸이 천근만근입니다. 자꾸만 비틀거립니다. 몸은 가야만 하는데 마음은 저 멀리 있습니다. 일이 싫어서가 아닙니다. 회사는 전쟁터입니다. 남편은 바쁘니 저에게 마음 쓸 겨를이 없습니다. 시어머님은 아버지 없이 키운 막내 시동생에게 오롯이 최선을 다하고 있습니다. 다른 사람은 안중에 없습니다. 남편만 나가면 툴툴거리며 욕하는 시동생은 화풀이를 저에게 다 합니다. 욕도 막 합니다. 저는 시동생의 화풀이 대상입니다. 남편에게 할 말과 욕을 저에게 던집니다. 하루하루 회사에서 보내는 시간은 고통과 외로움의 시간이었습니다. 저는 성장하고 싶습니다. 그러나 현실은 하루 살기 바쁜, 매일 태풍과 폭풍 속에서 사는 한 여자. '나로 말미암은 것'을 갈망하고 있었던 삶이었습니다.

남편이 운영하는 기업은 주, 야 2교대 근무하는 곳입니다. 밤에 잠을 자지 못하고 일하는 직업이라 신경은 온통 곤두서 있고 예나 지금이나 소통의 부재인 남편은 다른 사람의 불편한 문제는 전혀 신경 쓰지 않습니다. 그러니 곤란하고 황당한 일은 제가 해결해야 합니다. 이렇게 생각합니다. '직업이 참 중요하다.'고요. 어떤 환경에서 무슨 일을 하는지가 그 사람을 나타냅니다. 매일 출근하는 일터는 그 사람의 성격과 행동에 무수한 영향을 끼치는 것 같습니다.

세 사람은 나와 다른 지구에서 살고 있습니다. 나는 친정에서 맏딸로, 동생이 셋이나 되니 당연히 큰딸이라고 대우받고 살았습니다. 어렸을 때는 동생들 대표로 매도 맞았습니다. 중학교 이후엔 가정 경제를 책임지는 맏딸 역할 덕분에 가족에게 인정받고 특히 엄마가 저에게 기대하는 바가 컸습니다. 아버지도 순한 분이라 꾸중을 심하게 한 적이 별로 없습니다. 그리고 잘살지는 못해도 화목하게 지냈습니다. 그러나 결혼 후의 삶은 온통 조연의 삶입니다. 실수는 잦고 꾸중은 심합니다. 늘 고초를 겪는 마음 간직하며 지냈습니다. 그렇지만 남편의 일이 곧 우리 가족의 일이라고 생각하고 최선을 다합니다. 힘든 발걸음이지만 우리 식구 생계가 달려 있으니 매일 종종걸음 칩니다.

살아가면서 사람에게 상처받고 사람에게 치유 받습니다. 살 만한 이유입니다. 이웃에 있는 주부들이 내가 애쓰며 열심히 사는 모습이 안타깝다며 함께 도와줍니다. 기억을 되돌리면 행복한 일도 많았습니다. 그렇게 도와준 이웃과 나누는 삼겹살 파티는 너무도 귀한 추억의 시간입니다. 제가 삼겹살 사고 다른 친구가 밥 해 오고 또 다른 이웃은 반찬이나 채소를 가지고 나옵니다. 각각 집에서 준비한 음식으로 우리의 야외 소풍이 시작됩니다. 때로는 공원에서, 아니면 가까운 계곡에서 즐거운 시간으로 삶의 어려움을 보상받았지요. 그때는 아이들이 고만고만하니 함께 어울리고 공원이나 계곡에서 물놀이하며 그 어렵고 힘든 시련의 삶을 잘 넘길 수 있었습니다. 그 시절 이웃인 분들과는 그런 우정과 인연의 끈으로 연결되어 작은 모임을 하면서 추억의 페이지를 지금까지 붙들고 있네요. 사람 때문에 아팠고 사람에게 위로받던 시절이었습니다. 아무리 힘든 시간이라도 주변에서 도와주고 지지해 주는 한 사람이라도 있으면 고통, 절망, 상처를 버티어 낼 수 있습니다. 가끔은 가족을 내려놓고 싶을 때도 담쟁이처럼 선택한 사람을 놓치지 않으려고, 마음을 챙기며 삶을 기어오르고 있었지요.

평범하지만 특별하게 성장하고 싶었습니다. 내가 진짜 하고 싶은 것, 삶의 경로를 물어보고 싶지만, 물어볼 때도 없고 혼자 고민하면서 이것저것을 알아봅니다. 결혼해서 아이 낳고 어른 모시고 남편 사업 도와주고 그렇게만 인생을 보내기는 시간이 멈추어 있는 것 같은 생각이 들었습니다. '내가 좋아하고 잘할 수 있는 일, 나만의 색깔이나 무늬가 담긴 일'이 무엇인지 고민하기 시작했습니다.

그렇게 제 인생에 대해 고민하기 시작한 어느 날부터 잠이 오지 않는 것입니다. 내 현실에 맞지 않는 뜬구름같은 원함이 컸는지도 모릅니다. 무엇 때문인지 원인을 알 수 없이 잠을 자지 못했습니다. 어느 때는 일주일 어느 때는 열흘을 자지 못합니다. 밤낮 뜬 눈으로 왔다 갔다 합니다. 눈은 빨갛게 충혈되었습니다. 낮에 졸지도 않았습니다. 남편도 걱정을 많이 합니다. 계룡산에 유명하다는 사람을 찾아가 기도했습니다. 그래도 잠을 자지 못하니 수영도 해 보고, 책도 읽어 봅니다. 그리고 운동도 해 봅니다. 일주일 내내 잠을 자지 못하니 사람의 몰골이 말이 아닙니다.

그러던 와중 어머님이 아프십니다. 성정도 대단하시고 건강도 큰 걱정이 없던 분인데 아프기 시작하시더니 2주 입원하시고 갑자기 돌아가시게 되었습니다. 슬펐습니다. 살기 바빠서 잘해 드린 것도 없고 형편도 넉넉하지 않으니, 용돈도 충분히 드린 적이 없습니다. 철이 없던 제가 잘 모시려 했지만, 어머님 마음에 들지 못했고 어리숙했습니다. 갈등도 심했습니다.

돌아가시기 전 어느 날 어머님이 함께 제사 준비하면서 말씀하셨습니다. 당신은 어려서 부모님께 충분한 사랑을 받은 적이 없었다고요. 돌아가신 진주 할아버지, 할머니는 냉정한 분이었다고 말씀하십니다. 시아버님은 얼굴도 뵙지 못했습니다. 아버님은 일찍부터 가정은 돌보지 않고 밖으로 도셨답니다. 씨름을 잘하시는 분이라 씨름판에 나가 황소 타면 며칠씩이나 돌아오지 않는 분입니다. 결국, 병으로 쉰 살에 돌아가셨다고 합니다. 무정했던 남편은 떠났고 남은 아이들을 혼자 몸으로 키우신 어머님!

그런 이야기를 두런두런 나누며 부침질하던 생각이 나서 눈물이 흐릅니다. 어머니가 서운하게 한 적도 많았지요. 딸이 여섯이나 되니 며느리에게 정도 덜 주셨는데도 아쉬운 생각이 들었습니다.

어머님이 돌아가시고 사십구재 치르니 잠이 오기 시작했습니다. 신기했습니다. 약을 먹어도 낫지 않던 불면증이 없어진 것입니다. 그때 알게 되었습니다. '나의 부족한 소견으로 부모님 모시고 사는 일은 정신적으로 어렵고 고된 일이었구나!' 함께 모신 세월 14년입니다. 홀어머님, 그리고 시누 여섯 분, 시동생 한 명, 지금은 돌아가신 형 한 분 이렇게 연결된 뿌리는 어머님의 끈이며 이어진 가족입니다. 그 연결 고리에 가장 중요한 분은 세상을 마치셨고, 저 또한 어머님의 길을 밟게 되리라는 사실을 알게 됩니다. '어머님, 이제 어머님의 마음을 이해한 저는 며느리도 이해하려고 노력의 스위치를 누릅니다.' 어머님을 좀 더 빨리 이해하고 받아들이지 못한 철없는 며느리의 안타까움, 지난날들이 죄송한 마음입니다.

살면서 놓친 것 많았지요. 큰일 치르고 나니, 두 가족이 만나 한 가족으로 결을 맞추는 일이 얼마나 어려운 일인지 배울 수 있었네요. 그렇게 경험으로 깨닫게 되는 것, 살면서 겪었던 일이 바로 성장이었습니다. 사람으로 태어나서 아이도 낳고 길러 봐야 하고 어른들 상도 치러 봐야 진짜 어른이 된다는 말을 실감했습니다. 아무것도 모르고 시집온 처자가 어른이 되어 가고 있습니다. 절망의 벽을 넘어선 담쟁이 넝쿨처럼 함께 더불어 살기 위해 견디어 온 성장의 시간이었습니다.

마흔에 꽃피운 삶을 고백합니다

3

남편의 사업을 돕다

행복한 결혼은 용서하는 두 사람의 결합입니다.

루스 벨 그레이엄

　남편에게는 삶의 모델이 없었습니다. 중학교도 어렵게 나온 남편은 다섯 살 때 아버지를 여의었습니다. 그 이후에 중학교 시절에도 남의 집 누에 치는 일, 담뱃잎 따는 농사를 도우며 그 품삯을 받아 겨우 학교를 나온 사람입니다. 누나들도 남의 집 더부살이를 했습니다. 그 많은 가족을 어머니 혼자서 먹여 살릴 수 있는 형편이 못 되니까요. 남편의 탄생 실화는 그 시절 어려움을 대변할 수 있습니다. 어머니가 큰아들에게 볼일이 있어 아들네 집으로 가는 길입니다. 큰아들, 남편의 형님은 충북 음성군 삼성면에서 가구점을 운영하고 있었습니다. 가는 도중 강원도 문막에서 산기를 느껴 어느 집에 들렀지요. 그 집에도 산모가 있었습니다. 한 집에서 두 사람이 아이를 낳을 수 없다는 것을 아는 어머님께서 어쩔 도리 없이 그 집 문밖 화장실에서 종이를 펴 놓고 낳은 사람이 바로 남편입니다. 남편의 어릴 때 별명은 타관이입니다. 문막 어느 집 화장실에서 낳아 데리고 온 아이라

붙은 별명입니다.

　남편은 학교 다닐 때 도시락에 수제비를 가지고 다녔다고 합니다. 학교에 도착하며 퉁퉁 불어 터진 수제비를 먹고 있던 남편을 떠올려 봅니다. 지금도 나물, 수제비 싫어하는 남편은 음식에 대한 애착이 많습니다. 다른 것은 아끼는 편인데 좋은 음식을 먹고 싶어 하는 욕구가 강합니다. 남편은 원래 알뜰한 기질이 있습니다. 그런데 음식은 먹고 싶다면 다 사 줍니다. 이런 남편에게는 신념이 있지요. 어릴 때의 가난한 삶, 노름과 한량으로 세월을 살다가 돌아가신 아버님, 그리고 형님 그림자는 밟고 싶지 않습니다. 고향에서 잘 살아 보려고 4H 회장도 해 보고 부모님 도와 남의 일도 많이 했지요. 살림살이가 나아지지 않자, 고향을 떠나 마장동에서 기술을 배워 지금의 일, 사출 회사를 운영하게 되었네요. 한 가지 직업으로 50년이 넘도록 지속한 사람 드뭅니다. 바로 남편이지요. 이 계통에서는 장인입니다.

　거창고등학교 십계명이 있습니다. '부모나 아내, 약혼자가 결사반대하는 곳이라면 틀림없다.', '의심치 말고 가라.' 저의 반대를 매몰차게 뿌리치고 거창고등학교 십계명대로 사업을 시작한 사람이 남편입니다. 사업을 시작할 때 큰아이 다섯 살, 둘째 아이 두 살이었습니다. 남편의 강력한 사업의 욕구로 저는 남편 사업에 동반하게 되었습니다. 지금 생각해 보면 남편의 선택이 옳았습니다. 제가 반대하는 사업으로 남편은 가업을 일으켰습니다. 월급쟁이로는 남편의 꿈을 빠르게 이룰 수 없지요. 남편이 염원하는 성공 비전은 자신이 배운 사출 기술로 회사를 설립하는 것입니다. 후세에도 남을 기업입니다. 나의 꿈과 욕구는 뒤로 감추었습니다. 남편의 목표가 우리 가족에게 더 시급하고 중요했습니다. 가업을 일으키는 남편을 돕는 일은 저의 일상을 완전히 바꿔 놓았습니다.

아이들 학교 보내고 우리 부부는 출근합니다. 회사에서 기거하면서 일을 하는 시동생과 어머님은 아직 아침 전입니다. 회사 도착 전에 시장을 들릅니다. 두 사람이 밥을 따로 해 먹으니 찬거리 준비해서 출근합니다. 도착하자마자 어머님의 안색을 살핍니다. 표정이 어두우면 시동생과 말다툼 한 날입니다. 얼굴이 어둡습니다. 오늘 하루 살얼음판입니다. 잘못하면 밥상이 날아가는 날입니다. 성격 급하고 분노 지수 높은 시동생은 일하다 수틀리면 시어머니께 화를 자주 냅니다. 그렇게 당한 어머님은 저에게 연쇄반응으로 잔소리하고 화를 냅니다. 남편은 회사의 일이 중요한 사람이라 들은 척도 하지 않습니다.

"여보, 당신 없으면 시동생이 나한테 욕하고 소리 질러. 어떻게 해!"
"들은 척도 하지 말고 당신 할 일이나 해."

말이 되는지요. 함께 일하는 장소에서 형수인 제가 시동생 때문에 자존심이 수없이 바닥을 칩니다. 한 살 아래 시동생의 막말은 도를 넘습니다. 어머님과도 사이가 좋을 수 없습니다. 매일 반복되는 어머님과 시동생의 언쟁과 다툼은 출근하는 회사를 두렵고 무서운 장소로 만듭니다. 피하고

33

싶어집니다. 그러면서도 두 사람은 바로 사이가 좋습니다. 핏줄이 섞여서 이지요. 남편은 편을 들어 주기는커녕 아내인 제 말도 들어 주지 않습니다. 오직 머릿속에 빨리 성공하고 싶다는 염원만 가득합니다. 오히려 두 사람 덕분에 회사가 운영되는 것이니 나보고 더 잘하라고 외칩니다. 남편 보고 결혼했는데 해결은 못 해 줘도 들어 주기라도 하면 조금 덜 서운했을 것 같습니다. 가장 큰 분노를 일으킨 건 남편의 한 마디 말입니다. 일을 시켰는데 자기 마음에 들지 않으면 이렇게 말합니다.

"야, 너 없으면 사람 하나 구하면 돼. 똑바로 해."

가족이라고 함부로 말하는 남편의 말에 속상한 나는 다음 날 출근하지 않았습니다. 그리고 YWCA 기독교 청년회에서 여는 학습 동아리에 영어 공부하러 가거나 도서관의 책을 읽는 모임에 참석했습니다. 남편은 바로 "경리 구함"이라는 문구를 붙였지요. 그 시절, 인정의 결핍이 나의 일탈을 부추겼습니다. 내 성장의 8할은 담금질을 열심히 해 준 남편, 화 잘 내고 욕 잘하는 시동생 덕분입니다. 적당한 긴장감으로 지금의 저를 만들게 도움 주었습니다. 삶을 긴장시키는 두 사람, 덕분에 참을성도 배우고 다른 사람의 아픔도 함께 공감하는 힘이 생겼지요. 인생은 약간의 긴장을 주는 사람이 필요합니다. 그런 사람 덕분에 고난을 극복하는 인내심을 기를 수 있었습니다. 세상에서 가장 힘든 것은 사는 것입니다. 그리고 또 어려운 것은 다른 사람 마음을 바뀌게 하는 것입니다. 오직 '나'만 바꿀 수 있습니다. 매일을 그렇게 살아 내고 있습니다.

마흔에 꽃피운 삶을 고백합니다

부부가 함께 일하는 것에는 3가지 지킬 점이 있습니다. 첫째, 가족이라도 월급을 챙겨줘야 합니다. 일한 것에 대한 대가를 지불받지 못하니 마음속으로 불만이 계속됩니다. 일한 만큼 보수는 노력한 것에 대한 보상입니다. 부부라도 반드시 지켜야 할 약속입니다. 둘째, 가까울수록 예의를 지킵니다. 가족이라도 다른 사람 앞에 꾸중을 듣거나 언어폭력을 당하면 일하고 싶은 마음 생기지 않습니다. 함께 일하기 가장 어려운 상황은, 가족이니 다른 사람들에게 할 수 없는 말로 상처 주는 때입니다. 상처가 쌓이고 곪다 보면 함께 일하기 어려워집니다. 셋째, 출근이나 퇴근 시간 반드시 지켜줍니다. 아이들을 양육하며 돕는 것이므로 시간적인 여유가 필요합니다. 부부는 가깝지만 먼 사이입니다. 서로 예의 지키고 존중하지 않으면 함께 오래 일할 수 없습니다. 남편뿐만 아니라 아내나 그 외 가족도 다른 직원들이 보고 있으니, 시간은 지켜야 합니다. 그래야 '가족이라서 저렇게 행동한다.', '우리가 돈 벌어 주니, 식구끼리 다 해 먹는다.'라는 말 듣지 않습니다. 부부나 가족이 함께 일하는 건 비용을 줄이기 위해서, 그리고 빨리 성장하기 위해서입니다. 이익을 창출하기 위해 부부가 함께 일한다면 위 3가지 방법을 적용해서, 갈등 해소하고 원활하게 함께 일할 수 있습니다.

편한 사람이니 함부로 행동해도 되는 줄 착각하면 안 됩니다. 함께 일하는 부부의 철칙입니다. 서로 고맙게 여기며 우리 가족을 위해 애쓴다고 생각하고 칭찬해 주어야 합니다. 수고했다는 말 한마디, 어깨 한 번 두들겨주는 일은 신뢰의 표현입니다. 위에서 말한 3가지, 가족이지만 월급 제대로 주고, 예의 지키고, 출퇴근 시간 지켜주면서 함께 일하면 시너지도 생기고 가정에 경제 안정도 빨리 이룰 수 있습니다. 결국은 상대에 욕구에 대한 부분 알아주고 인정해 주면 부부 또는 가족이 함께 행복하게 일할 수 있습니다.

4

9년 월급 2천만 원을 안고서

가장 강한 사람은 가장 큰 시련을 견뎌 낸 사람이다.

프리드리히 니체

　가족이 함께 일하려면 기준을 세워서 일해야 합니다. 그렇지 않으면 정신과 육체 소진이 심합니다. 정신적으로 힘들었던 회사를 그만두면 시원할 줄 알았습니다. 그런데 그렇지 않네요. 무엇인가 개운치 않았고, 마음이 불편했지요. 이유가 무엇일까요. 제대로 보상받지 못한 나의 9년 인생이 아까워서일까요. 아니면 인정에 대한 결핍 남아 있는 것인지요. 나는 남편에게 요청했지요. 그동안 월급도 받지 않고 오랜 세월 일했으니, 나의 이름으로 넣은 적금을 주라고. 고맙게도 남편은 2천만 원을 주었습니다. 퇴직금 대신 받은 그 돈은 공부를 시작할 수 있고 내가 원하는 일을 할 수 있는 비용이었습니다. 그동안 가정에 매여 아무것도 하지 못한 한을 풀 수 있는 절호의 기회였지요.

　막상 회사를 그만두면 할 일이 많을 줄 알았습니다. 집에서 살림만 하는 일, 아직 익숙하지 않았습니다. 약간의 방황이 필요했습니다. 9년이란 세월을 눈뜨면 일어나서 회사로 출근했으니까요. 내가 그토록 원하던 삶인데 즐길 수 없는 시간이었습니다. 그동안 했던 일을 다 놓고 쉬는 중인데 크게 기쁘지 않았습니다. 약 15일 정도를 그렇게 지내고 있는데 이웃집 젊은 새댁이 저의 집에 놀러 왔습니다. 가끔 저와 차 마시고 이야기하던 저보다 나이가 일곱 살이나 어린 동생이었습니다. 저에게 전하는 말입니다. "언니, 제가 방송통신대학 국문과에 다니는데 너무 재미있어요. 잘 맞으실 것 같으니 함께 공부해 보면 어떨까요." 나는 갑자기 온몸에 소름이 돋는 기분을 느꼈습니다. '그래, 그거였어.' 무엇인가 해야 하는데 원하는 것이 무엇인지 잘 몰랐던 나는 이웃집 새댁 말에 가슴 저 밑에서 예전부터 하고 싶었던 것 같은 작은 두근거림과 설렘이 올라왔습니다.

'인생에 찬란한 봄'이 다가오고 있었습니다. 나는 바로 움직였습니다. 대학에 들어가려면 고등학교 졸업증명서가 필요했습니다. 요즘같이 집에 앉아서 서류를 구비 할 수 있는 시기가 아니어서 학교를 찾아갔습니다. 학교는 서울 송파에 있는 고등학교입니다. 학교에 도착하니 학교가 많이 달라져 있었습니다. 예전에는 인가가 나지 않았던 고등공민학교였는데 지금은 인가가 나고 학생들은 거의 주부들이었습니다. 저는 행정실로 들어가 사실 이야기를 했습니다. 제가 졸업할 때는 인가가 나지 않았고 2년제로 학교를 졸업했으니, 졸업증명서를 해 줄 수가 없다는 이야기를 전달받았습니다. 앞이 깜깜했습니다. 학교에서 행정 담당하는 윗분을 만나서 상담했습니다. 사정은 딱한데 지금 상태로는 방법이 없고, 2년은 이 학교를 나온 학생이 맞으니 다시 복학해서 1년을 더 다니면 졸업증명서를 해 줄 수가 있다고 했습니다. 나는 걱정이 이만저만이 아니었습니다. 집은 청주인데 어떻게 송파까지 다닐 수 있는지요. 그래도 방법이 있겠다 싶었습니다. 일단 청주로 올라왔습니다.

　남편에게 사정했지요. "사실은 교복 입고 싶은 마음에 무턱대고 학교에 들어갔어요. 그런데 고등공민학교 2년제 나왔다고 졸업증명서 못 해 준대요.", "1년을 더 다니면 증명서 해 줄 수 있다고 하는데 보내 줘요." 설득과 부탁을 여러 번 했습니다. 남편은 마지못한 얼굴이었지만 허락해 주었습니다. 청주에서 서울 송파까지 통학하는 것은 보통 일이 아닙니다. 매일 아침 일찍 일어나 학교에 다니는 일은 뼈를 깎는 고통입니다. 초등학교 다니는 아들 둘 양육하며 1년 동안의 시간 투자는 도전적인 행동이었습니다. 진흙탕에서 핀 연꽃처럼 고통의 길을 찾아서 걸어들어간 일입니다. 이런 노력 덕분에 인생 이모작 '평생교육' 공부의 길이 시작 되었습니다.

　학교에서도 언니들이 많이 도와주었습니다. 늦게 복학한 학생이지만 예뻐해 주었고 시험 보기 전에 본인의 노트를 빌려주며 공부할 수 있게 도움을 줍니다. 지금 생각해 보면 감사한 일입니다. 특히 일본어가 가장 어려웠네요. 일본어 잘하는 언니가 과외까지 해 주며 공부시킨 기억은 제가 살면서 힘든 일 겪을 때마다 기억 저편에 있는 관계의 고마운 경험입니다. 언니들도 졸업하고 동국대학교, 대학원 등에 들어가서 공부하는 사람들도 있었습니다.

다치바나 다카시 작가가 한 말이 떠오릅니다. "인간에게는 여차하면 한 꺼번에 발휘하기 위해 비축해 둔 상당량의 능력이 있기 마련이다." 그 능력은 사용할수록 강화됩니다. 나는 매일 발등에 불을 떨어트렸습니다. 그리고 실행하기 시작했습니다. 제가 인생을 살면서 가장 잘한 일을 꼽으라면 다시 고등학교에 복학한 일입니다. 나는 언니들의 도움과 남편의 허락으로 미래의 비전을 위해 고등학교를 마쳤습니다. 『탓닛』도 이렇게 말합니다. 인간이 소유하는 것은 집, 자동차, 명예가 아닌 행동밖에 없다고요. 오직 손바닥을 뒤집는 것은 본인이 할 수 있는 행동입니다. 저는 말하고 행동하는 사람입니다. 말하고 행동하지 않으면 말뿐인 사람이지만 일단 무엇이든 해야겠다고 생각되면 바로 실행합니다. 그것이 저의 강점입니다. 해냄은 그렇게 시작되었고 그 정신의 뿌리로 오늘도 이렇게 글을 쓰고 있습니다. 무엇인가 시작하고 싶으면 일단 해 봅니다. 어제 이은대 작가님 강의 중에 이런 말씀을 하셨습니다. "세상과 함께 잠들지 말고, 세상보다 늦게 잠들고 세상보다 일찍 하루를 시작하라."고, 세상에 끌려다니지 말고 내가 세상을 움켜쥐고 앞장서서 간다는 느낌이 들 때 성취감, 자아 존중감이 생겨 만족스러운 인생이라 자부할 수 있다고 말해 줍니다. 저는 다음 날 바로 실행합니다. 새벽 다섯 시에 알람을 맞추고 기상합니다. 그리고 글을 씁니다. 세상을 먼저 깨우는 사람이 되기 위해서입니다.

첫째, 하고 싶은 일이 생기면 무조건 시작합니다. 그렇게 행동해야 나중에 후회가 없습니다. 그리고 그 일에 몰입해서 하나가 되는 경험을 해 보면 성취한 경험이 하나둘 늘어납니다. 둘째, 어려운 일도 시작하면 반드시 누군가 도와줍니다. 세상은 혼자가 아닙니다. 저의 경우, 주위에 좋은 에너지를 가진 분이나 조력자, 방송통신대학교 들어갈 수 있게 알려 준 새댁, 고등학교에서 인연이 된 사람들을 만나게 되었습니다. 사람이 도와줍니다. 셋째, 마음속에 있는 것을 말로 선포합니다. 인간의 의지와 열정은 약해질 수 있습니다. 말로 선포하고 행동하면 이루어질 수 있습니다. 만일 약속을 지키지 못할 때는 말 한 사람에게 대가를 걸어도 좋습니다. 말의 책임을 지기 위해서라도 하게 되어 있습니다. "아는 것을 실행하는 것." 그것이 인생을 참하게 사는 방법입니다.

위에 말한 3가지를 활용해서 자신이 하고 싶은 일을 끝까지 잘할 수 있는 사람이 되어 봅니다. 말한 것을 책임지는 사람은 자기 맛을 아는 사람, 멋있는 인생을 가꾸는 사람이기 때문입니다. 강인함의 힘은 불편과 괴로움에서 도망치지 않는 것입니다. 가장 좋은 해결책을 찾을 때까지 헤치고 나아가야 합니다.

글쓰기 독서 강사가 되다

글로 써 보면 나와 화를 어느 정도 분리할 수 있다.

『나는 나답게 살기로 했다』 손힘찬

글쓰기 독서 강의하고 싶으세요? 그렇다면 '글쓰기 독서' 강의에 참석하세요. 혼자서 책 읽고 글쓰기는 어렵습니다. 글쓰기나 강의, 하루아침에 이루어지는 일이 아닙니다. 시간이 걸립니다. 같이 모여서 공부하는 환경에 들어가면 자연스럽게 함께 읽고 쓸 수 있습니다. '글쓰기 독서' 환경에 들어가게 된 것이 우연인지 인연인지 모릅니다. 남편과 함께했던 신광전자 잡부 일을 마무리하고 집에서 꾸물거리고 있었지요. 시간은 많은데 무엇으로 어떻게 보내야 할지 막막한 현실이었습니다. 헬스장도 끊어서 운동 시작하고 책도 읽고 바쁘게 살 줄 알았습니다. 그런데 무엇을 어떻게 해야 할지, 어디서부터 움직여야 할지 아무것도 모르는 저는 집에서 고민만 하고 있습니다. 그때 '짜잔' 하고 나타난 사람은 제가 대학을 선택할 수 있게 정보를 주던 이웃집 동생입니다. 지금은 만날 수 없는 사람입니다. 어디에서 무엇을 하고 사는지 알 수 없습니다. 그 동생은 제게 새로운 길,

정보를 자주 줍니다. 제가 답답하고 무력하게 시간을 보내고 있을 때마다 좋은 소식을 알려 줍니다.

"언니, 아이 유치원에서 부모 교육을 하는데 그 부모 교육 장소 가경동 풀초롱 글쓰기 학원이래요.", "언니가 공부하면 딱 좋을 것 같아요." 저는 신통하게도 그 동생 말이라면 무조건 따라나섭니다. 인생 미로 속에서 방황할 때 길 찾기 내비게이션이 되어 도움 주는 동생입니다. 바로 쫓아가 신청했습니다.

부모 교육 글쓰기 독서 과정이 열리는 날 아침 학원에 도착하니, 주부들이 열다섯 명 정도 있었지요. 저는 설레는 마음으로 한쪽에 자리를 잡고 수업을 듣게 되었습니다. 이영희 선생님, 제 인생의 첫 멘토이며 스승님입니다. 에너지도 넘치고 강의 경력도 많고 초등, 중등생 글쓰기도 지도합니다. 선생님께 매주 같은 요일에 배우는 수업은 저를 다른 세상으로 이끌어 주었습니다. 수업이 너무 재미있고 듣고 있으면 치유도 되고 행복했습니다. 그 시간만큼은 고민도 걱정도 없이 "까르르" 웃을 수 있었습니다. 나와 비슷한 주부들과 책 읽고 토론하는 시간은 귀했습니다. 같은 방향을 걷는 사람들이라 그런지 정보 없이 만났어도 금세 친해질 수 있습니다. 제 심장은 두근거리기 시작했습니다. 무엇을 잘하는지, 하고 싶은 것이 무엇인지, 아직 자신을 모를 때입니다. 막연하지만 글쓰기 독서 공부하면서 저의 정체성도 찾을 수 있을 것 같았습니다.

어느 날 남편과 한바탕 다투고 나왔습니다. 갈 곳이 없습니다. 이상하게 부부 싸움을 하고 나면 어디든 갈 곳이 떠오르지 않습니다. 친정에 갈 수도 없고, 그렇다고 친구를 만나러 갈 기분은 아닙니다. 그때 떠오르는 생각, '아! 오전에 교육이 있지! 강의 듣자.' 저는 바로 학원으로 갑니다. 글쓰기 수업 들을 수 있는 풀초롱학원입니다. 들으면서 열심히 받아 적다 보면 속상했던 마음은 저만치 달아나 있습니다. 신기한 일입니다. 화가 났는데도 어떻게 이곳에 올 수가 있는지요. 에너지는 관심 있는 곳으로 흐릅니다. 저의 욕구는 이곳으로 향하고 있지요. 강의를 통해 동기를 얻고 자각합니다. 수업을 통해 깨달은 내용을 삶에 적용해 보는 작은 경험의 시간이었습니다. 이 시간은 저의 마음과 머릿속 창조적인 삶으로 확장되어 갑니다. 이영희 선생님의 기쁨이 넘치는 수업을 들으며 선생님처럼 저렇게 열정과 에너지를 "팍팍" 올려 주는 사람이 되고 싶었습니다.

부모 교육 글쓰기 독서 과정은 부모가 처음인 저에게 잘못된 방식으로 자녀를 교육했던 모습을 거울처럼 비춰 주었습니다. 그때 공부했던 노트는 아직도 책장에 자리 잡고 있습니다. 살짝 꺼내어 그 시절 공부했던 첫 마음을 떠올려 봅니다. 이렇게 적혀 있네요. '열린 마음에 불화살을 쏜다. 가르치는 자는 배우는 자이고 행하는 자이다. 평생 공부하는 사람이어야 한다. 어머니는 자녀에게 평생 담임이다.' 뒤적거리며 읽게 된 내용은 자녀들에게 도움 주는 언어, 부모가 되기 위해서는 평생 배워야 하는 부모의 역할을 일러 주고있습니다. 그 시절에 둘째 아들도 풀초롱학원에 보내어 읽고 쓰기를 한 노트가 지금도 남아 있습니다. 인연이란 이렇게 작게 그리고 오래갑니다.

　저는 다른 것은 몰라도 선생님이 주신 과제는 잘 해 가는 학생이었습니다. 숙제를 해 가면 선생님은 칭찬해 줍니다. "이선희 선생님, 대단합니다. 매주 과제를 제일 잘 해 오네요. 발표해 주세요."

　배우는 사람의 부족한 글이지만 수강생 앞에서 발표하게 해 주었습니다. 『마당을 나온 암탉』, 법정 스님의 『무소유』, 신영복 작가님의 『감옥으로부터의 사색』 등을 읽고 수강생 앞에서 발표하고 나면 부끄러우면서도 성취감이 생겼지요. 그런데 정말 기적 같은 일이 일어났습니다. 그동안 과제 낸 글 중에서 잘되었다고 생각하는 글을 하나 골라서 연말 어느 단체 송년회 장소에서 발표를 부탁 받았습니다. 모르는 사람들 앞에서 발표할 용기는 부족했지만, 저는 선생님의 요청대로 그곳에서 발표하게 되었습니다. 약간의 떨림을 극복하며 내용을 전달했습니다. 수줍게 올라가 머리 숙여 인사를 시작했지요. "안녕하세요. 풀초롱에서 글쓰기 독서 공부한 이선희입니다." 사람들은 큰 소리로 웃으며 환영해 주었습니다. 그곳이 무엇을 하는 곳인지, 어떤 사람들인지 전혀 정보도 없이 그저 발표했습니다. 그런데 그 단체는 강사를 배출하는 단체였습니다. 회원들이 많았습니다. 회원들이 강사가 되는 바로 그런 곳이었습니다. 저는 번데기 앞에서 주름을 잡은 격이 되었습니다. 그 인연으로 단체와 연결되어 글쓰기 독서를 주제로 하는 강사가 되었습니다. 삶은 이토록 변화무쌍하며 내일의 일 그리고 미래의 일을 도무지 알 수 없습니다. 그저 직관이 시키는 대로 '무소의 뿔처럼 혼자서' 인생의 길을 걷고 있었습니다.

제가 아쉬운 것 한 가지가 있습니다. 그 시절 책 읽고 나누는 모임을 했었는데 지금까지 지속했다면 어떤 놀라운 일이 일어나지 않았겠는지요. 끝까지 할 수 없는 합리적 이유를 대며 살았지요. 매주 책 한 권 읽고 발표하는 건 시간을 내야 하는 일입니다. 시간 없다는 말은 누구도 어쩔 수 없는 말입니다. 그런 생각을 확연하게 없애야 합니다. 못 한다는 생각 없애고 꾸준히 반복해서 지금에 이르렀다면 어떤 세계관으로 세상을 살고 있을지 아무도 알 수 없습니다. 어떤 일 시작했으면 반드시 마무리해야 한다는 사실을 이제야 깨닫고 있습니다. 그 시절 열과 성을 다해서 나누어 준 이영희 선생님. 그리고 함께 공부할 수 있도록 정보를 주었던 나의 조력자를 만나고 싶습니다. 풀초롱에서 만났던 이영희 선생님은 소식을 듣고 전화를 드렸더니 많이 반가워합니다. 그런데 나를 학교로, 풀초롱으로 인도했던 그녀는 지금은 어느 곳에서 어떤 사람을 돕고 있을까요. 아마도 선한 영향력 끼치는 좋은 사람의 역할을 꾸준히 하고 있을 것 같은 예감이 드는 것은 평소에 그녀가 다른 사람을 도우려 하는 에너지가 있었던 이유에서입니다.

6

스피치는 종합 선물 세트

친절한 말은 짧고 말하기 쉽지만 그 울림은 진정으로 끝이 없다.

마더 테레사

다른 사람 앞에서 말하기 두려운가요. 그렇다면 스피치 3개월만 배우세요. 저도 두려웠어요. 앞에만 나가면 미리 준비한 원고, 할 말 다 까먹었네요. 두서없이 중언부언하다가 들어왔습니다. 후회됩니다. 하고 싶은 말 제대로 하지 못하고 제 자리로 들어온 내 모습 한심합니다. 다른 분도 그렇지요. 충분히 이해됩니다. 그런데 부족한 말하기로 한평생 살기 어려운 일 많습니다. 그래서 시작해 봅니다. 현재 시대는 표현의 시대입니다. 나를 알리는 도구로 SNS, 블로그, 페이스북 등 다양하게 있습니다. 말하기, 글쓰기 표현의 하나입니다. 나를 잘 표현해서 내가 가지고 있는 강점을 알릴 수 있는 콘텐츠가 많아졌습니다. 자신에 대해 잘 말하고 글 써서 브랜드를 알릴 수 있는 시대입니다.

2000년 가을입니다. 같이 공부했던 동화구연 강사가 스피치 과정을 소

47

제1장 나를 성장할 수 있게 한 원동력, 결핍

개해 주었습니다. 데일 카네기 화법 과정입니다. 지금은 없어진 청주 호텔에서 일주일에 한 번 세 시간 열리니 참여해 보라고 전합니다. 저는 궁금했지요. 나 자신을 알아가기 위해 이것저것 공부하던 중이었습니다. 창의성, 동화구연, 글쓰기 등입니다. "데일 카네기 스피치." 마음이 당깁니다. '한번 참석해 보자.' 기대되는 마음으로 데일 카네기 스피치 설명회를 하는 날 참여했습니다.

첫날인데 20명 정도 되는 인원이 모였습니다. 생각보다 말하기를 고민하는 사람들이 많았습니다. 저도 자리에 앉아서 강사가 하는 설명을 들었습니다. 돌아가며 자기소개합니다. 자기소개도 원칙이 있습니다. 이름 소개 먼저 합니다. 이름은 3P 원칙입니다. 성 부르고 쉬어 주고 선희. 끝을 올려 줍니다. 보통 사람들이 끝말을 흐립니다. 어미 처리가 약합니다. 잘 안 들려도 다시 묻기 어렵습니다. 체면 때문에 그냥 넘어갑니다. 돌아가며 이름 소개하고 자기소개합니다. 방법을 배우고 나를 소개하니 잘할 수 있다는 용기 생깁니다. 이름도 특별하게 소개하라고 합니다. 3행시로 자기소개하기입니다. 예를 들면 김원기 하면 '원활하게 달리는 기차와 같은 남자' 김원기입니다. 이렇게 소개합니다. 최염순 소장은 '최고를 염원하는 순수한 사나이' 최염순입니다. 재미있게 표현하는 자기소개를 배우니 자신감 살짝 올라옵니다. 조교들 빼고 20명이 넘는 사람들이 자기소개합니다. 처음이라 어색하지만, 배운 대로 따라 해 봅니다. 그림을 그리듯 말하라. 지금도 기억납니다. 말하기 지식을 통해 듣고 기술을 익힙니다. 연설 훈련을 통해 말하기, 태도, 마인드를 갖추어야 합니다. 스피치는 태도, 지식,

기술이라는 3가지 원칙이 있습니다.

스피치 교육을 처음 시작했을 때 두렵고 힘들었습니다. 다른 사람들 앞에서 말하는 일, 경험이 많지 않아서 떨리고 멘탈이 흔들렸습니다. 데일 카네기 매뉴얼에 따라 12회 반복해서 말하기 수업을 듣고 조교로 두 번 강의 참석했습니다. 총 9개월이란 시간은 저에게 많은 변화를 주었습니다. '아, 말하기도 훈련하고 연습하면 잘할 수 있구나.' 깨닫게 된 이야기입니다. 말하기의 시작은 저의 인생의 종합 선물 세트입니다. 많은 시간 이겨 내고 버티게 도움 준 과정입니다. 살면서 견디는 힘, 필요합니다. 그러기 위해 무엇인가 끝까지 해내는 경험 그리고 실행하면 삶이 가벼워진다는 것, 데일 카네기 스피치 과정에서 배웠습니다.

시간이 흐르면서 스피치에 대한 욕구는 끊임없이 나를 유혹합니다. 대전에 있는 윤치영 스피치 교실에 참여합니다. 청주에서 열리는 크리스토퍼 리더십도 참여했습니다. 다양한 과정을 들어 보고 싶은 이유였습니다. 제가 강의를 들으면서 알게 된 것은 사람들이 발표 불안증을 갖고 있다는 것이었습니다. 두 사람 앞에서는 잘하다가 인원이 조금 많아지면 떨립니다. 그리고 청중을 바라보지 못합니다. 주부들이 집에서 살림하고 자녀 양육하다가 이것저것 공부하기 위해 평생학습에 도전합니다. 다른 사람 앞에서 자신을 소개하고 표현하는 일이 많아집니다. 초등학교 어머니회, 각종 동아리, 공부하는 장소에서 필수로 하는 것이 자기소개입니다. 보통 2~3분이면 할 수 있는 자신의 소개를 길게 두서없이 말하거나 가장 중요한 핵심을 놓치기도 합니다. 그런 주부들에게 무료로 공부할 수 있도록 도서관에서 "스피치" 강의하고 싶다는 비전이 생겼습니다.

내가 공부하는 단체에 스피치 과정을 열고 싶다는 사실을 알리고 스피치 과목을 채택해 달라고 부탁했습니다. 한국지역사회교육협의회에서 공부한 내용이 아니니 개설할 수 없다고 합니다. 그럼, '이 단체에서 열 수 있는 방법을 제시'해 달라고 요청했습니다. 다른 전문가를 초빙해서 더 배워야 과정을 만들 수 있다는 게 단체의 지침입니다. 저는 고민했습니다. 이 과정을 열기 위해서 이미 배운 것을 다른 전문가에게 더 배워야 하나. 아니면 활동할 수 있는 다른 단체로 갈 것인가. 깊이 생각해서 얻은 결론은 '이곳에서 전문가에게 더 배우자.'였습니다. 다른 곳으로 떠난다면 내가 좋아하는 스피치 과정을 이곳에서 여는 목표를 이룰 수 없습니다. 스피치 토론 과정을 열게 된 강사가 말합니다. 대다수 사람이 "상황이 자신에게 불리하게 흐르면 배우지 않겠다고 떠나는데 대단한 사람이다."라고요. 저는 그렇게 단체에서 살아남았습니다.

그리고 그 과정 마친 후에 청주 지역사회 교육협의회에서 스피치 토론 연구 모임을 시작했습니다. 매주 화요일 연구모임 지속해서 성인 스피치 교재, 그리고 아동 스피치 교재를 만들었습니다. 강사들이 매주 모여서 미팅하면서 아이디어 내고 수업계획안을 만들어 냅니다. 이런 과정을 통해 드디어 2006년 3월에 충청북도 중앙도서관에서 말하기 과정 스피치를 시작했습니다. 무료입니다. 금액은 나라에서 시민들 세금으로 열어 주는 평생학습입니다. 데일 카네기 과정에서 비전 선포한 일이 이루어진 것입니다. 저는 이 과정에서 3가지를 배웁니다. 첫째, 어떤 일을 시도해도 문제는 있습니다. 그렇다고 포기할 일 아닙니다. 끝까지 아이디어 내고 설득하고 기다리는 사람이 승자가 됩니다. 포기는 쉬운 일입니다. 그러나 그 어떤 방해에도 흔들리지 않는 정신이 필요합니다. 둘째, 말하기는 연습과 훈련하면 좋아집니다. 저도 그렇게 시작했습니다. 수강생들이 처음에는 말하기가 두렵고 떨려서, 2분 정도 말하는 일도 힘들어합니다. 시간이 지나면서 훈련을 통해 자연스럽게 잘 말합니다. 셋째, 스피치 수업은 논리적 말하기뿐만 아닙니다. 동기부여를 통해 자신감 생깁니다. 다른 일도 도전할 수 있는 용기가 장착됩니다.

이런 3가지를 통해 배우고 익히면 자신을 잘 표현할 수 있습니다. 말하기는 책으로 습득되는 일이 아닙니다. 실제 발표 훈련을 통해 좋아집니다. 스피치와 스포츠는 훈련입니다. 앞에 나가는 것이 떨리고 두려운 분, 말을 논리적으로 하지 못하는 사람, 3개월만 확실하게 이론과 함께 실습하면 잘 말할 수 있습니다. 15년 이상 경험한 말하기의 전문가가 알려 드립니다. 스피치 토론 과정은 단순하게 말 잘하게 만드는 기술을 가르쳐줄 뿐 아니라 자신감, 동기부여를 통해 인생 전체에 도움이 되는 삶의 종합 선물 세트입니다. 연습과 훈련하는 과정에서 새로운 나를 발견하게 해 주는 시그널이 담겨 있습니다.

7
내가 개척한 강사의 삶

세상은 고난으로 가득하지만, 고난의 극복으로도 가득하다.

헬렌 켈러

하고 싶은 일이 있는지요. 그렇다면 장애물을 뛰어넘는 도전을 해 보세요. 어느 날 큰아들 학교에서 학부모 강의를 들었습니다. 많은 사람 앞에서 열정적으로 강의하는 사람을 보고 '저렇게 많은 사람 앞에서 말하는 강사가 되고 싶다.' 누구에게도 말하지 않은 저의 마음속 간절하게 원함이었습니다. 그 일이 이루어지고 있습니다. 낮에는 가르치며, 밤에는 배우는 일을 동시에 해내고 있습니다. 쉽지 않은 대학을 4년 만에 졸업했습니다. 그리고 강의를 위해 여러 가지 공부에 매진했지요.

방송통신대학입니다. 재미있게 다녔습니다. 매주 월요일에 만나서 공부합니다. 여러 사람이 모이니 다양한 달란트가 있네요. 어떤 친구는 자료에 강하고 다른 친구는 정리에 강합니다. 저는 언니라 밥을 삽니다. 서로돌아가며 발표합니다. 자신의 차례가 되면 수업을 주도하니 공부 안 할 수 없습니다. 국문과에 140명이 들어왔습니다. 4년 만에 졸업한 사람은 열여 덟 명입니다. 졸업이 쉽지 않은 대학이 바로 방송통신대학입니다. 들어오 기는 쉬운데 나가기는 어렵습니다. 방송통신대이지만 학교 행사에 참석했 습니다. 사람들과도 잘 지냈지요. 교수님과의 친분도 쌓았습니다. 교수님 은 문학여행, 졸업여행도 참석해 주시는 멋진 분이셨습니다. 한규섭 교수 님, 잊을 수 없는 분입니다. 학교 행사에서 막걸리 마시면서 부탁드린 적 이 있습니다.

"교수님, 저 학교 졸업하면 영동대학교에서 강의할 수 있게 도와주세요." 교수님은 "자격만 갖추면 얼마든지."라고 하셨습니다.

저는 졸업하자마자 교수님께 전화 드렸습니다. "저 영동대학교 평생교 육원에서 강의하고 싶습니다, 제가 할 수 있게 도와주세요." 등본, 이력서 와 자기소개서, 스피치 자격증 준비해서 가지고 오라고 하시네요. 너무 기 뻤습니다. 그 시절 제 학력과 경력으로 어림없는 일입니다. 이력서 가지고 학교에 도착하니 교수님께서 마중을 나오셨습니다. 겨울입니다. 새하얀 교정에 서서 기다리시는 교수님을 보니 반갑기도 하고 감사한 마음에 눈 가가 촉촉해집니다. "찾아오느라 애썼지요. 추운데 얼른 들어와요." 교수 님께서 이렇게 환대해 주며 안에 들어가자고 하십니다. '사실은 저보다 젊 은 교수님이십니다.' 제 이력서를 직접 들고 앞에 가시는 모습을 보니 뒤 에서 큰절이라도 하고 싶은 마음이 들었습니다.

나의 비전이 이루어지고 있습니다. 모 대학교평생교육원에서 "4050" 주부들에게 자신감과 동기부여 주는 강의를 하게 되었습니다. 청주에서 한 시간 반 걸립니다. 거리는 문제가 아닙니다. 신나게 다녔습니다. 그때는 다른 사람 강의한 것을 녹음으로 들을 수 있습니다. 오며 가며 강의 들으며 다닙니다. 재미있고 의미 있는 강의가 되기 위해 노력했습니다. 잠은 다섯 시간 이상 자지 않았습니다. 왜 그렇게 재미있었을까요. 바로 좋아하는 일을 주도적으로 하고 있으니까요. 재미가 있어야 오래 할 수 있고 의미도 생깁니다. 예전에 하던 일은 생존으로 했다면 지금의 일은 그렇게 원하던 일입니다. 나의 강의를 듣고 사람들의 변화하는 모습이 기쁩니다. 주부들은 이렇게 말합니다. "선생님 강의 듣고 제가 착해졌어요. 남편의 문제인지 알고 늘 화가 나고 그 화를 아이들에게 풀었는데, 지금 일어나는 일 모두 내 탓이라고 생각하고 내가 먼저 바뀌니 남편도 조금씩 변하더군요." 이렇게 말해 줍니다. 가르치는 사람들에게 인정을 받고 있습니다.

다른 한편으론, 세상에서 가장 힘든 일이 결혼 생활, 가족과의 관계를 유지하는 일이라고 생각합니다. 가족은 엄마에게 무한한 사랑과 희생을 요구합니다. 나와 전혀 다른 사람을 만나 한평생 함께 사는 일은 기적이라고 생각합니다. 저는 세상에서 가장 어려운 일이 결혼 생활 유지라고 말하고 싶습니다. 그만큼 참고 견디며 '나의 감정과 기분은 없다.'라는 마음으로 살아야 합니다.

어느 날 성난 파도가 쓰나미가 되어 밀려옵니다. 쓰나미는 오랫동안 제

몸과 마음에 남은 상처와 흔적입니다. 사건은 다음과 같이 일어났습니다. 저는 대학 공부를 마치고 좀 더 공부하고자 하는 욕구가 생겼습니다. '남편에게 어떻게 허락받아야 하지!' 고민하다가 충북대 대학원에 무턱대고 서류 내고 면접을 보았습니다. 충북대학교 MBA 과정에 합격했습니다. 남편에게 의논하지 못한 일이라 걱정이 많습니다. 말할 기회 놓쳤습니다. 우연한 기회에 친구 부부와 합석해서 저녁을 먹던 중이었습니다. 친구가 자연스럽게 "이선희, 대학원 붙었으니 축하해!"라고 말했습니다. 그 말을 듣던 남편 표정이 일그러지더니 화를 냈습니다. 곱창구이 전문집인데 상을 엎었습니다. 음식과 그릇은 내동댕이쳐지고 음식점은 순식간에 아수라장이 되었습니다. 친구 부부는 이런 상황에 어떻게 해야 할지 몰라 좌불안석입니다. 저는 너무 놀랐고 어이없어서 어찌할 바 모릅니다. 남편은 약간의 술기운으로 분노를 이기지 못해 비틀거렸습니다. 곱창집 주인도 아는 분인데 어안이 벙벙한 얼굴입니다.

그날 밤 집에 돌아가지 못하고 친구네 집에서 울면서 밤을 하얗게 보냈습니다. 다른 사람도 아닌 이 광경을 본 친구와 함께 이불 속에서 내일을 걱정해야만 하는 제 모습이 처량했습니다. 친구가 안타까워하는 모습은, 남아 있는 자존심을 심하게 구겨지게 했습니다. 다른 장소로 가지 못하고 친구네 집으로 가게 된 이유는 그 시절은 여자가 밖에서 잠을 자는 일이 쉽지 않습니다. 친구네 집이면 그래도 이해가 되었지요. 그렇게 밤을 보내고 다음 날 집에 들어가 의논하지 않고 대학원 가게 되어 미안하다고 사과했습니다. 이왕 들어간 학교를 그만둘 수는 없으니까요. 남편은 자신에게 허락받지 않고 학교 들어갔다고 끝까지 완고하게 대학원 졸업식에도 참석하지 않았습니다.

"무한한 열정만 있다면 인간은 거의 모든 일을 해낼 수 있다."는 찰스 스완의 말처럼 주변에 방해하는 장애에도 불구하고 주경야독은 계속 진행되었습니다. 낮에는 가르치고 밤에는 배우는 일을 꾸준히 하고 있었습니다. 남편에게도 남편의 인생이 있습니다. 저에게도 제 인생은 한 번뿐이니 이런 어려움은 이렇게 말합니다. 고난은 어차피 지나갑니다. 미래의 성장한 나의 모습이 더 기대됩니다. 그 순간의 부끄러움보다는 역경에 무릎 꿇지 않은 저의 의지가 중요하지요. '나중에 이 일을 이야기하며 웃을 날 반드시 오리라 믿었습니다.' 저는 지금도 후회하지 않습니다. 조금 부끄러웠고 자존심 상했습니다. 하지만 회복 탄력성으로 좌절하지 않았습니다. 내일의 희망을 위해 그 순간 참고, 견디고, 버텼습니다. 그리고 그 상황을 이렇게 해석했습니다. 밖에서 힘들게 일하고 돌아온 집, 아내와 함께 지내고 싶었던 남편입니다. 얼마나 불편하고 외로웠을까요. 예를 들면 '일주일 내내 혼자 밥 먹는 기분' 견디기 힘들지 않았을까요.

저는 이렇게 남편의 문제를 반응이 아닌 자각으로 봅니다. 남편의 입장에 서서 문제를 살펴보니 그 이후 조금 더 편안해진 마음, 측은지심으로 남편을 대할 수 있습니다. 저의 마흔 이후 일과 삶의 병행, 프로 강사의 삶은 처절하게 외롭고 고단한 겨울 눈 속에 핀 인동초입니다. 세상에 쉬운 일 없습니다. 제가 좋아하는 일, 하려면 그만한 아픔의 대가는 치러야 한

다고 생각합니다. 정말로 부끄러운 일은 다른 사람이 방해한다고 내 뜻을
펼치지 못하는 일입니다. 다른 누군가 때문에 중단하는 일입니다.

8

고치 속에 숨은 비전

생각하는 대로 살지 못하면 사는 대로 생각하게 된다.
당신이 나비처럼 훨훨 날았으면 좋겠다.

『나비형 인간』 고영

애벌레는 자신이 원하는 나비가 되려면 안전지대 떠나 도전지대로 향해야 합니다. 한 마리의 애벌레가 있습니다. 애벌레는 저 멀리 하얗게 반짝거리는 당근꽃을 발견합니다. 아! '저곳으로 가고 싶다. 그런데 어떻게 가지.' 애벌레가 도로를 지나 당근밭까지 가려면 험난하고 고통스러운 여정을 뛰어넘어야 합니다. 애벌레는 이쪽에서 저쪽을 바라보며 희망을 그리고 있습니다. 애벌레는 생각하고 또 생각했습니다. 이대로는 '내가 행복하고 안전하지 않아, 힘들고 어려운 길이지만 도전해 보자!' 애벌레는 길을 떠나겠다고 주위에 선포했지요. 다들 말립니다. 특히 남편 애벌레가 말립니다. 아이들도 자신들이 불편하니 엄마인 애벌레에게 가족들을 위해 가지 말라고 부탁합니다. 한 번 떠나기로 마음먹은 애벌레는 출발합니다. 도전지대로 향하고 있습니다.

사람이 길을 건너기는 쉬운 일이지만 애벌레가 도로를 지나 당근밭으로 가기까지 역경이 많습니다. 오토바이, 자동차, 사람 곤충 등 그러던 중 가장 큰 위기가 다가왔습니다. 깃 바퀴라는 새입니다. 애벌레를 잡아먹으려고 점점 다가오고 있습니다. 애벌레는 잡아먹히기 전에 머리에 달린 보호제를 이용해 냄새를 뿌렸습니다. 새는 역겨운 남새에 머리를 흔들며 멀리 날아갔습니다. 지혜를 이용해 위기를 극복한 애벌레는 위험한 고비를 잘 넘기고 드디어 자신이 원하는 미지의 땅 당근밭에 다다랐습니다. 기쁘고 행복했습니다. 먹이를 배불리 먹은 애벌레는 나비가 되기를 희망합니다. 나비가 되기 위해서 무엇을 해야 할까요? 트리나 폴러스의 책『꽃들에게 희망을』에, 이런 내용이 있습니다. 호랑 애벌레가 "나비가 되려고 결심하면 무엇을 해야 하죠?"라고 질문을 합니다. 노랑나비 애벌레가 대답하지요. "나를 보렴, 나는 지금 고치를 만들고 있단다." 고치 안에서 변화가 일어나는 동안 고치 밖에서는 아무 일도 없는 것처럼 보일지 몰라도 나비는 이미 만들어지고 있는 것입니다. 시간이 걸릴 뿐입니다. 아! '고치 속에서 나비가 나옵니다.' 그러나 날개가 마를 때까지 또 기다려야 합니다. 인생도 이와 같지요. 무엇인가 원하는 삶을 살려면 기다리고 또 기다리는 인내, 그리고 끊임없는 도전이 필요합니다.

내가 좋아하는 동화책 그리고『꽃들에게 희망을』책을 가지고 저의 인생 스토리텔링으로 만들어 보았습니다. 내가 애벌레의 모험 책을 좋아하는 이유는 주인공 애벌레가 저와 닮았기 때문입니다. 아이들도 그림책을 가져오라고 하면 자신과 닮은 주인공의 책을 가져옵니다. 이 책을 통해 애벌레가 나비가 될 때까지 수없는 모험과 경험, 끊임없이 도전하는 정신을 배울 수 있습니다. 안전지대에 머무르지 않고 새로운 가능성 지대로 향합니다. 천천히 도전지대로 출발합니다. 조금씩 성장하며 변화를 꿈꾸고 있습니다. 가 보지 않은 길이 무섭고 두렵다고 새로운 길을 가지 않았다면 10년 후의 저는 어떤 모습일까요. "어떤 길을 갈 때 절대 후회하지 마라! 좋았다면 그것은 추억이고 나빴다면 그것은 경험이다." 캐롤 A. 터킹턴의 말을 마음속으로 되뇌며 과거에도 지금도 계속 도전의 길 걷고 있습니다.

이어서 여성 스피치 교실에서 만난 자매 이야기입니다. 과거의 상처에서 벗어나 멋진 인생 만들어 가는 자매의 발표 내용입니다. 2006년 9월에 제가 운영하는 중앙도서관 여성 스피치 교실에 그녀들이 자신감 있는 말하기를 배우려고 왔습니다. 수업 중에 언니가 쏟아 낸 이야기는 지금까지 생생하게 기억이 납니다. 자매가 어렸을 때 아버지가 술을 많이 드시고 오면 가족을 특히 어머니 사정없이 때렸고 다음에는 자매들을 한잠도 재우지 않고 훈계하다가 기분이 좋지 않다고 자매도 마구 때렸다고 하네요. 자매가 맞는 걸 말리는 어머니는 죽기 직전까지 갈 정도로 두들겨 맞고 그것을 울며 말리는 자매 역시 맞은 적이 셀 수 없을 정도라고 했습니다. 도망가서 숨어 있으면 찾아서 기어코 때리는 아버지, 그런데 더 어이가 없는 것은 이 장면을 보며 자란 오빠도 시간만 나면 자매를 때리고 학대했다는 것입니다. 발로 차고 벽에다 머리를 찧고 감히 상상할 수도 없는 경험을 이야기할 때 우리 모두 화가 났습니다. 주먹을 꼭 쥐었지요. 그렇지만 좋지 않은 환경에서 살았어도 잘 성장해서 반듯하게 사회생활을 합니다. 사회복지관에서 불우한 어린이들을 돕는 일을 하고 있는 자매의 용기에 박수를 보냈습니다. 바로 이 자매들이야말로 내 안의 힘을 키우고자 하는 고치 속 번데기입니다. 나비가 되어 자신들이 꿈을 꾸던 일을 하며 멋지게 비행하고 있네요. 자신에게 있는 껍질을 벗기기 위해서는 과거를 직시하고 현재는 다르게 살려는 압도적인 변화가 필요합니다. 날개를 펴기 전 고치에서도 참고 견뎌야 하며 나와서도 날개를 말리는 시간이 필요합니다. 그 후 날개를 활짝 펴고 훨훨 나비가 되어 날 수 있습니다. 두 자매가 그런 역경을 헤치고 아버지처럼 또는 매 맞으며 사는 엄마처럼 대물림하며 살지 않으려고 부단히 노력했다고 하네요.

우리는 살면서 수없는 선택을 합니다. 그러나 실행하지 않습니다. 『빠르게 실패하기』의 저자 존 크럼볼츠 작가는 "많은 사람이 계획에는 박사학위를 가졌어도 실행에는 유치원 아이"라고 말합니다. 보통 사람들은 때린 아버지만 원망하며 살다가 어느 날 그런 아버지와 비슷한 행동을 하거나 아니면 아버지 같은 사람을 선택해서 평생을 후회하며 살기도 합니다. 이런 상황에서 그녀들은 올바른 선택과 결정을 합니다. 바른 생각을 했으면 결단을 내려야 합니다. 이리저리 꾸물거리다가 시간 놓치고 나이 먹어서 후회하는 사람이 많습니다. 성공한 사람과 성공하지 못한 사람이 차이는 크게 3가지라고 생각합니다. 첫째, 자신이 분명한 목적을 가지고 어떤 난관이 와도 그 상황을 참고 이겨 내는 것입니다. 둘째, 과거의 흔적과 상처로 고통스러워하지 말고 그냥 한 발 나아가 보는 것입니다. 셋째, 선택했으면 결단하고 마무리까지 가 보는 것입니다. 그래야 원하는 삶이 나비가 되어 훨훨 날아갈 수 있습니다. 일단 안전지대에서 나가 가능성의 지대로 한발 나가 봅니다. 번데기가 무엇이 될지 아무도 모르니까요.

9

삶의 대피소가 필요해

문제가 없다면 그것이야말로 진짜 심각한 상태다.
문제가 많을수록 오히려 더 생기 있게 살 수 있다.

노먼 빈센트 필

나는 가족의 '쓰레기 대피소'입니다. 마음의 쓰레기가 꽉 차 있습니다.
고통, 번민, 욕구, 짜증, 지친 인생입니다. 아이들 키우며 시어머니 모시고
열심히 살았습니다. 그런데 마음 한쪽 구석이 늘 허전하고 외로웠습니다.
아이들과 가족은 있는데 '나' 이선희는 어디에도 없었습니다. 나를 찾기 위
해 공을 들였습니다. 그 어디에도 없는 '나'는 내면에 꿈틀대는 욕구를 통
해서 밖으로 나왔지요. 나도 마음의 대피소가 필요했습니다. 마음에 찌꺼
기를 날려 버릴 위안소, 그것이 제2의 인생 이모작 나의 일 천직, 좋아하
고 잘할 수 있는 일이었습니다. 그렇게 반대하는 공부와 독서를 왜 그렇게
오래 했을까요? 주변에 나를 아는 후배들이 질문합니다. 선생님은 남편이
그렇게 반대했는데 어떤 마음으로 공부를 지속하셨어요? 질문을 듣고 생
각해 보니 이제야 그 이유를 알아챕니다. 그 시절에는 그래야 살 것 같았

63

어요. 의식이 확장되기 전이니 내가 살기 위해 이 가정을 유지하기 위해, 삶의 대피소에 쌓인 쓰레기 비움이 필요했습니다. 지금은 주부들에게 읽고 쓰게 돕는 비전, 그리고 한 가정에 코치 한 명씩 상주시킨다는 사명이 생겼지요. 그러나 그 시절에는 살아남기 위해 가정을 깨고 싶지 않아서 버티고 견디기 위해 공부했습니다. 이유는 단 한 가지, 강의를 통해 인정받고 싶었습니다. 밖에 나가서 강의하면 수강생들이 알아줍니다. 선생님의 삶을 닮고 싶다는 말을 들었습니다. 가족들에게 받지 못하는 인정 욕구가 절실해서 밖에서라도 받고 싶었습니다. 좋은 일은 칭찬하지 않고 잘못된 점을 들추는 남편, 그리고 사춘기로 몸살을 앓고 있는 아들, 가족에게 일어나고 있는, 좋지 않은 일들에 대한 모든 비난 불평은 엄마인 저에게 쏟아지던 시절이었습니다.

방송통신대에 다닐 때였습니다. 사춘기를 심하게 겪은 아들이 깜짝 놀랄 정도의 문제를 일으켰습니다. 학교에서 출석 수업을 듣고 있는데 전화가 왔지요. 둘째 아들이 사고를 쳤답니다. 가슴이 쿵쿵 뛰었어요. 마음이 조급해지자 발걸음이 떼어지지 않습니다. 부리나케 학교에 달려갔습니다. 담임선생님은 무척 화가 나셨지요. 이유를 물었어요. "선생님, 저의 아들이 무슨 잘못을 했는지요?", "선생님 말씀이 "헌오가 친하게 지내는 친구에게 물건을 던졌어요."라고 합니다. 어이가 없고 기가 막혔습니다. 말썽은 부렸어도 다른 아이를 때리는 아이는 아니었지요. 이미 일어난 일이고 수습하기 위해 일단 친구 부모님과 함께 병원으로 갔습니다. '애가 놀랐을 것이다.' 생각했지요. 청심환을 사 먹이고 친구 어머니에게 죄송하다고 백

배사죄했습니다. 아들 행동을 이해하지 못하겠다며 아들을 정학시키겠다고 선생님과 친구 엄마가 함께 언성을 높입니다. 할 말이 없지요. 그저 죄송하다고 머리 조아리고 여러 번 사과했습니다. 돌아서는 발걸음이 무거워서 발이 질질 끌려옵니다.

친구 엄마는 애 아빠가 화가 나서 아들을 가만두지 않겠다며 벼르고 있다고 했습니다. "어떻게 하실 거예요?", "제가 찾아뵙겠습니다." 저는 아들과 함께 청주농수산물시장에서 채소를 받아서 파시는 친구 아버지께 찾아갔습니다. "제가 열심히 살기는 했는데 아이에게 정서적으로 안정을 주지 못한 것 같아서 이런 일이 생겼습니다. 정말 죄송합니다." 머리 조아리고 사죄했습니다. 아들 친구 아버지는 욕설을 내뱉으며 "엄마 봐서라도 내가 한 번은 용서해 주는데 다시는 그러지 말아라, 한 번 더 하면 가만두지 않겠다."라고 하며 아들을 꾸짖었습니다. 저는 최선을 다해 용서를 구했습니다. 그리고 아이와 소통했습니다. "아무리 화가 나도 사람을 때리는 것은 절대 용서할 수 없다."라며, 다시는 그러지 말고, 사람은 무엇으로도 때릴 수 없다는 말로 타일렀습니다. 그 상황에도 저는 아들을 챙기고 다시 통신대학으로 돌아가 출석 수업을 들었습니다. 제 마음의 쓰레기를 버릴 수 있는 유일한 대피소는 공부하는 길이었습니다. 이 상황을 이겨 내며 견딜 수 있는 일은 아들 둘 챙기는 것, 중요하지만 나도 힘든 삶 속에서 살아남는 길을 선택했습니다. 마음에 가득 찬 실망의 쓰레기를 버리기 위한 쓰레기통이 갈급했습니다. 공부의 길이 삶의 대피소였습니다.

눈 뜨면 일해야 하는 환경이었습니다. 이해심 부족한 어머님은 절대 아이들은 봐주지 않으시고 시누가 있는 곳으로 자주 출타하셨습니다. 부모 경험이 충분하지 못한 나는 아이의 정서적 안정이 더 중요하다는 것이 집을 깨끗이 하는 것보다 소중하다는 것을 놓쳤습니다. 아이의 행동에 깊은 관심을 두고 관찰하고 주의를 가져야 하는데, 오직 자아실현 하겠다는 신념으로 에너지가 온통 밖으로 나가 있었습니다. 나중에 아이에게 물었지요. "그때 왜 그렇게 엄마 힘들게 했냐."고. 둘째는 아무것도 들리지 않고 보이지 않았다고 합니다. 아이가 사춘기를 심하게 겪을 때 우리 부부는 대화가 부족했습니다. 남편은 이 상황에 공부하고 자신을 찾겠다고 밖으로 나가서 공교육, 사교육 마다하지 않는 아내인 나를 미워했습니다. 본인은 일을 통해 가정을 위해 책임을 다한다고 생각했습니다. 불만이 많은 남편은 어떠한 일도 관심 두지 않았지요. 오직 사업에서의 성공, 일밖에 눈에 들어오지 않는 현실이었습니다.

의논하고 싶었습니다. 대화하고 싶었지요. 그러나 두 마디 이상 이야기하면 다투게 됩니다. 상대의 말을 들어 줄 준비가 전혀 되어 있지 않았지요. 나도 남편도, 우리의 그런 상황을 아이들은 언젠가 이혼할 부부로 생각했던 것 같습니다. 나중에 둘째 아들이 말합니다. "엄마 아빠 싸울 때 우리는 이혼하는 줄 알았어요." 이렇게 말합니다. 우리는 그렇게 서툴게 부모 역할을 해 왔습니다. 어쩌면 둘째가 사고 치고 정서적으로 불안정했던 원인은 우리 부부에게 있었지요. 지금도 아쉬운 부분입니다. 남편과 나는 열심히 살았지만, 놓친 것이 있습니다. 바로 아이들과의 충분한 대화입니다. 둘째 아들과 짧은 시간이라도 충분히 소통할 수 있었다면 아들이 사춘기를 그렇게 심하게 겪지는 않았을 것입니다. 경제적으로 여유는 생겼습니다. 그리고 가업도 일으켰습니다. 마음의 여유가 없어서 아이들에게 정서적으로 안정된 환경, 충분한 대화와 사랑을 주지는 못했지요. 인생에서 놓친 부분입니다. 힘든 현실을 이겨내기 위해 한편으로는 공부로 독서로 회피한 인생이었는지도 모릅니다. 저도 이 삶에서 살아남기 위해서 쓰레기통, 위안소가 필요했습니다. 상처 가득한 마음에 힘든 것들을 버릴 그런 대피소입니다. 내가 하고 싶은 일을 통해 보람과 성취감을 느끼는 것, 일이 주는 몰입감, 알아주기, 인정을 받는 일이었습니다.

아이들의 정서적 환경은 안정감입니다. 부부가 서로 사랑하고, 대화를 충분히 하는 일은 아이에게 사랑을 주는 일이며, 그 모습을 통해 아이는 행복하다는 것을 몸으로 마음으로 느낄 수 있습니다. 지금 다시 아이를 키운다면 오류를 덜 저질렀을까요? 자신이 좋아하는 일을 시작하기 위해 반드시 해야 할 일이 있습니다. 첫째, 가족에게 충분히 관심을 가집니다. 어린 시절 놓친 정서적 안정감은 청년기, 장년기까지 습관으로 이어져 문제로 남습니다. 어떤 상황에서도 놓지 말아야 할 것은 아이들에 관한 관심입니다. 아이들은 생각보다 다 말하지 않습니다. 이사를 통해 세 번이나 학교를 옮기는 과정에서 따돌림당한 것을 약간 눈치채긴 했지만 그렇게 심한지 몰랐습니다. 둘째, 부부가 서로 소중하게 여기며 대화를 충분히 해야 합니다. 엄마가 아무리 애를 써도 아빠가 도와줘야 할 부분이 반드시 있거든요. 자녀를 인성이나 품성을 잘 갖춘 아이로 키우고 싶다면 아빠의 도움이 절대적으로 필요합니다. 셋째, 엄마가 행복해야 합니다. 엄마의 행복은 자연스럽게 긍정적인 말과 행동으로 이어져 가족의 끈끈한 연대감을 결속 시킵니다.

먹고사는 것도 물론 중요합니다. 하지만 어린 시절 놓친 정서적 안정감 은 평생 갑니다. 옛날 아버지들은 아이들과 소통이 어렵습니다. 밥상에서 만나도 윽박지르기만 합니다. 아이들은 아버지 눈 마주치는 것 피합니다. 반대로 나이 들면 아이들이 아버지를 피합니다. 요즘 〈아빠하고 나하고〉 프로그램에 나오는 중견 배우 장광의 아들 장영이와의 갈등도 바로 소통 부족에서 옵니다. 결국은 프로그램을 통해 사이가 좋아진 부자지간을 볼 수 있습니다. 아버지들도 본인 아버지와 소통을 배운 기억이 없습니다. 권 위 의식만 강한 아버지의 엄한 모습만 기억합니다. 가족이 서로 대화하는 것도 연습이 필요합니다. 어른이 마음을 열고 다가가야 아이들도 방어기 제를 풀고 자신의 고민이나 중요한 문제 터놓을 수 있습니다. 청소년 문제 의 반은 가족의 대화 불통에서 시작되었다고 생각을 합니다. 지금부터라 도 아이들 이야기 잘 들어 주기, 상대 중심의 대화, 마음 열고 귀 기울이기 가 먼저입니다.

제 2 장

경력 단절 주부의

고군분투기

1

우물 밖의 하늘이 커진 이유

사실, 자기를 실현하는 삶이란
사람을 약하게 만드는 휴식이 아니라 강하게 만드는 단련에 있다.

파스칼 브뤼크네르

잠시 부재중이었습니다. 오랫동안 참여하지 못한 흥덕도서관 슬기로운 문, 책 읽기 모임에 참석했습니다. 함께 할 때는 보이지 않던 것들이 보입니다. 그동안 온라인에서 고마워 감사 일기 프로젝트 강의, 감사 일기 쓰기, 독서 모임 등 다양하게 다른 세상을 엿보았습니다. 일 년 동안 다른 곳에서 자기 계발을 위해 열심히 루틴 정하고 움직이는 사람들과 함께했습니다. 그러다가 다시 청주 흥덕도서관 오프라인 독서 모임에 합류하게 되었지요.

오프라인 독서 모임은 약 6년 이상 해 온 모임이었지요. 정신적으로 피폐할 때 친구의 소개로 참석하게 된 모임입니다. 약 6년 동안 한 달에 두 번 두 번째 금요일과 네 번째 금요일에 참석했습니다. 도서관에서 빌려주

71

제2장 경력 단절 주부의 고군분투기

는 책으로 돌아가며 읽고 나누던 북 토론 모임입니다. 젊은 사람들이 많습니다. 다양한 주부들이 모여서 책이라는 매개체를 가지고 생각을 나누는 모임입니다. 오랜만에 만났습니다. 조금은 어색했습니다. 분위기도 많이 바뀌었네요. 진행하는 리더는 예전 저와 함께 책 읽던 사람입니다. 반가운 마음입니다. 다시 책도 읽고 분위기도 파악하고 싶었습니다. 책, 열심히 읽고 있는 모임입니다. 그날 참석해 보니 예전 그대로입니다. 왠지 제자리에 맴돈다는 생각이 문득 들었습니다. 읽고 나누는 일 좋습니다. 그러나 독서와 함께 의식도 확장되어 읽은 것, 적용하고 실천하는 상태, 예를 들면 독서 노트를 쓰거나 읽기와 쓰기를 병행하는 책 쓰기 등 압도적인 변화를 기대했는지도 모릅니다.

온라인에서 다양하게 루틴을 정해 책 읽고 블로그 쓰고 SNS 활동하면서 책도 쓰고 강의하는 사람을 보다가, 책만 읽는 그녀들을 보니 약간 답답하다는 생각이 들었습니다. 밖에서 활동하다 다시 들어오니 객관적인 눈이 생깁니다. '아! 이것이 우물 안 개구리구나!' 하는 생각이 들었습니다. 내가 그 자리에 함께 있을 때 보이지 않던 것이 보이기 시작합니다. 온라인에서 일 년 동안 활동했던 일은 제 생각을 크게 확장하게 도움을 주었습니다. 의식도 성장했습니다. 우리끼리만 읽는 것이 아닌 더 넓은 세계가 주는 영향력, 펼치고자 하는 사람들의 발전과 가능성을 보았습니다.

저도 청주에서 그분들과 책 읽는 모임을 지속하였다면 매달 책 읽고 나누는 일만 하고 있을 거라는 생각이 듭니다. 그 안에 있을 때는 자신을 분리해서 볼 수 없으니까요. 밖의 넓은 세상 온라인이라는 세계에 들어오니 다양하게 열심히 사는 사람들을 만났습니다. 책 읽고 문제 해결을 위해 자신을 자각하고 루틴으로 적용하며 자기 분야를 넓혀서 1인기업을 운영하고 콘텐츠 확장으로 계속 발전하고 있는 분들을 뵙다가 비슷한 수준에 있는 사람들과 책만 읽는 그녀들을 보았습니다. 책은 읽고 있지만, 확장과 확대는 아직 없습니다. 물론 읽지 않는 것보다는 효과가 있겠지요. 회원들의 잠재적 가능성을 발견해서 책을 읽는 것에 그치지 않고 쓰고 말하고 본인들이 강의도 하고 좀 더 넓은 생각과 사색의 공간이기를 바라는 건 저의 기대일 수 있습니다.

코칭에는 학습에 도움을 주는 메타인지라는 개념이 있습니다. 상위에는 일과 성과가 있고 밑에는 생각, 감정, 욕구가 있습니다. '메타인지'란 객관적으로 자신을 볼 수 있는 능력, 내가 알고 있는 것과 모르는 것을 분별하는 능력입니다. 위에 일을 통해 성과를 내기 위해 그 밑에 나의 욕구를 충분히 들여다봅니다. 욕구는 생각, 감정, 사고의 내면을 들여다보는 일입니다. 많은 사람들이 자신의 욕구는 무시하고 생존을 위해 바쁩니다. 그러다 보니 숲 전체를 보지 못하고 나무만 보고 있습니다. 우리끼리는 책 읽고 성장한다고 생각합니다. 그러나 책 읽고 성장하기 위해 지금 무엇을 하고 있느냐에 발목이 잡힙니다. 그냥 한 달에 두 번 만나서 읽고 토론하다 돌아오는 것 나쁘지 않습니다. 하지만 저는 이렇게 생각합니다. 마음속으로는 좀 더 의식을 확장하고 싶고, 경제적으로 독립하고 싶으면서 책만 읽고 실행은 하지 않으면 그대로입니다. 환경을 바꾸어야 한다고 생각합니다.

읽고 나누는 것을 넘어서 그 일로 경제적 활동까지 할 수 있기 위해 배우는 것, 그리고 그 배움을 실행해야 합니다. 구체적 변화는 없습니다. 나도 예전 강의로 바빴습니다. 매일 할 일에 치여 책을 쓴다는 생각 꿈에도 하지 못했습니다. 머나먼 일 언젠가 쓰고 싶다고 막연하게 살아왔던 것입니다. 그 시절 조금 빠르게 글 쓰는 세계의 발을 디뎠더라면 지금쯤 작가이면서 강사로 더 넓게 활동하고 있을 것입니다. 그때 제가 쓴 인생 목표를 보니 쉰다섯 살에 책 써서 〈아침마당〉에 나가고 싶다고 적었습니다. 그렇게 목표는 막연하게 설정해 놓고 실행은 하지 않고 일과 공부만 했습니다. 급한 일에 치여 미래는 준비하지 않았지요. 중요한 일이 우선순위 전략에서 밀린 것입니다.

후배 덕에 온라인에 상륙했습니다. 다양한 공부 그리고 새로운 책과 사람인 자원을 만났습니다. 코칭 공부를 2010년에 시작해서 2012년에 KPC 전문 코치 자격을 취득했는데도 불구하고 저는 학습 코칭만 고집했습니다. 세상이 달라졌습니다. 이제 줌으로도 얼마든지 사람과 교류하고 강의할 수 있는 시대입니다. 온라인, 오프라인이 병행되고 있습니다. 자신이 경험한 일들, 축적된 지식을 메신저로 알리며 돈을 벌 수 있는 시대입니다. '무엇으로 성장할 수 있는가?' 새롭게 정의 내려 볼 필요가 있습니다. 자신이 알고 있는 사실을 넘어 새로운 시대 추세를 읽고 빠르게 적용할 필요가 있습니다.

능력 있는 주부가 우물 안에만 있는 것은 아쉬운 일입니다. 우물 밖의 하늘이 커진 이유는 무엇인가요? 우물 밖으로 나가서 하늘을 만날 수 있기 때문입니다. 내가 만난 하늘은 더 광활하고 넓었습니다. 배울 것과 적용할 것 많은 세상에 닿았습니다. 그리고 실행하고 있습니다. 아침에 일어나서 바인더로 하루를 계획합니다. 블로그에도 일상을 적습니다. 손주 유한이 학교 보내고 운동을 시작합니다. 아파트 내 헬스장입니다. 시간이 없을 때는 계단을 27층까지 두 번 올라갑니다. 그리고 점심 가볍게 먹고 오후에 글 씁니다. 수시로 강의 듣습니다. 글쓰기 강의도 합니다. 책도 읽습니다. 손주 유한이 챙기는 뒷바라지로 할머니, 엄마 역할을 수시로 합니다. 혼자 있을 때 치열하게 저를 관리합니다. 함께 있을 때는 느긋하게 다른 사람 이야기를 들어 줍니다. 우물 밖의 나와 하늘을 보십시오. 그제야 그 안이 우물인 줄 눈치챌 수 있습니다.

2

이 나이에도 코칭 할 수 있습니다

좋아하는 일, 할 수 있는 일을 최대한 늦게까지 하라.

파스칼 브뤼크네르

'정말 좋은 이유가 없다면 절대로 모험을 거절하지 말아야 합니다.' 미국의 샤갈은 77세 때 양로원에서 체스 두다가 자원봉사자가 체스를 못 둔다고 하니 심심해했지요. 옆 반 화실에 있는 사람이 "그림이라도 그려 보시는 것이 어떤가?"라고 묻습니다. 샤갈이 나이가 많아서 할 수 없다고 말하니 청년이 한마디 합니다. 나이가 문제가 아니라 "할 수 없다."는 마음이 문제라고요. 그 말을 들은 후 샤갈은 붓을 잡기 시작해서 81살세에 첫 전시회를 하고, 103세 생일을 끝내고 행복하게 돌아가셨네요. 화가 샤갈 이야기는 늦었다고 이야기하는 사람들에게 많은 시사점을 줍니다. 우리는 지금 자기 계발하기 늦었다는 이야기를 많이 합니다. 샤갈은 81세에 첫 전시회를 했다고 한다면 과연 늦은 시간이 있는 것일까요.

젊은 나이는 아닙니다. 그런데 나이가 그렇게 중요하지는 않습니다. 내가 원하던 일, 하고 싶었던 일을 어떻게든 시작해 보는 것이 중요한 일입니다. 은유의 『쓰기의 말들』에서 이렇게 말합니다. 난관에 봉착하면 자신이 하고 싶은 일이 정말 하고 싶은 일이 맞는지 그 실체가 드러난다고. 하고 싶은 일이면 문제를 해결할 궁리를 하고, 하고 싶은 일이 아니면 문제를 핑계 삼아 그만둘 명분을 만든다고 합니다. 이제 보통 85세에서 100세까지 수명이 연장되었습니다. 저자가 마흔 살에 자기 계발할 때, 나이 적지 않은 나이였습니다. 보통 배우고 가르치는 장소에서 나이가 많은 편이지만 장점도 많았습니다. 일단 이해의 폭이 넓고 다른 사람들을 배려할 수 있는 내공이 있습니다. 그리고 나이만큼의 경험의 축적도 깊어서 유연성과 관계 지능도 많이 발달되어 있습니다. 다른 사람들 고통이나 슬픔도 같이 껴안을 수 있는 강점도 있습니다. 지금이라도 하고 싶은 일 있으면 도전해 보세요. 할 수 없다는 생각만 하지 않으면 됩니다.

저와 함께 공부하는 코치님들은 보통 나이가 50세 이후가 많습니다. 아이 키우고 남편 뒷바라지하다가 자기 경력이나 능력 살리지 못하고 고민하던 분들이 뒤늦게 자기 계발 영역에서 코치가 되고 싶어서 열심히 공부하는 것이지요. 요즘 화두가 "액티브 시니어"입니다. 젊은 사람들보다 더욱 힘차게 일자리 전선에서 활동하고 싶어 하는 분들이 미래 직업을 찾기 위해 공부하는 곳은 다양합니다.

저는 오늘 코치라는 직업에 대해 말하고 싶네요. 코칭은 고객에게 호기심 가지고 질문과 경청을 통해 고객이 진정 원하는 것을 함께 찾고, 그 일을 통해 고객의 의미를 확장하게 돕습니다. 고객의 에너지를 올려 주기 위해 묻고 듣습니다. 그리고 현실과 목표의 차이를 줄이기 위해 들어 주고 질문합니다. 코치는 고객이 실행 계획을 세울 수 있도록 생각 전환을 돕는 사람입니다. 질문을 통해 의식을 확장시킵니다. 청크업이라는 단어로 말합니다. 조금 더 높은 곳으로 올라가 자신을 내려다볼 수 있게 합니다.

코치로 경제활동을 하는 범위가 넓어졌습니다. 코칭에도 여러 유형이 있습니다. 비즈니스 코치는 조직의 중간관리자들을 코칭 하는 것입니다. 조직의 목표 달성을 위해 중간관리자가 상사, 또는 밑에 직원들에게 비전을 공유하거나 목표를 일치시키기 위해서 주로 회사에서 코칭을 받게 합니다. 커리어 코치는 어떤 직업이 자신에게 맞는지 성격 검사 및 강점 검사 등 여러 가지 설문을 통해 자기 능력과 역량에 맞는 직업을 탐색하도록 돕는 역할을 합니다. 학습 코칭은 말 그대로 아이들의 진로와 학습을 도와줍니다. 존재 찾기를 통해 자신이 누구인지 접근할 수 있게 도움을 주며 공부가 무엇인지 왜 해야 하는지, 디스크 검사로 자신이 행동 유형 분석을 통해 내가 어떤 유형인지 알게 합니다. 자신을 이해하는 것이 학습 코칭의 시작입니다. 심리코치는 고객의 상처를 과거의 경험을 통해 발견하고 그 상처를 NLP 코칭으로 치유하거나 과거의 나쁜 기억에 새로운 기억을 입힙니다. 과거를 잊고 새로운 미래를 가꾸어 나갈 수 있도록 돕는 사람입니다. 심리하면 어렵게 접근하지만, 심리 코칭 하면 조금은 가볍게 접근할 수 있습니다. 코치라는 직업은 나이 많을수록 도움이 됩니다. 몸과 정신만 건강하면 할 수 있습니다. 긍정적인 언어, 열린 질문을 통해 상대 에너지 좋은 방향으로 이끌어 줄 수 있는 직업입니다.

　자기 계발에 성공하는 사람들은 3가지 이유가 있습니다. 첫째, 성공하기 위해서는 분명하고 뚜렷한 목표가 있어야 합니다. 목표는 방향입니다. 현재 자신이 서 있는 곳을 알아야 하고 자신이 가고자 하는 방향을 정확하게 알고 가야 합니다. 목표는 인생의 내비게이션입니다. 둘째, 시간을 관리합니다. 하루의 시간은 누구나 똑같이 24시간이 주어집니다. 매일 같은 선물의 시간이지만 3시간처럼 쓰는 사람도 있고 30시간처럼 관리하는 사람도 있습니다. 시간은 다음 날로 넘길 수도 없고 저축할 수도 없습니다. 그러나 우리 모두에게 시간이라는 선물은 매일 주어집니다. 그 시간을 잘 관리하는 사람은 일만 시간의 법칙을 활용해 배우고 익혀서 전문가로 거듭납니다. 중요한 것부터 먼저 해결하는 사람, 긴급하고 바쁜 일보다는 중요한 일에 더 정성을 들이는 사람들은 성공합니다. 세 번째는 관계 능력입니다. 사람은 사회적 동물입니다. 혼자서는 무엇이든 한계가 있습니다. 다른 사람과 협업해서 융복합할 수 있는 사람, 사람이 자원인 것을 알아채고 사람을 통해 또 다른 이익을 창출할 수 있는 사람이 필요합니다. 사람은 '관계 속에서 성장하고 관계 속에서 꽃을 피웁니다.'

　성공한 사람들은 자신이 가지고 있는 능력을 결합합니다. 책을 읽는 능력, 말하기 능력, 코칭 능력 그리고 글쓰기 능력을 결합해서 자신의 잘할 수 있는 영역을 확장하고 의미 부여합니다. 지금부터 알려드리는 건 할 수 있는 일을 찾아보는 방법입니다. 여러분이 자주 하는 일을 동사 문장으로 정리해 보기 바랍니다. 열 개 정도입니다. 예를 들면 춤을 춘다. 말한다. 매일 글을 쓴다. 이렇게 적어 보면 많이 나오는 문장이 있습니다. 그렇게 많이 하는 활동이 바로 여러분을 이 자리에서 저 건너편 세계로 건너뛰게 도와줍니다. 지금 동사를 써 보시면 어떨까요. 내 안에 있는 보석을 채굴하기 위해 동사도 써 보고 셀프 코칭으로 자주 질문해 보면서 자신의 지하 동굴에 관심을 가지고 탐색해 봅니다.

3

2010년 평생학습 공로자로 선정

내일 죽을 것처럼 살아라. 영원히 살 것처럼 배워라.

마하트마 간디

독서로 읽기 능력을 끌어올립니다. 읽기 능력이 좋으면 공부도 잘합니다. 2000년에 글쓰기 독서로 시작해서 데일카네기 스피치, 동화구연. 창의성 등 다양하게 공부를 시작했습니다. 공부란 해도 해도 끝이 없습니다. 공부할수록 부족함을 느끼는 것, 바로 평생학습입니다. 늦게 시작했기에 공교육 사교육 마다하지 않고 뛰어다녔습니다. 처음에는 청주 지역 사회 교육협의회에서 창의성 교육을 받다가 충북대 평생교육원에서 동화구연 그리고 데일 카네기 스피치 등 다양하게 쫓아다니며 공부했지요. 배워서 남 주자는 가치를 가지고 배우는 대로 가르칠 수 있는 강사가 되었습니다. 평생학습관에서 오전 10시에 강의 시작하면 13시에 마칩니다. 3시간 강의 후 잠깐 점심을 먹고 오후에 특강을 다녔지요. 대전에 단재 교육원 청주교도소 등 다양하게 부르는 대로 달려갔습니다. 명함을 돌리지 않아도 한 번 강의한 곳에서 또 연결되어 한 달에 열 번 이상 특강을 다녔던 경험도 있네요. 그 시절에는 한번 시작하면 거의 3시간 강의했습니다. 하루 세 번 강의 하면 9시간을 강의하는 날도 많았습니다.

청주 평생학습관에서 오전에 하는 스피치를 직장인들이 들을 수 없다고 저녁에 강의 과정을 추가해서 만들었습니다. 한 곳에서 하루에 두 번 강의할 수 있었습니다. 그때 강의를 수강했던 관장님이 주부들에게 꼭 필요한 강의라고 적극적으로 추천해 주었습니다. 오전에는 거의 주부들이 강의를 들었지만, 저녁에는 다양한 사람들이 참석했습니다. 직장인들, 평생학습관 관장, 과장 다 들어와서 강의 참석을 했네요. 소통이 필요한 시기였습니다. 내가 말하고 있는 언어, 곧 생각하고 말하는 언어가 자신의 세계를 증명합니다. "내 언어의 한계는 내 세계의 한계다."라고 비트겐슈타인이 말합니다. 언어의 한계를 극복하고 싶은 사람들이, 스피치 토론의 화두가 되면서 말하기를 배우고 싶어 하던 시절이었습니다. 저녁에 강의를 듣던 관장님이 평행학습자로서 강의를 들어 보니 성실하고 열정적으로 삶을 살고 있다며 주부들에게 꼭 필요한 강의라고 소문내 주었습니다. 주변 강의를 듣는 사람들의 변화한 모습을 보고 평생 공로자로 추천해서 '청주시 한범덕 시장'의 상을 받게 해 주었습니다.

강사로서 '평생학습 공로자'라는 상은 제가 해 온 강의와 평생학습을 제대로 증명받은 일입니다. 기쁘고 뿌듯한 마음으로 설레고 행복한 시간이었습니다. 열심히 공부하며 달려온 인생입니다. 저는 일찍 공부한 것이 아니라 마흔이 넘어서 자기 능력과 적성을 개발한 사람입니다. 처음 강의 시작할 때 초등학생부터, 중학생, 할머니 할아버지 다양하게 강의했습니다. 운천초등학교 이나연 어린이는 동화구연 못난이 토끼를 연습시켜서 교육 감상을 받게 도와주기도 했습니다. 그러다가 경력이 단절된 주부들에게 가장 인기가 있어서 주로 주부들에게 자신감과 동기부여 주는 강사로 자리를 잡게 되었습니다.

충청북도 제천 평생학습관, 단양, 양평, 부천 등 부르는 곳은 사정없이 달려갔지요. 열정이 넘치던 시절이었습니다. 다른 사람들은 장소가 멀거나 금액을 적게 준다고 가지 않고 피합니다. 나는 어떤 곳이든 부르면 달려갔습니다. 조금 먼 곳, 사회복지회관처럼 강의료 적게 지급하는 곳도 마다하지 않았습니다. 그렇게 열정 있는 삶으로 살던 시절에 기억나는 곳이 있습니다. 바로 청주여자교도소에서 강의했던 기억입니다. 청주여자교도소 강의는 지역 사회교육협의회 회장님의 추천이었습니다. 들어갈 때 주민등록 맡기고 신원이 정확해야 들어갈 수 있는 곳입니다. 그곳에서 강의하고 발표를 시키니 하나같이 자신들이 사기 친 것이 아니라 사기를 당했다고 억울하다고 말합니다. 일단 세 명 정도 발표를 듣고 나서 제가 정리해 주었습니다. "여러분이나 나나 똑같습니다. 나도 밖에서 자유롭게 사는 것처럼 보이지만 모든 것을 다 누리고 살지는 못합니다. 누구에게나 마음으로라도 감옥은 있습니다. 여러분과 저의 차이가 무엇인지 아는지요. 저는 마음속에서 하고 싶은 욕구를 참고 이성적으로 견딘 것이고 여러분은 깊게 생각하지 않고 하고 싶은 것, 하지 말아야 할 것도 다 했습니다. 그 차이 때문에 여러분은 이곳에 오게 된 것이고 저는 좀 더 자유를 누릴 수 있는 것입니다. 자신을 통제할 수 있었느냐, 없었느냐의 차입니다. 자유는 책임이 뒤따릅니다. 지금이라도 다른 사람 탓이 아닌 모두 자신의 탓으로 돌려야 합니다. 자신에게 일어나는 일은 모두 내 탓입니다. 세상 탓도 부모 탓도 아니고 바로 나의 탓입니다. 이 세상에서 나만 바꿀 수 있습니다."

지금은 조금 힘들겠지만 잘 이겨 내고 이곳에서 강의도 듣고 성경도 읽으면서 여러분의 삶을 반추해 보고 성찰하는 시간이 되길 바란다고 강의했습니다. 모두 숙연해지면서 박수 쳐 주었습니다. 집에 도착한 지 3일 만에 강의 듣던 재소자가 편지를 보냈습니다. 자기 잘못을 뉘우치고 반성하는 시간이었다며 진정성 있게 쓴 편지에 답장까지 보낸 기억이 납니다.

우리의 삶은 다른 누구에게 책임이 있는 것이 아닌 오직 자신의 문제입니다. 내면의 성장도 바로 자신의 책임에 달려 있다는 것 알게 됩니다. 살다 보면 사건, 사고가 수없이 일어납니다. 질병, 또는 예기치 못한 파도는 언제든 몰아칠 수 있습니다. 그것을 막는 방법은 없습니다. 오직 견디고 버티고 이겨 내는 것입니다. 그것이 인생이지요. 평생학습을 통해 알게 된 사실은 모든 문제는 외부보다 더 중요한 자신의 내면 태도입니다. 내 삶에서 벌어진 일은 모두 내 책임이라는 '주인 의식', '내 인생의 주인은 나입니다.'라는, 가치와 철학이 필요합니다. 『인생의 태도』에서 웨인 다이어는 "우리는 모두 사랑받을 만한 존재이며 어떤 일이든 해내는 근원이라는 메시지와 힘이 우리 안에 있다."라고 합니다. 그런데 그 진실의 일부를 깨닫지 못하니 관점에 전환이 필요하다고 말합니다.

나는 매일 아침 3p 바인더로 하루를 계획합니다. 그리고 아침에 블로그 쓰고, 오전에 운동합니다. 점심 먹고 오후에는 글을 씁니다. 경험한 것, 마음속에 있는 추억과 기억을 적어 나갑니다. 틈틈이 손주를 돌보며 강의도 하고 강의를 위한 홍보 미팅도 합니다. 그리고 한 달에 두 번 지역의 젊은 주부들을 위해 독서 모임도 꾸준히 진행합니다. 저녁에는 블로그 공감과 댓글로 소통하고 성장 일기를 씁니다. 매일 루틴이 반복됩니다. 이런 꾸준함이 모여서 진정 나 자신을 만들어 가는 것입니다.

평생학습으로 성장했습니다. 부족한 것은 배우는 장소로 찾아다녔습니다. 청주는 물론이고 서울, 대구, 부산 등 다양한 곳까지 찾아가서 학습의 끈을 연결했습니다. 성장하기 위해서는 배워야 합니다. 그리고 배운 것을 나눌 수 있는 곳에서 자신의 능력을 확장해야 합니다. 나누고 피드백 받고 다른 사람을 돕는 일, 변화를 주도하는 인생을 살고 있었지요. 매일 실천할 수 있는 계획서 목록을 만들어서 책도 읽고 글도 쓴다면 진정 자신이 원하는 사람이 될 수 있습니다.

4

삶이 송두리째 흔들릴 때

삶의 순간순간이 아름다운 마무리이며 새로운 시작이어야 한다.

「아름다운 마무리」 법정 스님

"이선희 회장님, 저하고 이야기 좀 나누어요." 국장님이 부릅니다. 함께 차 마시며 이야기했습니다. 스피치 토론을 분리하자고 합니다. 스피치 토론은 청주지역사회교육협의회의 기존 프로그램이 아니었습니다. 주부들에게 자신감과 자신을 표현하는 말하기 공부를 할 수 있게 돕고 싶어서 내가 다른 곳에서 공부하고 꼭 필요한 과목이라고 생각하게 되었습니다. 그래서 특별히 제안해서 만든 과목이었습니다. 그런데 스피치 토론을 분리하자고 합니다. 이해가 되지 않았습니다. 그동안 협의회라는 단체에 들인 많은 시간, 함께 해 온 노력이 있는데 한 사람의 의견만 듣고 어떻게 한 팀을 두 팀으로 나눈단 말인지! 걱정과 함께 일단 이야기를 들어 보았습니다.

국장님 말씀이 "조 선생님이 스피치와 토론을 분리해서 모임을 하자고 하네요.", "네, 스피치 토론 모임, 10년 이상을 함께 했는데 굳이 분리해서 나눌 필요 있나요. 오랫동안 함께 해 왔는데요." 저는 강력하게 반대했습니다.

어떤 장소에서나 자신의 뜻을 굽히지 않는 사람이 있습니다. 여러 사람의 생각보다는 개인의 이익을 주장하는 사람이 있습니다. 이곳에서도 늘 다툼을 일으키는 사람입니다. 본인이 모은 사람은 따로 분류해서 스피치와 토론을 나누자고 합니다. 경쟁을 좋아하고 일 욕심이 많은 그 사람이야 그럴 수 있다고 하지만, 협의회도 동조하는 것 같은 모습이 안타까웠습니다. 한 사람의 의견 때문에 오랫동안 함께 해 온 스피치 토론 연구 모임이 와해되기 일보 직전이었습니다. 한 주에 한 번씩 매주 모임 하면서 청소년 교재도 만들었습니다. 꾸준하게 활동한 모임이었습니다. 결국 분리할 수밖에 없는 실정이었습니다.

나는 그렇게 분리가 되면 상대 팀 회장이 토론 팀을 잘 이끌 줄 알았습니다. 결국은 리더의 잘못된 판단과 리더십 덕분 토론팀은 와해가 되었습니다. 스피치 토론 팀은 두 팀으로 분리가 되었고 토론 팀은 한 사람도 남지 않게 되었습니다. 그 사람은 끝까지 본회에서 스피치 토론 자격 과정 심사도 나누어서 보자고 합니다. 내가 이곳 청주 지역사회교육 협의회에 들어와서 활동한 세월이 14년입니다. 다른 곳에서 강사 역할 한 적 없습니다. 오직 청주지교협에서만 꾸준히 회원이면서 강사로 여러 가지 공부했습니다. 글쓰기 자격증부터 시작해서 동화구연, 스피치 책임 강사, 스피치 전문 강사, 부모 교육, 에니어그램, MBTI 등 서울에서 유명한 강사를 불

87
제2장 경력 단절 주부의 고군분투기

러 디스크, 등 다양한 배움을 지속했지요. 그리고 스피치 연구 모임 회장을 맡아 리더로서 오랜 시간 모임을 이끌어 왔지요. 매주 월요일에 만나서 약 세 시간 동안 서로 하나의 주제 가지고 발표하고 토론하며 청소년 스피치를 위한 교재 만들기에 매진했습니다. 그곳에는 어린이 도서관이 있기에 청소년을 위한 과정이 필요했습니다. 그리고 각 도서관에서 성인 스피치가 알려지면서 조금씩 성장 발전하는 연구 모임이었습니다.

저는 글쓰기 강사로 유명한 이영희 선생님 덕분에 이곳 단체에 와 성장했습니다. 공부하면서 가르치고 또 배우고 방송통신대학교 국문과에도 들어갔습니다. 공교육, 사교육 등 다양하게 공부해서 부족한 부분을 채우고 있습니다. 주부로 있다가 이곳에서 공부한 경험으로, 인생에 전환점 이모작이 시작된 시점입니다. 청주 지역사회교육 협의회에 지금도 감사함을 가집니다. 주부로 있던 사람을 이렇게 성장하도록 끌어 준 교육 시스템 그리고 수없이 만난 훌륭한 선배 강사들에게 지식과 기술, 태도를 배웠습니다. 서울 본회 한국지역사회교육협의회에서 성장한 강사들의 맞춤 교육 시스템은 경력이 단절된 주부들에게 다시 시작할 수 있는 기본적인 태도와 마인드를 제공해 주었습니다. 물론 동기부여까지도 말입니다.

부족한 내가 성장하게 된 것이 고마워서 협의회에 대한 감사의 마음으로 청주 각 도서관 여성 발전센터에서 강의를 활발하게 할 때 기부도 했습니다. 협의회는 청소년 한 아이를 잘 기르기 위해 가족 이웃 사회가 도움을 줘야 한다는 기본 철학이 있습니다. 정주영 회장님의 맥을 이어 온 단체입니다. 이제 이 단체를 이별할 때가 되었습니다. 앞으로도 꾸준히 스피치 연구 모임을 끌어 나갈 힘, 에너지가 소진되었습니다. 믿고 의지하고 함께 했던 총 회장님께 인사드렸습니다. "그동안 감사드립니다. 저는 이곳을 떠나 좀 더 넓은 다른 세상을 공부하겠습니다." 그러자 "역시 이선희 선생님이시네요." 조 선생님의 안을 받아들인 회장님이 인사 말씀을 하네요. 저는 그렇게 오랫동안 공부하고 성장한 장소를 떠났지요. 청주지역사회교육협의회와 이별의 인사를 나누었습니다. 그때 팀을 스피치와 토론으로 분리하자고 한 사람은 그곳에 남아 있었을까요. 팀도 와해시키고 본인도 떠났고 후배들도 그 사람 옆에 남아 있지 않았습니다. 이유는 무엇일까요? 내가 잘되기 위해서는 다른 사람을 도우려고 애써야 합니다. 그런데 오직 자신의 이익만 도모하다 보니 스피치 토론 연구 모임에 막 들어온 신입 강사들도 연구 모임과 강의를 할 수 없게 만들고 말았습니다. 매주 모여서 공부하고 연구했던 모임까지 소멸시켰지요. 사단법인 청주지역사회교육협의회 스피치 과정은 성장기에 날개를 잃었습니다. 아예 존재 자체가 없어진 것입니다. 한 사람의 개인적 이득 욕심 때문이었습니다. 그 과정에 장단을 맞춰 준 사람은 청주지역사회교육협의회 간부인 회장님이었습니다.

저는 이렇게 생각합니다. 지금 내가 하는 일은 그 어떤 것이든 미래와 연결된 것입니다. 내가 하는 행동 하나 쏟아 낸 말 하나, 더해져 나의 현재의 점이 미래의 선으로 연결됩니다. 어떤 일을 도모할 때는 좀 더 신중히 내가 하는 행동이 다른 사람에게 어떠한 선하고 아름다운 영향력을 줄 것인가 생각을 해 보아야 합니다. 나 하나가 아닌 다른 사람이 쌓아 올린 시간과 정성에도 마음 써야 할 필요 있다고 생각합니다. 어렵게 시간 내어서 공부하고 2년 이상 애쓴 분들이 와해되었다는 생각은 지금도 저를 안타깝게 하는 옛 기억입니다. 그렇지만 그분들은 또 다른 공부의 열정으로 작은 경쟁심에서 벗어나 더 넓은 세상을 향해 나아갈 거라고 기대합니다. 스피치 신입 강사들 언제 어디서 만나도 환하게 웃을 수 있는 관계이기를 바랍니다. 가수 이찬원의 〈시절인연〉이란 노래가 있습니다. 노래 속 가사를 보면 시절에 따라 인연도 달라진다고 합니다. 저에게는 인생의 소중한 성장기에 만나서 공부하고 강의한 스피치 토론이 인연의 밭이었습니다.

삶이 누군가에 의해 송두리째 흔들릴 수 있습니다. 그럴 때는 첫째, 자신이 서 있는 자리를 점검할 필요가 있습니다. 지금 가장 소중하게 여기는 곳이지만 나중에 돌아보면 그때 그만두길 잘했다는 생각이 듭니다. 또 다른 인생이 펼쳐진 곳으로 세상 여행을 할 수 있습니다. 둘째, 사람의 인연이 거기까지일 때도 있습니다. 함께하려고 최대한 노력을 해 봅니다. 그러나 도저히 앞이 보이지 않을 때 포기할 필요도 있습니다. 새로운 세계가 여러분을 기다립니다. 셋째, 경험이라고 생각합니다. 인생의 작은 부분들 모두 경험입니다. 해 보지 않은 경험들을 사람 관계 속에서 많이 해 봅니다. 만나고 헤어지는 게 인생의 다반사입니다. 드넓은 인생길 다른 방향이 나를 기다리기도 합니다.

다만 작은 일이라도 좋은 영향력 끼치는 사람이 되어야 합니다. 자신의 이익을 위해 한 팀을 와해시키는 일은 후에 좋지 않은 후문이 따라다닐 수 있습니다. 인지도 평판에 영향 미칠 수 있지요. 본인이 성장하는 길에 도움 되지 않습니다. 인간은 평판이 소중합니다. 청주는 지역이 크지 않아서 세 명 거치면 다 알게 됩니다. 이왕이면 결을 아름답게 행동해서 '아! 그 사람 참 괜찮은 사람이었다.'라는 말을 들으면 어떨까요. 이렇게 말해 줄 수 있게 행동해야 한다고 생각합니다. 나도 그런 사람이 되려고 오래 발 담그던 곳과 아름다운 마무리를 했지요. 이선희 코치센터로 새로운 의미와 가치가 있는 일, 코칭의 문을 열기로 했습니다.

아이에게 줄 수 있는 가장 큰 것

어릴 때 나는 글을 몰랐다. 나는 엄마를 읽었다. 엄마는 나의 도서관이었다.

중국 동시

내 아이 인성이 먼저, 아니면 성적이 먼저인가요? "원기야, 오늘 몇 개 맞았어?", "뭐, 한 개 틀렸다고? 잘하지 왜 틀려." 저는 큰아이 4학년 때까지 아이 성적에 목을 매는 엄마였습니다. 혹시 한 개라도 틀리거나 제 요구에 맞지 않으면 길에서도 화내고 소리 지르던 그런 엄마였지요. 남편 도와주며 며느리 노릇, 형수, 엄마 역할 등으로 지쳐 갈 때쯤에 아이들 공부에 목숨 걸었던 적이 있습니다. 애들이라도 잘 키워서 지금 힘든 것 보상받아야지! 이런 생각이었습니다. 회사에서 퇴근하고 돌아와서 집안일 마치고 나면 두 아이를 붙잡고 공부시켰습니다. '오직 살길은 이 길밖에 없다.'고 생각하는 사람처럼 행동했지요. 보통 밤 9시에서 11시까지 그때 유행하던 학습지인 이달 학습, 다달 학습을 시키고 아이들 재우면 11시가 넘습니다. 오직 아이들에게 정성을 다한다고 생각하고 열심히 들볶았습니다. 초등 1학년, 2학년까지는 시키면 시키는 대로 잘 따라옵니다. 엄마의 극성이었습니다. 내가 그 당시 유명했던 '뛸 모'였습니다. 엄마가 앞에서 달리고 아이는 할 수 없이 따라오는 것, 바로 그런 역할을 했지요.

우리 동네는 초등학교에서 가까운 곳입니다. 또래인 아이들이 제법 많았습니다. 서로 보이지 않게 경쟁하며 학원도 보내고 방학 숙제도 엄마가 대신해 주었습니다. 그렇게 앞서서 해 주는 것이 아이를 잘 키우는 일인 줄 알았습니다. 부모는 처음입니다. 부모 교육도 제대로 받지 못했고, 기본 지식 없이 아이를 키우는 일은 좀처럼 쉬운 게 아니었습니다. 함께 사는 주부들과 아파트에서 같이 어울려 물놀이도 하고 서로 어울리는 일도 많았지만 내 아이 잘 키우려고 자식에 대한 경쟁심만큼은 굉장했던 시절입니다.

예를 들면 방학에 숙제 내 주면 서울로 데리고 갑니다. 그때 친정이 서울에 있어 아이들 데리고 5대 궁을 다 돌아다니며 사진 찍어 주고 63빌딩까지 견학합니다. 아이들은 엄마의 욕심 때문에 점차 지쳐 가고 있습니다. 엄마의 방학 숙제 최우수상의 욕구는 높기만 합니다. 그렇게 열심히 도와준 방학 숙제는 당연히 최우수상을 받았습니다. 그 시절 도와주는 일이 언제까지 유효했을까요. 딱 3학년까지입니다. 4학년 들어가니 과정도 어려워지고 아이도 제법 컸다고 말을 듣지 않습니다. 큰아들은 따라오는 시늉이라도 하는데 둘째는 말도 안 듣고 학원도 빠집니다. 그때부터 엄마의 말이 먹히지 않았습니다. 피아노 학원 보내면 뒷문으로 나와 도망가고 다른 데서 놀고 있습니다.

그 시절 교양이고 뭐고 없습니다. '내가 아들 둘 가르치려고 이렇게 애 쓰는데 성적이 이것밖에 안 나와?' 하는 마음으로 속된 표현으로 아이들을 잡았습니다. 학부모 회의에 참석했고 아이가 반장이나 부반장이면 학교에서 청소도 하고 선생님 요구사항 잘 들어드리고 아이 성적 잘 챙기면 어느 정도 효력이 있었던 때였습니다. 그런데 아이들이 엇나가기 시작합니다. 클수록 부모의 말은 먹히지 않았고 아들 둘의 성적이 떨어질 때쯤 새 동네로 이사 갔습니다. 32평 조금 더 넓은 집 그리고 새 동네는 아이들에게 낯선 곳이었습니다. 집은 넓어졌고 저의 소원은 이루어졌습니다. 그리고 남편 일도 돕지 않아도 되니 열심히 자아실현 한다고 공부에 미쳐서 돌아다녔습니다.

둘째는 청주 흥덕구 봉명동에서 하복대로 집을 옮기는 바람에 이사하고 학교를 옮기게 되었습니다. 길 건너 학교가 생기니 이사 와서 두 번 학교를 전학하게 되었습니다. 둘째가 신발 주머니를 연신 잊어버립니다. 다시 사 달라고 하는 날이 많아졌습니다. 어느 때는 공부 시간에 없어져서 선생님께 전화가 옵니다. 건너편에 있는 중학교로 형을 찾아가기도 했다고 합니다. 그런 상태에도 엄마인 나는 나의 일, 공부하고 강의하는 일이 소중했습니다. 마음의 힘든 것, 공부로 달래기 위해 외출도 자주 했습니다. 늦게 일과 공부 동시에 하니 바쁜 마음으로 종종거리며 살았습니다. 둘째가 어울리는 또래들의 문제가 하나씩 보이기 시작했습니다. 나는 자주 집을 들락거리니 다른 집에서 노는 것보다는 우리 집이 안전하다고 생각해서 집을 개방하였고 음식도 나누어 먹을 수 있도록 챙겨 놓았지요. 바빠도 아이 돌보며 충분히 소통한다고 생각했습니다.

　그런데 문제가 생겼습니다. 아이가 공부는 전혀 하지 않고 친구들과 어울려 다니고 슬슬 문제를 일으켰습니다. 시간이 날 때마다 먹을 것 해 놓고 부지런히 다녔지만 아이는 이미 공부와 책은 뒷전이고 소통이 되지 않았습니다. 나중에 안 사실이지만 둘째 아들은 새 동네로 이사 와서 예전 동네의 친구들도 없고 세 번이나 학교를 옮긴 덕에 많이 위축되어 있었습니다. 노는 것 좋아하는 활달하고 밝은 성격의 둘째는 이사 온 동네에서 친구를 사귀지 못했고 아빠는 사업 일구느라 거의 회사에서 상주하다시피 하고 엄마는 자신의 인생 찾겠다고 바쁘니 아이 혼자 외롭고 힘들었다고 합니다. 그렇게 밝은 아이도 따돌림당하는 사실을 저에게 알리지 않았습니다. 혼자 참고 견뎠습니다. 그리고 엉뚱한 행동으로 신호를 보냈지요. 내가 놓친 것이 많았습니다. 어른도 새로 이사 가면 낯설어서 사람 사귀는 것이 힘들고 외로운데 아이 초등학교를 짧은 시간에 세 번이나 옮기게 된 것이 가장 큰 이유였습니다. 신발주머니를 자주 잃어버린 것은 아이들이 놀리고 던지고 감추고 아이는 그것을 달라고 따라다니다가 상처받고 주저앉아 울고 이러한 일이 반복되었던 것입니다.

　'왜' 조금 더 아이를 살펴보지 않았을까요? 제 인생이 아무리 귀한들 아이 잘 키우는 것만 했을까요. 보이지 않았습니다. 들리지 않았습니다. 귀 막고 눈 가린 사람처럼 오직 저에게 집중되어 있던 시절이었습니다. 아들은 그때 상처를 지금 말합니다. "엄마, 나 이 동네 이사 와서 너무 힘들었어요. 놀 친구도 없고 아이들은 놀리고 때리고 오죽하면 형이 다니는 중학교까지 울면서 갔겠어!" 하는 것입니다. 아들을 앉혀 놓고 하염없이 울었습니다. "엄마가 잘못했구나! 엄마가 잘못했어. 나도 살려고 그랬어!" 너무 힘이 드니 어떻게든 살아 보려고 공부하며 바쁘게 살았는데 '너의 소중한 초등시절을 상처로 보낼 수밖에 없게 만들었구나!' 하며 때늦은 반성을 했습니다. 이미 지나가 버린 아이의 학창 시절에 대한 미안함은 오랫동안 제 머릿속과 마음속에 남아 있었습니다.

제가 우연히 독서 토론 수업에서 『엄마 심리 수업 2』 윤우상 작가의 책을 만났습니다. 작가는 이렇게 묻습니다. 당신은 공격형 엄마인가? 수비형 엄마인가? 저는 공격형 엄마였습니다. 아이의 기질을 알았으면서도 한때는 공부로 몰아붙이고 제가 힘들다고 소중하고 귀한 시간을 놓쳤습니다. 조금 일찍 알았다면 어떠했을까요? 이렇게 오류를 저지른 덕분에 둘째 아이의 사춘기가 길었습니다. 그리고 힘든 시절을 보냈습니다. 엄마는 아이를 잘 살펴보아야 합니다. 아무리 바빠도 아이가 먼저입니다. 저는 그 후 알아차림을 얻었습니다. 자녀와의 시간은 때가 있습니다. 아이들과 함께할 시간 그렇게 많지 않습니다. 이제 아이들이 다 크고 나니 함께 살고 싶어도 살 수 없습니다. 그때는 최선을 다한 삶이었다고 생각했습니다.

그 시절 놓친 안정감과 부모와 자녀의 정서적 교류는 꽤 오랫동안 저의 삶을 흔들었습니다. 내가 깨닫게 된 사실은 아이들 키울 때는 일단 아이들 먼저라는 것입니다. 많이 살펴보고, 잘 들어 주고 특히 두 부부가 아이들에게 믿음, 신뢰의 모습을 보여 줘야 합니다. 사실은 먹고살기 위해 아빠는 바깥 일로 바쁩니다. 엄마는 남편에게 받은 상처로 부정적인 모습, 행복하지 않은 얼굴로 아이를 대합니다. 부정이 아이들에게 전염됩니다. 아이들은 엄마와 아빠가 행복한지 불행한지 더 잘 압니다. 엄마의 불행과 우울함이 전염되어 아이들은 밖에서 또래에게 또는 다른 곳에서 위로받으려 합니다. 한마디로 가족이 각자도생하고 있는 것입니다. 모든 일은 때가 있습니다. 아이에게 줄 수 있는 가장 큰 것은 아이의 마음 읽기와 관심입니다.

6

고난 앞에서도 신은 공평하다

신의 이름으로 명하노니, 잠시 멈추고, 일을 멈추고, 주위를 둘러보십시오.

레프 톨스토이

"헌오야, 헌오야!" 아들이 팔을 늘어트리고 숨을 가쁘게 쉽니다. 아들은 아무리 불러도 대답하지 못합니다. 둘째 아들이 중환자실에 들어가 있습니다. 2015년 가을입니다. 가족이 모처럼 변산반도로 놀러 갔습니다. 배를 타고 섬에 들어가던 중 둘째가 갑자기 팔다리를 늘어뜨리며 숨을 가늘게 쉬는 것입니다. 우리 부부는 너무 놀라서 아들을 데리고 급하게 다시 뭍으로 나와 가까운 한의원에 들어갔습니다.

"선생님, 아이가 갑자기 이런 증세를 보입니다. 어쩌지요?" 급한 응급조치를 해 준 한의원 선생님이 "제가 생각하기로는 큰 병원 가서야 할 것 같습니다."라고 말합니다.

"사는 곳이 어딘가요.", "청주입니다.", "청주까지는 거리가 머니 가까운 변산에 있는 병원 가서 응급조치하고 청주로 이동하시면 어떨까요."

지금 생각해 보면 그때 만난 한의원 선생님은 둘째를 살릴 수 있게 응급 조치해 준 은인입니다. 우리 부부는 급하게 아들을 남편 차에 태우고 근처에 있는 응급실에 도착했습니다. 미리 전화해 둔 터라 응급조치가 황급히 진행되었고, 그 병원에서 다시 충북대학병원으로 이동했지요. 지금 생각해도 온몸이 쪼그라들 것 같은 두려움과 당황, 그리고 위급함 어떤 단어를 동원해도 그 순간의 제 심정을 대변할 수 없었습니다. 한의사의 지혜와 남편의 신속한 행동이 한몫을 했습니다. 그리고 아는 분께 전화드리고 충북대학에 도착하니 중년 정도 되는 의사 선생님이 휴일인데도 바로 나타나셨습니다. "젊은 사람이 어떻게 이런 상황까지 왔어." 하며 많이 걱정해 주었고, 여러 가지 검사를 통해 심근경색으로 판명이 났습니다.

아이는 바로 중환자실로 들어갔고 저는 수많은 자책과 함께 모든 지난 시간을 원망했습니다. '내가 좀 더 잘할걸. 아냐, 나의 문제가 아니야. 내가 하지 말라는 짓만 하고 살았잖아!' 저는 고통과 좌절 그리고 원망, 과거를 한탄하는 한심한 일을 계속했습니다. 중환자실은 가족도 하루에 한 번만 들어갈 수 있습니다. 26세, 한참 건강해야 할 나이입니다. 그런 아들이 지금 중환자실에, 그것도 60이 넘은 사람들이 걸리는 심장병 심근경색이라고 합니다. 하늘이 캄캄합니다. 나 자체가 미워지고 그동안 산 세월이 잘못된 것 같아 야속한 심정입니다. 부족한 엄마로서 딱 죽고 싶은 가슴앓이가 계속되었습니다.

저는 그때 박사과정 마무리 학기였습니다. 시험을 볼 수도 없고 다시 공부할 의욕도 없습니다. 다 제가 잘못해서 그런 일이 일어난 것 같다는 자책이 심해서 저는 학교를 일단 휴학했습니다. 학교가 문제가 아닙니다. 시험도 중요한 일이 아니었습니다. 우선 아들의 건강 그리고 가족이 어떻게, 무엇을 해야 아이의 건강을 찾을 수 있을지가 관건이었습니다. 아들은 그렇게 중환자실에서 다섯 달 이상 치료하고 또 입원했습니다. 저는 매일 중환자실 병실 앞에서 기다리며 아들을 만났습니다. 점차 회복한 아들이 다시 중환자실에서 입원실로 오기까지, 마음은 여러 번 죽다 살아났습니다. 아들은 조금씩 좋아져서 우리 부부 곁으로 돌아왔습니다. 지금 생각을 해봐도 살면서 힘든 일에 우선순위를 정한다면 첫 번째입니다. 나의 둘째 아들은 지금까지 좋지 않은 사건 사고가 많았습니다. 교도소에만 가지 않았습니다. 중2부터 해 보고 싶은 비행 다 저질렀습니다. 부산에서 집 나온 여자아이를 다른 남자들이 건드린다고 싸움도 해 보았습니다. 저는 의리라고 합니다. 어떻게 집 나온 아이를 건드리냐고. 그 아이를 돕다가 다른 아이들과 싸움이 붙습니다. 친구들과 오토바이를 이쪽에서 저쪽으로 끌고 가서 걸립니다. 다른 친구들 어렵다고 자신이 다 물어낸다고 한 아들입니다. 동쪽으로 가라면 서쪽으로 갑니다. 현대판 청개구리입니다. 고등학교를 세 번 옮겨 주었습니다. 힘들게 보낸 대학은 중퇴했습니다. 음식점에서 7년이나 근무해서 보쌈 한판 운영하는 사장님은 부자 되게 도와준 아들입니다. 그런 아들이 바로 저의 둘째입니다. 얼마나 의리 있고 운영을 잘했으면 아들이 직접 운영하라고 가게를 또 하나 내 주며 월급 사장까지 시켜 준 대표입니다. 저는 그 아이를 보면서 신은 공평치 않다고 생각했습니다. 저 아이만 태어나지 않았어도 내가 이렇게 힘들게 살지 않았을 텐데, 이런 생각도 가끔은 했습니다. 그만큼 에너지가 세고 하지 않아야 할 일만 골라서 한 아들입니다. 저는 아들에게 가끔 이렇게 말합니다. "너 잘돼야 한다. 그래야 나중에 엄마가 책 쓴다. 내 인생 책으로 일곱 권인데 네 권이 너의 이야기다!" 이렇게 말했지요.

그런 아들이 군대에 간답니다. 둘째 아들이 군대 갈 때 우리 부부는 춤을 추었습니다. 다른 사람들 자녀 서울대학 보낸 것 같은 기분으로 화천까지 면회하러 갔습니다. 아들 좋아하는 음식 여러 가지 만들어서 콘도 빌려서 음식 해 먹이고 가족이 소풍 다녀오듯이 아들 면회를 다녀왔습니다. 그 말썽꾸러기 아들을 나라에서 거의 3년간 맡아 준다고 하니 그런 행운이 없었지요. 아들 기다리는 것, 슬프고 힘들지 않았지요. 오직 그곳에서 규칙과 질서 있는 생활로 조금이라도 변화하기를 바라는 그런 마음이었습니다. 그런 아들이 8개월 만에 허리 다쳐서 춘천 국군통합병원에 입원했다고 전화 옵니다. 저는 놀라서 춘천으로 달려갔고 열악한 그곳 병원 환경을 보고 청주로 데리고 와서 허리를 수술해 주었습니다. 허리 수술이 잘되어서 다시 군대로 보내려고 직속 상사에게 전화드렸습니다. 그런데 이게 무슨 일인지 군대에서는 제대하라고 합니다. 의가사제대입니다. 저는 사정했습니다. "군대에서 삽으로 땅 열심히 파다가 다쳤고 다 고쳤으니 다시 보내려 합니다." 그런데 안 된다고 합니다. 한 번 다친 사람은 다시 받을 수 없다고 하네요. 서울대학 보낸 것만큼 들뜨고 기뻤던 군대를 보내지 못하게 되었습니다. 그때의 상실감 말로 할 수 없습니다. 군대에서 규범 있고 규칙적인 생활만이 아이들 제대로 변화시켜 줄 수 있다고 생각한 것이었지요.

이렇게 각양각색으로 저를 힘들게 한 아들이 서른셋에 정신 차리기 시작했습니다. 회사의 직원 기술자가 두 명이나 그만둔다고 하고 생산직 아주머니들은 건강 문제로 몇 분 그만두었습니다. 남편 회사 현장에 투입되어서 여러 가지 회사 상황을 본 덕분인지요. 아들은 하루도 빠지지 않고 제시간에 그것도 토요일마다 특근하면서 지금까지 근무 잘하고 있습니다. 시간이 17년이나 걸렸습니다. 엄마를 속상하고 아프게 해 주었던 아들, 차라리 낳지 말걸 이런 생각도 하게 했던 아들, 때로는 딸이었으면 어땠을까? 이렇게 생각했던 둘째 아들. 제가 늘 '하나밖에 없는 둘째야.' 이렇게 부르던 아들이 이제 제자리로 돌아와 새로운 인생을 시작합니다. 저는 그 아이 덕분에 이런 것을 알아차립니다. 첫째, 부모는 많이 기다려야 합니다. 사고 치고 문제 일으켜도 고생 있는 사랑을 하면서 기다려 주면, 아이는 부모의 모습을 정신적 지주로 둔 덕분에 다시 제자리로 돌아옵니다. 17년이란 세월 눈물 한 양동이, 사랑 한 바가지 주면서 기다렸습니다. 이제 돌아왔습니다. 무조건 사랑밖에 없습니다. 많이 들어 주고 기다려 주고 참았습니다. 미운 짓 할 때도 내가 죄인이다, 내가 덕이 부족해서 아이가 저런 것이다, 하면서 저 먼저 반성했지요. 아들 탓이 아니라 문제 해결은 나부터 시작했습니다. 둘째, 미운 아들 떡 하나 더 줍니다. 가족은 애증입니다. 사랑한 만큼 힘이 듭니다. 보상도 적습니다. 그래도 가족이 나의 마음 평온을 만들어 주는 터전이며 행복의 정점입니다.

아들 덕분에 겸손해졌습니다. 세상에 안 되는 일 있다는 것, 배웠습니다. 셋째, 신은 공평하다고 생각합니다. 어떤 분께는 돈을 주지 않습니다.

어떤 사람에게는 속 썩이는 자식이 있습니다. 어떤 사람에게는 돈도 명예도 없지만 착하고 바른 자식을 보냅니다. 우리가 잘 아는 부자, 세상에 많은 것 가진 분들, 고인이 되신 정주영 회장님, 이병철 회장님도 안된 것이 있습니다. 수없는 고난 앞에서도 신은 공평하다고 생각합니다.

자존감 도둑은 가면을 쓰고 다가옵니다

인생의 10%는 당신에게 일어나는 일이고
90%는 당신이 그것에 어떻게 반응하는지에 달려 있다.

찰스 R 사윈 돌

무심코 던진 한마디가 누군가에는 큰 상처가 됩니다. 이왕이면 돈 안 드
는 말 예쁘게 합니다. 그리고 상대가 듣고 싶어 하는 말을 합니다. "네가
무엇을 알아! 너 없어도 다 할 수 있어!" 남편이 하는 막말은 저의 마음 한
쪽 귀퉁이를 시리고, 아프게 합니다. 자존감 도둑들이 하는 말 익숙해질
때도 되었는데 좀처럼 익숙해지지 않습니다. 코칭에서 앵커링이란 말이
있습니다. 앵커링(anchoring, 정박 효과)이란, 원래 행동경제학 용어로서,
협상 테이블에서 처음 언급된 조건에 얽매여 크게 벗어나지 못하는 효과
를 의미합니다. 코칭 NLP에서의 앵커링이란 의도적으로 감정을 조절하는
기법을 말합니다.

내가 앵커링에 대해 서술한 목적이 있습니다. 살면서 이런 말 자주 들어

서 앵커링이 걸립니다. "네가 무엇을 알아!" 이런 말 듣는 순간 먹은 것이 체한 것 같습니다. 가슴이 답답해지고 벌렁거립니다. 화병이라도 걸린 것 같습니다. 상대에게 들은 좋은 말을 기억하려고 해도 이미 닻처럼 자리 잡은 말 때문입니다. 좋지 않은 말은 사람을 앞으로 나아가지 못하게 합니다. 가슴에 탁 걸려 있습니다. 말 공부 거의 20년 했습니다. 이 앵커링 걸린 제 마음을 치유하기 위해 공부하기 시작했습니다.

부모나 주위 가까운 사람들에게 부정적인 말을 많이 듣게 되면 자존감이 떨어집니다. 스스로 가치 없고 사랑받아 마땅한 사람이라고 여기지 않는 마음, 자신을 비하하고, 무력한 사람이라고 생각합니다. 사람들이 쓰는 말을 가만히 살펴보면 그 사람이 어떻게 살아왔는지 알 수 있지요. 저도 이런 말들에 휘둘리며 젊은 시절을 보냈습니다. 장점보다는 약점에 집중하고 살았습니다. "당신은 왜 그렇게 덜렁거려." 그 말에 앵커가 걸렸습니다. 잘하는 것은 칭찬하지 않고 실수하는 일만 기다렸다가 꾸중하는 사람과 함께 산다는 것은 에너지가 떨어지는 일입니다. 자존감이 땅에 떨어지는 순간을 자주 경험합니다.

코칭에서 만난 j 강사님은 부모님이 화가 나면 바보 같은 자식이라는 말을 자주 합니다. 그 말 들을 때마다 정말 자신이 바보인 줄 알았다고 합니다. 그리고 누군가 바보라는 말을 하면 그 말에 앵커링에 걸렸다고 합니다. 말만 들어도 화가 나는 것입니다. 그런데 코칭 공부하고 자신에 대해 알아 가고 자신의 책 행복 일기도 내고, 강의하면서 말이 주는 엄청난 힘을 알아차리게 되었답니다. 말이 주는 힘은 위대합니다. 제가 스피치, 코칭, 퍼실리테이터 등을 공부하면서 알게 된 것은 우리가 생각보다 부정적인 말을 많이 사용하고 있다는 것입니다. 자신도 모르게 아침에 눈 뜨자마자 일어나서 "아이, 죽겠네!"라며 하루를 시작합니다. 그런 말을 쓰고 난 후에 하루를 돌아보면 정말 죽겠는 일이 일어납니다. 바로 끌어당김의 법칙이지요.

저는 공부를 통해 자존감을 회복한 사람입니다. 박사과정에 들어가서 긍정심리학 공부를 하게 되었지요. 나의 강점을 알게 되었습니다. 대표 강점은 학구열, 다른 강점은 끈기, 열정이었습니다. 그것을 알고 난 후 저는 기뻤습니다. '아! 내가 강점을 잘 발휘하면서 살고 있구나.' 늘 배우고 가르치는 일을 좋아하고 잘했습니다. 그리고 어려움을 극복하고 이겨 내며 성장하려고 애쓰고 있는 제 모습을 발견했습니다. 저는 지금도 저의 대표 강점 학구열로 배우고 나누는 것을 좋아합니다. 그리고 열정을 가진 태도로 새롭게 배우는 건 두려워하지 않았습니다. 조금 어렵지만, 도전해 보면 배울 수 있다는 것을 압니다. 특히 끈기와 인내심은 나를 지금 이 자리에 설 수 있게 만든 가장 귀한 저의 강점입니다. 살다 보니 참고 인내해야 할 일 많습니다. 작은 사회인 가정에서 인내심이 가장 필요합니다. 특히 상대를 이해하는 데 필요한 것은 듣고 재해석하는 과정입니다.

보통 어른들이 자주 쓰는 단어는 이렇습니다. 청주 청원구 율량동에 사시는 친정어머니는 철원에 있는 둘째 딸이 보고 싶습니다. 명절에 온다고 하면 바쁜데 왜 오냐고 합니다. 마음속에는 왔으면 좋겠고 보고 싶은 딸인데도 이렇게 말합니다. 용돈을 드리면 너희 살림도 힘든데 왜 주냐고 하십니다. "고맙다, 잘 쓰마!" 이러시면 더 좋은데 왜 그럴까요. 바로 자존감 도둑들입니다. 자존감 도둑들은 외부에 있는 사람들이 아니고 바로 가까이에 있는 사람들이지요. 자존감 도둑들은 나쁜 감정으로 한 말이 아니라 선한 의도로 한 말입니다. 보통 자존감 도둑들은 두 가지로 말합니다. 『비폭력 대화』를 쓴 로젠버그는 세상의 모든 말은 두 가지로 귀결된다고 합니다. 첫 번째는 부탁. 두 번째는 감사입니다. 예를 들어 "너 왜 그렇게 덜렁거려." 이 말은 부탁입니다. 좀 더 차분해지기를 바라는 마음입니다. "너, 이 정도밖에 안 돼?" 이것도 부탁입니다. '이것보다는 더 잘할 수 있잖아!' 이런 뜻의 부탁이지요. 우리 엄마가 철원 동생에게 명절에 오지 말라고 하는 말도 부탁입니다. 그리고 사위가 주는 용돈에 뭐 하러 만날 때마다 주냐고 하는 말은 감사입니다. 이것을 다르게 해석하는 일을 '번역기 돌린다'고 합니다. 번역기 돌려 보면 '용돈 줘서 고마워!', 명절에 딸이 보고 싶으나, 오는 여정이 힘드니 오지 말라고 하는 부탁의 말입니다. 마음속으로는 오기를 바랍니다.

상대가 하는 말에 상처받지 않고 앵커링에 걸리지 않으려면 로젠버그의 번역기 돌리는 것, 필요합니다. 상황을 어떻게 해석하느냐가 중요한 것 같습니다. 왜 번역기 돌려 가며 살아야 할까요, 그리고 좋은 방향으로 해석해 가며 들어야 할까요? 바로 자존감을 지키려는 일입니다. 자존감 도둑들은 가면을 쓰고 다가옵니다. 가깝다는 이유입니다. 살면서 가까운 분들 말고 다른 곳에서도 상처받을 일 많은데 가까운 사람에게 들은 말과 행동 때문에 상처받고 아프고 힘들게 살 필요는 없다고 생각합니다. 수없이 일어난 일은 상황이 아니고 나의 해석이며 반응입니다. 피하지 못할 운명이라면 해석을 잘해야 한다는 의지의 표현이기도 합니다.

예전엔 부부 싸움을 하면 밤새 자지 못하고 남편이 한 말 곱씹으며 밤을 새웠습니다. 그런데 남편은 코 골고 드르렁거리며 잘만 잡니다. 잠자지 못한 저만 손해 보는 느낌이었지요. 이왕이면 가까운 가족이나 지인, 자존감 도둑들을 잘 이해하는 일은 나 자신을 위로하고 사랑하는 일이기도 합니다. 상처받은 영혼을 치유하는 방법도 나를 지키는 일입니다. 이 세상의 사랑이라는 보약은 최고의 명약입니다. 사랑으로 번역기 돌려 부탁과 감사의 말로 이해합니다. 가장 가까운 사람들의 언어를 잘 해석해서 관계를 유지하는 일이 세상에서 가장 소중한 나의 자존감을 지키는 일입니다.

마흔에 꽃피운 삶을 고백합니다

8

동치미 항아리 깨지던 날

힘든 시간은 절대 지속되지 않지만, 힘든 사람은 계속됩니다.

로버트 H. 술로

"와장창!" 소리와 함께 복도에 넘실대는 소금물. 그리고 무, 파가 둥둥 떠다닙니다. 아파트 현관문 앞 동치미 항아리가 동네가 떠나가도록 큰 소리로 깨졌습니다. 남편 일 도와주며 아이들 키울 때입니다. 그때 국회의원 선거가 한창일 때, 선거위원들이 관광차를 대절해 주어 변산반도에 당일 치기로 다녀올 수 있게 한 여행 코스입니다. 동네 주부들 거의 간다고 하네요. 저도 당연히 가고 싶어서 남편에게 의견을 구합니다. 남편은 무조건 가지 말라고 합니다. 몇 번이나 사정도 해 보고 부탁도 했습니다. 일관성 있게 반대합니다. 그런데도 하루 나들이 갈 수 있는 상황을 놓치고 싶지 않았습니다. 그것도 공짜입니다. 남편의 반대를 무릅쓴 나는 무조건 관광차에 몸을 실었습니다. 그날 남편이 운영하는 회사는 나가지 않았지요.

이미 출발했으니 재미있게 놀다 오는 것이 목적이었습니다. 오래 살던 동네이기에 친한 사람들이 많이 탔고 어디서나 주변 밝게 만드는 재주가 있는 나는 사람들의 추천으로 사회를 보게 되었지요. 돌아가며 자기소개 그리고 노래 한 소절 부를 수 있게 마이크 돌렸습니다. 사회 잘 본다고 주변에서 칭찬과 함께 오랜만에 즐겁고 흐뭇한 시간을 보냈습니다. 차에서 게임도 하고 그 시절 디스코 타임도 가졌지요. 변산반도에 도착해서 횟집에서 맛있는 점심을 먹었습니다. 점심에 회와 함께 약간의 반주는 들떠 있는 우리를 더 즐겁게 해 주었습니다. 이렇게 관광차 타고 놀러 간 적 한 번도 없었습니다. 아이 키우는 엄마들이 놀러 갈 틈 없지요. 가족과 함께 물놀이 정도 다녀올 수 있었으니까요. 모처럼 생애 휴가받은 것처럼 떠들썩하게 놀고 아파트에 도착한 뒤입니다.

가지 말라고 한 남편의 당부가 떠오릅니다. 오기도 세고 한 번 아니면 아닌 사람이라 걱정이 되기 시작했습니다. 남편은 화가 많이 났는지 집 비밀번호까지 바꾸고 전화도 받지 않았습니다. 날은 저물고 아이들과 집에 들어가야 하는데 어떻게 해야 할지 안절부절했네요. 밤이 늦어지자 마침 열쇠 따는 사람을 불러서 문을 열고 들어가려고 막 문을 따고 있는데 어디서 나타난 남편은 다짜고짜 열쇠 따는 사람 멱살을 잡고 "남의 집 문을 열어!" 시비를 걸기 시작했습니다. 자초지종을 이야기해도 이미 화가 머리끝까지 난 사람이라 감정 제어가 되지 않았습니다. 내가 불러서 온 사람인데 어처구니없게도 남편이 멱살 잡고 경찰서에 고발하겠다고 난리도 그런 난리가 없었습니다. 그곳 아파트는 근로자 아파트였기에 문 열면 복도식이었지요. 저녁이라 사람들이 문 열고 내다보고 있습니다. 부끄러운 순간입니다. 이미 엎질러진 물 담을 수도 없고 자존심이 구겨질 대로 구겨진 굉장한 저녁이었지요. 변산반도에 한 번 놀러 갔다 왔다고 그렇게 수치스러운 일이 일어나고 있습니다. 남편은 흥분의 도가니였지요. 말려도 말려도 가라앉지 않는 남편을 달래기 위해 이웃에 사는 시댁 형님네를 불러서 겨우 진정시켰습니다. 12시가 넘어서 조금 화가 풀린 남편은 코를 드르릉 골며 자고 있고 저는 밤새 훌쩍이며 잠 못 이루는 밤이었습니다.

지금도 그 동네 이웃들과 계모임하고 있는데 가끔 웃으면서 동치미 항아리 이야기꽃을 피운답니다. 지금이야 웃으며 이야기할 수 있습니다. 그 시절에는 너무 슬프고 어이없이 당한 일이었습니다. 외출 한 번 마음대로 하지 못하고 살던 시절 저의 존재 가치는 인정받지 못했고 남편이 원하고 바라는 대로 살기를 강요당했던 시절이었습니다. 저는 그렇게 생각합니다. 부부이기 전에 인간인데 자신의 욕구를 돌볼 수 없었던 상태였습니다. 아마 남편은 기억도 나지 않는 작은 일이라고 치부할 것입니다.

오랫동안 기억으로 남은 그 시절 이야기가 얼마나 큰 사건이었는지 우연히 그 동네 살던 분을 만났는데 저에게 여쭈어봅니다. "그 사이 석사 박사 공부했다며. 그 남편과 살면서 어떻게 공부했어!" 저는 웃으면서 "그냥 잘했어요."라고 대답했습니다. 지금에 와서 돌아보니 놀러 가지 말라고 했는데 갔다고 동치미 항아리까지 깬 남편도 대단한 사람이었지만 끝까지 말렸는데도 기어코 간 저는 어떤 사람이었을까요. 그 고집과 밀고 나가는 힘으로 반대하는 공부 20년이 넘도록 지속했습니다. 약간은 부끄럽고 창피한 일이었지만 그렇게라도 할 수 있는 것이 저의 존재론적 뒤척임이었는지도 모릅니다. 시어머님 모시고 욕 잘하는 시동생, 수없이 다녀가는 인척들에게 치이면서 지금까지 버틸 수 있었던 이유는 바로 공부로 성찰한 삶을 살아 낸 덕분이었습니다. 저도 살기 위한 방책이었을 겁니다.

책을 좋아했고 공부를 좋아한 덕분에 모멸과 무시 참고 버티고 견디어 낼 수 있었습니다. 저에게 누가 다시 그 세월로 돌아가라고 하면 아무리 좋은 혜택을 준다 해도 다시 젊어지고 싶지도 돌아가고 싶지도 않습니다. 그만큼 나라는 존재는 없던 세월 속에서 잘 이겨 내 준 덕분 지금 이렇게 책 읽고 글 쓰며 그 누구의 눈치도 보지 않고 내가 좋아하는 일하며 살 수 있습니다. 그런데도 인간의 이기심은 예전 그 시절을 가끔 잊어버립니다. 그런 세월 속에서도 웃으면서 아이들 길렀고 저도 공부하면서 집안 잘 이끌어 왔는데 그 사실을 잊어버리고 더 많은 것을 이루고 싶다는 욕심이 살짝 올라옵니다. 그럴 때는 '워워' 하면서 자신을 제지합니다. 은유의 책 『쓰기의 말들』에서 작가에게 글쓰기를 배우는 학인이 말합니다. 과거의 힘들었던 일을 글로 쓰는 이유는 자기 고통에 품위를 부여하는 일이라고요. 그 시절에는 엄청난 상처였던 사건이 지금 웃으며 말할 수 있는 이유 자체도 바로 이렇게 글을 쓸 수 있는 출구가 있어서입니다.

제대로 살고 싶었던 간절한 마음과 소망이 그 어려움 웃으며 뛰어넘게 도왔습니다. 저처럼 가족이라는 장애 덕분에 힘든 분들에게 3가지 묘책을 전달합니다. 첫째, 가족 중에 누군가가 반대하는 일이라도 내가 정말 하고 싶은 일이라면 참고 이겨 내며 지속합니다. 결국에는 꾸준히 하는 사람 말릴 수 없습니다. 누가 이기나 해 보자! 이런 마음이 아닙니다. 진득하게 어떤 비난이 와도 참고 견디며 해내는 것입니다. 그런 사람 당해 낼 사람 없습니다. 둘째, 자신이 좋아하는 일은 좋은 에너지를 줍니다. 다른 어떤 사람에게 희생을 강요당해도 내가 좋아하는 일로 참아 낼 수 있습니다. 일이 주는 힘이 탁월합니다. 가족은 끝없이 요구하지만 내가 하는 일은 가치로서 증명이 됩니다. 그것 또한 인정받고 있다는 것으로 귀결됩니다. 셋째, 마음의 소리에 귀를 기울입니다. 세상에서 가장 소중한 일은 자신을 귀히 여기는 것입니다. 그 누가 뭐라고 해도 나를 사랑하는 일은 내 마음의 소리, 몸의 소리를 잘 듣는 것입니다. 어디가 불편한지 뭐가 속이 상하는지 신호를 잘 알아듣고 행동한다면 삶이 그만큼 편안해집니다.

동치미 항아리는 깨져도 내 마음의 상처는 남기지 않았습니다. 성장하기 위한 고통의 순간이니까요. 그날은 존재론적 수난과 함께 열정의 과잉도 한몫한 날입니다.

9

가까울수록 더 아픈 사이, 가족

세상의 대부분의 중요한 일들은
전혀 희망이 없어 보일 때도 계속 노력한 사람들에 의해 성취되었습니다.

데일 카네기

가족은 가깝기에 더 할퀴고 찌를 수 있습니다. 그래서 더 아픈 사이입니다. 서로 더불어 살기 위해서 이해하고 배려해야 합니다. 때로는 친하기에 격의 없이 함부로 합니다. 가까울수록 더 조심하고 예의 지켜야 하는 것이 가족입니다. 그래야 힘들고 어려운 인생 더불어 살 수 있습니다.

아들이 전화했습니다. 울먹이는 목소리로 "엄마, 고마워. 그동안 나 키우느라 고생 많이 했어요!"라고 말합니다. 이 한마디에 그동안 가슴 한쪽에 남은 설움과 안타까움 다 녹일 수 있었습니다. 아들은 "엄마, 내가 유한이 키우기 전에는 몰랐는데 자식 키우다 보니 엄마가 얼마나 힘든 세월을 살아냈는지 이제 이해가 되네."라며 울먹입니다. 오늘, 이 순간 엄마가 그리워서 전화했다는 둘째 아들입니다. 전쟁 같은 인생을 헤쳐 왔지요. 어머니 모시면서 시동생에게 욕도 먹으면서 피 한 방울 섞이지 않은 사람들에게 당한 서러움보다 더 힘들었던 것, 바로 아들이 사춘기 심하게 겪을 때 아들에게 현실을 제대로 바라보게 할 수 없는 지점이었습니다. 분명 이 길이 옳은데 다른 길로 돌아가는 아들을 통제할 수 없는 상황이었지요. 지름길 두고 가시밭길로 돌아가는 아들을 어떻게 이끌어 줄 수 있을까? 방법이 없었지요. 바쁜 남편은 일 때문에 아이들과 소통하지 않습니다. 꾸중만 하고 대화를 모르는 남편, 그 시절 도저히 이해할 수 없었지요. 상대의 문제점만 보일 때였습니다.

그런데 우연히 TV 조선 〈아빠하고 나하고〉 프로그램을 보면서 한 가지 알게 된 사실이 있습니다. 그 유명한 탤런트 백일섭이 아내와 졸혼했지요. 그 이후 하나 있는 딸과 갈등으로 오랫동안 만나지 못하고 있다가 이 프로그램을 통해 소통하는 것을 보게 되었습니다. 백일섭은 아내와 헤어져 살았어도 딸하고는 소통하고 싶어 했습니다. 그런데 오랜 세월 만나지 못한 이유가 바로 솔직하게 다가서지 못하는 망설이는 아버지의 마음이었습니다. 백일섭이 그렇게 되기까지의 원인은 백일섭의 아버지가 여러 엄마를 만들어 준 것 때문이었습니다. 어릴 때 좋지 않은 가정환경이 있었지요. 배다른 동생 챙기면서 불우한 어린 시절의 상처가 많았습니다. 아버지와 대화를 제대로 해 본 적 없는 백일섭이 연기는 열심히 잘해서 팬도 많습니다. 그러나 자기 가족과 소통하지 못하고 오랫동안 하나밖에 없는 딸과도 만나지 못하는 비극을 초래했습니다. 백일섭이나 이승현의 아버지 등 다양한 아버지의 모습에서 내 남편의 행동이 조금은 이해가 되었습니다.

그러나 그중에도 최민수의 아내 강주은의 아버지의 모습은 의미가 있는 본받을 만한 가족의 아름다운 모습이었습니다. 가족이 서로 배려하고 아끼고 도움 주는 모습입니다. 아버지가 특히 엄마를 위하고 사랑하는 모습을 보며 결혼 생활은 저렇게 해야 하는데 하는 생각이 들었습니다. 옛 어른들의 가정환경이 중요하다는 말을 진정으로 깨닫게 되었지요. 한 사람의 어린 시절의 환경은 나중에 그 사람의 주변까지 많은 영향을 미치는 일이라는 것을 알아차립니다.

철이 살짝 든 아들 고백 덕분에 예전 기억이 떠오르면서 명치끝이 찌르르 아프기도 합니다. 아들은 이번 어버이날도 못 챙겼다며 사는 것이 너무 힘들다, 아빠가 내 말은 하지 않느냐고 묻습니다. 사실은 아들과 아빠 사이가 좋지 않습니다. 그 사연은 이렇습니다. 큰아들은 아빠가 하자는 대로, 아빠 회사가 자신이 원하는 삶, 꿈이 아니어도 흉내라도 내면서 아빠 회사 일을 돕습니다. 그러나 둘째는 자영업을 하겠다고 일찍부터 아빠 회사를 나가지 않았습니다. 남편은 둘째가 괘씸했지만 그래도 자식이니 돈을 투자해서 떡볶이집을 할 수 있게 도와주었습니다. 그러나 개업하자마자 코로나19로 사람들의 발길이 뜸합니다. 특히 초등학교 앞인데 아이들은 학교에도 다닐 수 없으니 아들은 사업 의욕을 잃었지요. 꽤 많은 돈을 투자했지만 건지지 못하고 2년 동안 점포세만 물고 문을 닫게 되었습니다.

그 후 아들은 마음을 잡는 듯하며 아빠 회사에 들어왔습니다. 납품도 열심히 도와주고 성격도 활달한 덕분에 아빠의 기대가 컸지요. 웃으며 이야기하는 두 부자지간을 보고 이제 나쁜 일은 끝이다, 좋은 일만 나에게 올

것이라는 성급한 판단을 내렸습니다. 아니나 다를까 두 부자는 상극인가 봅니다. 만나서 함께 일 좀 하나 싶으면 결국 헤어지게 됩니다. 아들은 다시 독립한다고 나가고 아버지는 아들과 소통을 끊었습니다. 이 나이에도 두 사람을 중재해야 하는 제 마음은 어떤지요.

'엄마, 고마워.' 하는 아들이 얼마나 힘들고 소통하고 싶었으면 그동안 대화하지 못한 아버지에게 전화를 두 번이나 했다고 합니다. 그래도 받지 않자, 저에게 전화해서 울면서 고마웠다고 말합니다. 철이 늦게 든 아들입니다. 자신의 아들 유한이 덕분에 이제야 아버지가 되어서 똑바로 살려고 하니 많이 힘이 들지요. 그래도 아들이 유한이 엄마와 손주 데리고 잘 살아 주는 덕분에 제가 조금 편해질 수 있습니다. 사춘기 오래 겪었고 해 보지 않은 일이 없던 둘째 아들, 가끔은 돈으로 꽃다발도 만들어서 엄마가 강의하는 충청대학교에 방문해서 선물도 준 아들입니다. 그리고 유한이 잘 키워 줘서 고맙다고 인사할 줄 아는 아들 이제 늦게라도 철이 들기 시작합니다. 아버지가 되어 보니 부모의 마음을 조금 알아챈 아들이 성실하게 삶을 살아갈 것이라는 마음은 믿어 의심치 않습니다. 이제라도 엄마의 마음을 눈치챈 아들이 책도 읽고 글도 쓰고 공부도 하면서 자신의 하나밖에 없는 아들도 많이 사랑해 주기를 기대합니다.

인생은 전쟁입니다. 갈등, 두려움 헤쳐가면서 싸우며 살아가는 실화입니다. 가족의 삶도 역시 여전히 전쟁 속입니다. 갈등과 연결된 이런 예화를 가져와 봅니다. 그리스 로마신화에 나오는 헤라클레스는 어깨가 넓고 멋진 신입니다. 그런데 자기 어깨 같지 않게 인생의 길은 좁고 마음의 갈등은 심합니다. 헤라클레스가 길을 걷고 있는데 사과가 떨어져 있습니다. 심술이 나고 마음이 편하지 않은 헤라클레스 화가 나서 사과를 발로 뭉갰지요. 그런데 그렇게 밟으면 밟을수록 사과는 더 커지고 단단해지는 것입니다. 이것을 본 헤라클레스는 더 화가 나서 사과와 힘겨루기를 하면서 어찌할 줄 모릅니다. 그때 이것을 지켜보던 지혜의 여신인 미네르바가 나와서 한마디 합니다. "헤라클레스, 그만하세요.", "그 사과 이름은 갈등입니다. 건드리면 건드릴수록 갈등이 더 커지니 그냥 두고 기다리면 본 상태로 돌아올 거예요." 그 말을 듣고 헤라클레스는 진정하고 멈추어 기다립니다. 그 후 사과가 본래의 모습으로 돌아왔다고 합니다.

이 예화를 통해서 알게 된 것은 바로 이것입니다. 사람이 살면서 겪게 되는 사람 간의 갈등은 수시로 일어나면서 우리의 마음을 흔들어 놓습니다. 본래 마음이란 것도 허상입니다. 그 갈등의 뿌리 결국 오늘 살고 있기에 일어나는 현상입니다. 갈등을 없앨 수는 없습니다. 그럴 때 스톱 하고 멈춰서 잠시 기다리면 누군가 먼저 깨닫는 사람이 있습니다. 전쟁은 오래하면 손해 봅니다. 전쟁을 푸는 방법은 힘 있는 사람이 좋은 방향으로 먼저 손을 내미는 일입니다.s

아버지와 아들의 갈등, 생길 수 있습니다. 삶 자체가 갈등과 협상이니까요. 이제는 미운 마음, 서운한 마음 뒤로하고 아버지가 손을 내밀어 아들의 손을 잡아 주면 어떨지요. 서로 가깝기에 기대치가 높습니다. 내가 무엇을 해 주기보다는 바라는 것이 더 크면 갈등은 종잡을 수가 없습니다. 세상 경험이 더 많은 부모가 먼저 손을 내밉니다. 지혜의 여신인 미네르바처럼 멈추고 기다립니다. 집 나간 탕자가 돌아오기를 그리고 그가 돌아오면 아무 일 없었다는 듯이 맛있는 음식 내어 주고 긍휼히 여기는 마음으로 지켜봅니다. 이제 서로를 찌르고 할퀴는 가족은 멈추고 다시 소통을 시작합니다. 가깝기에 더 아픈 것이 가족입니다. 서로 더 많이 사랑하기에 갈등도 생깁니다. 인생 그리 길지 않습니다. 서로 사랑하기에도 빠듯합니다.

제 3 장

행동은 반드시
미래의 성장을
선물한다

1

나는 KPC 전문 코치 해냄

어려운 길은 항상 아름다운 목적지로 이어집니다.

지그 지글러

"이선희, 공부 그만두고 골프 치고 놀아!" 남편의 한마디 말 때문이 아닙니다. 그동안 전천후로 뛰고 달리며 바쁘게 앞만 보고 살던 저는 신체와 정신이 소진되어서 내려놓게 되었습니다. 그렇게 배우고 공부하는 일이 좋았던 저는 책도 글도 눈에 들어오지 않았습니다. 그냥 쉴 수밖에 없었습니다. 사람들이 내려놓는다는 말 많이 합니다. 사실은 내려놓는 것이 아니라 다시 그 상태로 돌아갈 수 없는 수준이 되면 내려놓게 되어 있지요. 평생학습관 강의 시작하는 2015년 3월 첫날 강의 도중 강의할 수 없을 정도로 아팠습니다. 도저히 한 학기 강의를 끌고 갈 수 없을 정도였습니다. 체력이 소진되었습니다. 첫 수업 중, 입이 수도 없이 마르고 물만 찾았습니다. 건드리기만 해도 쓰러질 정도의 몸이었습니다. 한 달 만에 13kg이 빠졌습니다. 의사가 암일지도 모르니 큰 병원을 다녀오라고 할 정도였습니다. 그렇게 좋아하던 한우도 옆에 가기만 해도 냄새가 나서 먹을 수가 없었습니다. 사람 만나는 일도 공부도 다 싫었습니다. 몸이 너무 아프니 이렇게 살다가 죽을 것 같아서 다 내려놓고 건강을 위해 쉬고 있었습니다. 아무것도 할 수 없었고 누워서 살았습니다. 밥도 물도 먹고 싶지 않았습니다. 숨이 차서 병원에 가면 아무 이상이 없다고 해서 다시 집으로 돌아왔습니다. 빗자루 들 힘이 없습니다. 바람이 불면 날아갈 것 같이 몸과 마음이 허탈했습니다.

남편은 인정하지 않았습니다. 뭐가 힘들어서 아프냐고 좋아하는 공부밖에 더 했냐고 투덜댑니다. 아프고 나니 지나온 삶이 허망해집니다. 무엇 때문에 열심히 달려왔는지 갑자기 삶의 목적이 사라진 것 같았습니다. 그때 느꼈습니다. 돈도 소용이 없습니다. 몸이 심하게 아프니 카드를 긁어서 돈을 출금할 힘이 없습니다. 은행도 가지 못합니다. 그 정도로 아팠습니다. 나중에 알고 보니 그동안 가족에 대한 스트레스, 공부에 대한 어려움, 수면 부족으로 인한 우울증 등 복합적인 우울감이었습니다. 면역력이 떨어져서 먹지도 자지도 못하고 공황장애 비슷한 피해망상이 올 정도였습니다.

누군가에게 전화만 하면 그 사람이 피해를 보는 것 같은 환각, 환청에 시달렸습니다. 경찰이 다가오는 것 같고 가족이 와도 화장실로 도망갔습니다. 남편은 어이없어했습니다. 본인은 먹고살려고 발버둥 치는데 배부르게 우울증 같은 병에 걸렸다고요. 특히 남편 회사만 가면 숨이 가쁘고 혈압이 높아졌습니다. 병원에 입원을 했습니다. 그때 저를 본 사람이 "선생님, 눈이 너무 허망해 보여요. 지금 모습 살고 싶다는 의욕이 없어 보입니다."라고 말을 전합니다. 누군가 찾아오면 숨고 문을 열어 주지도 못했습니다. 그렇게 강한 것 같고 단단하던 제가 병에 걸렸습니다. 무기력증, 우울증. 6개월간 치료에 전념했습니다. 남편도 이곳저곳 데리고 다니며 좋은 음식을 먹이고 함께 시간을 보내 주었습니다. 조금씩 회복되고 있었습니다.

그렇게 쉬던 중 갑자기 절실하게 운동이 하고 싶어졌습니다. 그것도 그동안 관심도 없던 골프입니다. 조금씩 건강해지면서 골프 열심히 쳤습니다. 남편이 연습장 끊어 주면서 나이 먹으면 부부가 함께 운동하는 모습 보기 좋다고 하며 추천해 주었습니다. 주위에 지인들이 회원권을 가진 분들이 있어서 함께 어울리며 운동했습니다. 다른 분들과 연습장에 들러 연습하고 스크린 치고 하루가 후다닥 지나갑니다. 이렇게 3년을 보냈습니다. 나름 재미있고 시간도 잘 갑니다. 생애 처음으로 신나게 놀아 보았습니다. 좋은 곳에서 공치고 맛있는 것 먹고 비슷한 사람들과 대화하고 실컷 놀고 어울렸습니다. 그런 생활이 오래가니 지루하고 의미가 없어집니다. 왠지 그동안 공부했던 시간이 그립고 다시 열정이 꿈틀거리며 무엇인가 새로운 시도가 하고 싶어집니다. 후배에게 물었습니다.

"전 샘, 요즘 무슨 공부 해?"

"저는 송수영 대표님 강의 들어요."

"그래? 나도 예전 서울에서 송수영 씨 강의 들었는데. 간절하게 하고 싶은 일이 있으면 DID 하라고 하는 분이지."

"네, 맞아요."

나는 내가 가장 사랑한 후배에게 "나도 공부하고 싶어! 좋은 과목 있으면 소개해 줘."라고 부탁했습니다. 후배는 사람을 한 사람 소개해 주었는데, '고마워 감사 일기' 최덕분 대표입니다. 한 시간 코칭받은 후에 자석에 끌리듯이 반짝 스위치가 켜졌습니다. 그리고 바로 고마워 프로젝트에 참석했습니다. 저는 강의 시간이 행복했습니다. 매일 아침이면 감사 일기 작성하고 저녁이면 자신을 돌아보며 카톡방에 하루를 나누고 인증하는 것이 저에겐 새롭게 다가왔습니다. 그렇게 제 인생 삼모작의 서막이 올립니다.

월요일이면 강의 듣고 책 읽고 서로 단톡방에서 소통합니다. 감사 일기 쓰는 분들과 친하게 지냈습니다. 단톡방을 운영할 때 감사 일기 카톡방에 댓글을 정성스럽게 써 주었습니다. 사람들은 댓글에 감동을 많이 합니다. 댓글 때문에 사람들과 친해지고 서로 신뢰가 생겼습니다. 댓글 덕분에 사람들과 친근하게 코칭에 대해 나눌 수 있었습니다. 멀리 동탄에서 청주까지 방문해서 코칭을 배우고 싶다는 분도 있었습니다. 같이 공부했던 이경숙 코치님이 타 프로그램에서 부탁과 권유가 있었어도 적극적으로 지지해 주었습니다. 저는 짧은 시간에 프로그램을 협업할 사람을 찾았습니다. 예전 공부했던 한국코치협회 배용관 코치에게 전화해서 한국코치협회 KAC 인증 과정을 만들어 협업하기 시작했지요. 함께 공부하던 분들의 욕구와 저의 순발력이 빛나는 순간이었습니다.

전화 또는 블로그로 사람을 모집하기 시작했습니다. 기적 같은 일이 일어났습니다. 기존에 함께 공부했던 아홉 분 그리고 청주에 저와 신뢰가 있는 분들 아홉 분이 모집되었습니다. 월요일 주간, 월요일 야간으로 나누어서 수업이 시작되었습니다. 오전에는 협업을 해 주신 배용관 코치가 운영했고 야간에는 제가 오전 FT교육훈련을 받으면서 바로 진행하였습니다. 이렇게 진행한 프로젝트는 K 코칭입니다. 그리고 저의 1인기업 이름은 '해냄 마인드 컴퍼니'입니다. 고마워 감사일기 대표님이 어느 날 문득 책 읽다가 제가 떠올랐다고 합니다. "아! 해냄으로 하자! 이 이름이 잘 어울린다." 하면서 저에게 건네준 이름입니다. 그동안 열정적으로 삶을 개척하고 여기까지 온 당신에게 어울리는 이름이라고 준, 해냄은 저의 1인기업에 잘 맞는 이름이었습니다. 해냄이라는 이름으로 4기까지 코칭 프로젝트를 2022년에 마무리했습니다. 한국코치협회 KAC 자격 과정 마무리한 분들은 총 15명 그리고 수료한 분들은 30명 정도 됩니다. 그리고 현재 전문가 과정 KPC에 도전하는 분들이 8명 그런데 이 글을 퇴고하는 중에 6명이 한 번에 KPC 전문 코치 과정에 합격했습니다.

이렇게 작은 물결을 만들어 2022년 1월 20일에 시작해서 이듬해 12월에 성장을 이루었습니다. 저의 비전이 한 가정에 소통이 되는 코치 한 명 상주시키는 것입니다. 이유는 코치는 의식 수준이 높습니다. 데이비드 홉킨스의 『의식 혁명』 책을 보면 사람이 자기 자신이나 주변만 보는 사람은 의식이 200 이하라고 합니다. 호킨스 박사는 적어도 200의 용기 '수준' 넘어서야 비로소 다른 사람 삶에 관심을 가질 수 있다고 합니다. 코치라는 위치가 자신의 자질을 높이기 위해 수없이 책을 읽습니다. 교육과 함께 고객 코칭을 하기 위해 의식 수준을 높여야 합니다. 우스갯소리로 공부하다 죽는 직업이 코치다, 이런 말이 나올 정도입니다. 의식이 높아야 명료한 코칭을 통해 고객의 에너지를 올리며 고객과 함께 현재 상황을 해결해 나갈 수 있기 때문입니다. 코칭에서 가장 중요한 것이 내재화입니다. 내면의 잡음이나 문제가 있으면 고객의 말이 들리지 않습니다. 늘 평정심을 유지해서 고객이 변화할 수 있게 돕는 일이 목적입니다. 고객이 높은 곳에 올라가서 더 많은 것을 내려다볼 수 있게 생각을 전환시켜야 합니다. '질문과 경청'으로 시각을 확장합니다. 열린 질문과 통찰을 통해 의식 확장을 시키는 일이 코치의 주된 능력입니다.

의식이 높은 사람이 한 명쯤 가정에 상주한다면 혹시 가족 간, 부지불식간에 일어난 문제나 일들 차분하게 잘 해결할 수 있습니다. 일단 들어주고 질문하는 코치는 화목하고 소통이 되는 가정이 될 수 있게 도울 것입니다. 집안에 한 명의 코치가 필요합니다. 나는 KPC 전문 코치 해냄입니다.

2

오늘 지금 여기에 살기

나는 내가 곧 죽는다는 사실에 대해서는 안다.
하지만 내가 결코 피할 수 없는
그 죽음이란 것에 대해서 어느 무엇 하나 아는 것이 없다.

파스칼

마음이란 본시 생존을 위한 도구입니다. 여기저기가 아닌 지금 이곳에 모든 것이 있습니다. 삶과 죽음 사이의 경계가 너무나 가까이에 있다는 것을 우리는 모르는 척하며 삽니다. 우리 가족은 절대 죽지 않을 것처럼, 오늘도 죽음의 그림자는 나에게는 영원히 오지 않을 것처럼 착각하며 살고 있습니다. 그것이 인간의 인생이고 삶이기도 합니다. 그러나 언젠가는 모두 죽습니다. 죽음은 인생 한가운데 있습니다. 아직 오지 않았을 뿐입니다. 누군가가 말합니다. '죽음이 튜율립을 들고 우리 뒤에서 서 있다'고.

주위에 학문에 몰두하다가 병을 얻은 친구가 있습니다. 그 친구의 폐암 소식에 너무 가슴이 아파서 울고불고 그녀를 위로했던 기억이 납니다. 그녀는 열심히 병마와 싸우며 3년 이상 삶을 연장하다가 하늘나라로 떠났습니다. 이제 그녀도 나의 기억에서 차츰 멀어질 것입니다. 생은 너무 바쁩니다. 매일 해결해야 할 문제들이 산재해 있습니다. 친한 사람의 죽음조차도 오래 기억할 시간이 없을 정도입니다.

　그런데 그녀의 죽음에서 한 가지 배웁니다. 그녀는 다른 사람에게 자신의 이야기를 개방하지 않았습니다. 좋은 점, 잘하고 있는 점을 주로 말한 그녀입니다. 남편이 어떤 직업을 가졌는지 아이가 어떤 학교에서 어떤 과에 들어가 있는지, 비밀이 많았던 친구입니다. 나와 가장 친한 국문과 동기인 그녀는 똑똑하고 지혜롭고 신중한 사람이었지요. 말이나 행동거지도 거의 실수하지 않습니다. 음식도 지나치지 않게 먹었고 자기관리도 명철하게 잘했던 그녀, 그런데 다른 사람에게 무시당하지 않으려고 완벽한 모습을 보이려고 했던 그녀는 언젠가 이런 말을 합니다. "언니, 나 죽은 후에 속을 열어 보면 심장이 새카말 거야." '왜 그녀는 솔직할 수 없었을까요?' 어쩌면 그것이 한국 사람들의 문화인지도 모릅니다. 체면 문화, 세상은 보이는 것이 다가 아님을 자주 깨닫습니다. 사람마다 가지고 있는 상처 그리고 비밀이 있습니다. 다 개방할 수는 없겠지요. 다른 사람에게 알림으로써 자신의 부족한 점이 오픈될 수 있습니다. 안타깝게도 그녀는 '지금', '여기'에 살지 못했습니다. 베일에 감춰진 그녀. 자아실현을 위해, 내일을 위해, 국어학 석박사 공부하다가 떠난 친구. 오늘 문득 그 친구가 그립네요. 지금 여기에 살았다면 얼마나 좋았을까? 이런 생각 해 봅니다. 솔직하게 말하자면 속 좀 내보인다고 크게 손해 볼 것 없는 세상입니다. 가슴에 많은 것을 숨기고 꽁꽁 여민 그녀의 속마음을 실타래처럼 풀었으면 그렇게 암으로 고생하지 않았을까요. 사실은 다른 사람은 나에게 관심이 없답니다. 조금 개방하고 속 이야기 끌러도 실수 좀 해도 오래 기억하지 않습니다. 내 문제는 나만 고민합니다.

우연히 『숨결이 바람 될 때』 책을 읽게 되었습니다. 인간은 모두 유한한 생명을 가지고 있지요. 언제 신에게 불려 가게 될지 아무도 모르기 때문에 죽음을 피하지 말고 귀한 손님으로 예를 갖추어 겸손하게 받아들일 준비를 하게 만드는 책이었습니다. 주인공인 젊은 의사의 간절한 고백은 살아 있는 우리의 삶이 얼마나 소중한지 그리고 죽어 가는 그 사람에게는 하루하루가 얼마나 간절하고 살고 싶은 날들인지 알 수 있게 돕는 책입니다. 대충대충 하루를 보내고 있는 나에게 삶의 철학과 교훈을 주는 글이기도 했지요.

아주 건강했던 한 지식인이 병마의 고통을 마주 대하는 태도는 처연할 정도로 아름다웠습니다. 죽기 전에 아기를 낳기 위해 정자은행을 들르는 두 사람의 모습입니다. 정말로 사랑했던 사람을 떠나보내기 위한 내밀한 준비였지요. 그 남자의 아내 루시의 마음 그리고 앞으로 태어날 아기, 모든 것들이 아픔과 함께 깊은 사랑으로 승화됩니다. 우리의 삶은 너무 바쁜 나머지 자신이 죽어 가고 있는지도 모르게 살고 있습니다. 아주 열심히 살아 내지 않으면 한 가지도 이루어지는 것이 없는 인생입니다. 그래서 죽도록 고생하다 살만하면 병 얻고 쓸쓸하게 인생을 마무리하는 사람들을 봅니다. 주인공인 폴 칼라니티의 죽음을 맞이하는 태도는 숭고합니다. 자신의 병을 받아들이고 껴안습니다. 그는 자신이 이루고자 했던 일 전문의 되는 일 그리고 작가, 영문학과 철학으로 무장된 그의 정신세계는 죽음조차 그를 어떻게 하지 못했습니다. 그의 죽음은 떠남으로써 많은 것을 남깁니다. 죽음은 슬픈 것, 이 세상에 존재하지 않는 것이 아닌 더 많은 것이 그 안에 있습니다. 그리고 오늘을 사는 나에게 질문을 던집니다. '오늘은 어떻게 살아야 하는지?' 또 '무엇을 하고 사는 것이 바람직한 삶인지?', '좀 더 의미 있는 삶을 살아가기 위해 지금 무엇을 해야 하는지?'라는, 생각이 나의 현재 삶도 돌아보게 만드는 것입니다. 우리가 경험하지 못한 다른 사람의 삶, 죽음이 올 때까지 멈추지 않는 그의 열정과 문학에 대한 감수성을 배웁니다. 주인공 폴, 죽음을 직면하면서도 설득력과 강력한 인생의 스토리를 만들어 내는 그의 능력에 그를 더욱 사랑하지 않을 수 없게 만듭니다.

책을 읽은 후 독서 수업 중에 사망 일기 쓰기 수업을 했습니다. 만일 나에게 남은 삶이 3개월이라는 선고를 받았다면, 그 기점을 생각하며 작성하게 했습니다. 그런데 실제처럼 울며 슬프게 가족에게 작별의 유언장을 작성합니다. 한 분이 작성한 것을 옮겨 보겠습니다.

H 코치의 사망 일기입니다. '3개월 남았네, 어쩜 좋지, 이게 무슨 날벼락이야.', '내가 무엇을 해야 하지?', '뭐가 옳은 것인가? 믿어지지 않아. 이럴 수는 없는 거야.', '시간 없다. 3개월이야, 내가 아들과 딸에게 무엇을 남겨야 하지! 이 놀란 가슴을 안고 어떻게 3개월을 보내야 하지? 아, 나의 소중

한 심장 같은 가족에게 내 마음을 적어야 한다.', '여보, 나의 영원한 동반자 나의 남편, 내가 없다고 슬퍼하지 마!', '내가 없으면 어떤 기분인지 친정엄마를 잃어봐서 알아.', '여보 당신을 정말 사랑했고, 따뜻한 사랑을 주어서 고마워. 아버지가 떠난 자리를 당신이 채워 줘서 정말 고마워!', '우리 큰딸 정말 사랑해! 딸 엄마는 널 키우면서 정말 행복했어! 알지, 다음 생애 다시 태어나도 엄마 딸로 태어나는 것, 잊지 마!', '옆에 아들 세상에서 가장 이쁜 내 새끼, 너는 누나의 동생으로 태어나는 것 잊지 말고.'

내가 그날 마무리 강의를 던진 말은, "Do it now." '지금 바로 하자.'입니다. 왜 3개월 남았을 때 사랑 편지 쓰고 집 안을 정리하고 가족과 여행을 갈 것인가요? 오늘, 지금, 여기에서 합니다. 제가 알아차린 일은 3가지입니다. 첫째, 나의 삶을 솔직하고 담백하게 개방하고 살자! 남들은 바빠서 내가 어떤 이야기를 해도 오래 기억하지 못합니다. 자신이 가장 중요하기 때문이지요. 둘째, 내일은 없는 것처럼 오늘 하고 싶은 말, 남기고 싶은 언어 전달합니다. 사랑한다는 말, 지금 바로 여기에서 합니다. 나중에 하지 못하고 떠날 수도 있습니다. 셋째, 가족과 하고 싶은 여행, 축하 파티 바로 오늘 합니다. 시간은 환상에 불과합니다. 당신이 귀중하게 여겨야 할 일 시간에서 벗어난 한 지점은 '지금 바로 여기'입니다.

가까웠던 친구, 지금은 떠난 친구가 마음속에 묻어 두고 감춰 두고 싶은 것은 무엇이었을까요. 조금 부끄러운 일, 작은 실패 많이 하고 삽니다. 드러내도 큰 문제 없습니다. 다른 사람들은 나에게 관심 없습니다. 자기의 문제로 바쁘니까요. 너무 감추고 힘들어하지 마세요. 가까운 사람에게 하지 못할 말이라면 상담사라도 만나서 꺼내 놓기를 바랍니다. 돈 받고 들어주는 사람들도 있으니까요. 한 번뿐인 인생 명쾌하게 풀고 가면 어떨지요. 우리 모두 부족한 점이 있습니다. 그것을 극복하기 위해 열심히 살다 가는 인생입니다. 오늘 여기에서 행복합니다. 오늘 여기에 삶이 모여서 생의 총합을 이룹니다. 과거의 일도 '지금', '여기' 속에서 일어났습니다. 미래의 일도 '지금', '여기' 걸쳐서 일어나는 것입니다. 지금 당신의 여기가 행복하신지요.

3

나는 밑바닥에서 일어난 용의 아내

성품은 편안하고 조용하게 개발될 수 없습니다.
시련과 고통의 경험을 통해서만 영혼이 강해지고 야망이 고취되며
성공을 거둘 수 있습니다.

헬렌 켈러

인생은 운이 '7' 내 몫이 '3'이라고 합니다. 바로 운칠기삼입니다. 그렇다면 운은 어떻게 올까요? 스스로 노력할 수 있는 자신의 세계가 '3'이나 있습니다. 인간이 최선을 다해서 살아도 반드시 뜻이 이루어지지는 않습니다. 그런데도 노력해야 하는 이유는 아주 밑바닥, 올라올 수 없는 곳에 사는 사람들, 한마디로 운도 지지리 없는 사람들이 다시 재기하는 일이 제법 많기 때문입니다. 인간이 죽을힘을 다해 노력 하고 지혜를 충분히 발휘해도 잘 안 되는 저편의 세계가 있습니다. 머나먼 인내의 길입니다. 그 길을 뛰어넘는 일은 자신의 운명은 자신이 통제하는 길밖에 없습니다.

제가 잘 아는 강사 K 씨는. 청소년 때 이사만 열여섯 번 했습니다. 홍제

동 지역은 다 돌았다고 합니다. 아버지가 어머니랑 이혼하기 전, 한 달 만에 한 번 집에 들어왔는데 삼촌들을 많이 데리고 왔다고 합니다. 2박 3일간 집에서 삼촌들과 카드 하면서 집안에 연기는 뽀얗게 올라오고 모처럼 만난 아들에게는 담배 심부름이 고작이었다고 합니다. 그때 아버지 등에 호랑이 문신이 새겨진 모습을 보았는데 아버지 하면 그 문신만 기억난다고 합니다. 6학년 때 엄마 아버지가 자주 다투다가 결국 이혼하고 아버지는 감옥에 갔다고 합니다. 가정 형편이 좋지 않으니, 학교에서는 선생님이 자주 야단치고 무시하기가 일쑤입니다. 어느 날 선생님이 짝다리 흔들며 고개 들어 K를 보고 차렷할 때 있었다고 합니다. 담임선생님은 반 애들 다 보는데 종이 한 장을 주었습니다. 그냥 주는 것이 아니라 "야! 거지새끼야, 한 달 처먹을 식권이다." 이렇게 말하며 던져 주었다고 합니다. 억울해서 절대 울지 않았다고 합니다. 나쁜 세상이라고 원망할 수밖에 없습니다. 마음속으로 가장 당황한 것은 6학년 반 아이 43명이 다 보고 있었다는 사실입니다. 그때 아이들의 눈빛, 살면서 아버지 하면 떠오르는 한 자락의 몹쓸 기억입니다. 그 시절 세상에서 가장 불쌍한 사람은 자신의 엄마였다고 말합니다. 그 어머니가 아들에게 부탁의 말씀을 하십니다. "공부가 인생의 전부는 아니다. 네가 하고 싶은 일하며 재미있게 살아라!" 그렇게 말씀해 준 어머니 덕분에 열정적으로 독서하고 공부해서 현재는 인정받는 바인더 강사가 되었습니다. 주인공은 결혼해서 열세 살, 열한 살, 다섯 살 자녀세 명을 둔 아빠입니다. 그는 '부모 잘못 만났다.', '운이 좋지 않다.'라는 말을 하지 않고 주어진 일에 최선을 다해서 자신의 자리에서 확실하게 칭찬받으며 일하고 있습니다. 본인이 가장 힘들 때 아버지가 옆에 없었다는 생각에 아이들에게 '아빠' 하면 좋은 기억이 떠오를 수 있도록 가정적으로도 노력하는 삶을 살고 있습니다. 만일 그 사람이 요즘 사람들이 말하는 금수 저, 은수저 탓만 하였다면 현재 그렇게 정상에서 환영받는 강사가 되었을 까요.

밑바닥에서 올라온 또 한 사람은 나의 남편입니다. 나의 하나밖에 없 는 남편은 요즘은 취미 생활로 수석에 빠져서 날이 새는 줄, 밤이 가는 줄 모릅니다. 짧은 시간에 수석 탐석과 더불어 좋은 돌을 사기도 합니다. 한 3년 정도 된 것 같은데 수석 탐석도 기업가 열정으로 합니다. 청주 김 사 장하면 많은 수석인들이 소문 듣고 올 정도로 짧은 기간이지만 공부하고 유튜브 강의 듣고 수석책 보며 노력합니다. 남편 회사에 가보면 놀랄 정도 로 수석이 많습니다. 제가 왜 그렇게 수석을 모으냐고 했더니 수석은 세금 도 없고 나중에 그것 팔아서 노후를 보낸다고 합니다. 결국은 노후를 수석 으로 준비하고 있습니다.

저는 그런 남편에게 배울 점이 있습니다. 첫째, 오늘 일을 시작하면 그 일이 끝날 때까지 합니다. 사실 남편이 운영하는 회사는 플라스틱 사출 회 사라 일이 많습니다. 일주일 내내 일찍 출근해서 밤늦게 돌아오는 일은 다 반사고 토요일, 일요일도 회사에 나가 다음 주 기계 돌릴 준비를 합니다. 주변에서 사장님이 이제 일을 그만하실 때 되었는데 저렇게 현장에서 일 하는 사람은 없다고 할 정도입니다. 둘째, 남에게 돈을 빌리지 않습니다. 아무리 급한 일이 있어도 손 벌리는 일이 없습니다. 사업가 아내지만 친정이나 인척에게 한 번도 돈을 부탁해 본 일이 없습니다. 나는 지금 남편을 이룬 것은 밑바닥에서 고생하면서 스스로 배운 철학, 검소함과 본인이 뛰어들어 일한 것의 총합이라고 생각합니다. 잠자리가 없어서 마장동 공장 소파에서 잠을 자며 기술을 배웠지요. 그 누구도 도와주지 않는 상황에서 사출기가 50대 법인 회사와 자신의 개인 회사 운영합니다. 남편은 고향에 가면 "타관이가 개천에서 용 났어."라는 말을 듣습니다. 화전민처럼 살던 남편네 가족입니다. 성실한 노력, 꾸준함으로 지금 이 자리에 와 있습니다. 셋째, 다른 회사의 부도로 피해를 보았어도 찾아다니지 않습니다. 저는 너무 억울합니다. 중소기업이 1년에 5,000만 원 벌기 어렵습니다. 그런데 5,000만 원을 부도 맞으면 그동안 노력한 것은 헛것이 됩니다. 저는 안타까워 "여보, 그 집에 가서 물건이라도 들고 와요."라고 하지만 남편은 그만두자고 합니다. 신경 쓰다가 지금 하는 일도 안 된다고 하며 과감하게 부도 맞은 것은 마음에서 지웁니다. 그리고 아무 일 없는 듯이 다시 열심히 일을 합니다. 그런 남편의 집념과 일에 대한 가치 그리고 기업가 정신이 지금 남편의 회사 신광전자가 37년이라는 세월을 존재할 수 있게 했습니다.

말하지 않고 석사과정 입학했다고 졸업식에도 오지 않았던 사람, 가끔은 소통이 불통인 사람. 죽기 전에 꼭 질문 3가지 하고 싶은 사람. 냉장고였으면 열 번은 바꿔 치기 하고 싶었던 사람이 나의 남편입니다. 그런 사람임에도 불구하고 밑바닥에서 올라온 경험과 일에 대한 성실함은 높이 삽니다. 무의식에는 4가지가 있다고 합니다. 첫째, 유전에서 온 무의식.

두 번째, 교육에서 오는 무의식. 세 번째, 경험에서 오는 무의식. 네 번째, 공부하고 깨달아서 오는 무의식입니다. 저는 네 번째 무의식을 좋아합니다. 공부를 통해 밑바닥에서 일구어 낸 무의식을 갖춘 나는 개천에서 나온 용과 살기 위해 용트림 많이 했습니다. 사실은 다른 사람보다 맞추기 어려운 성격은 밑바닥에서 갖은 고초 겪으면서 온 까닭입니다. 심적으로 상처가 헤아릴 수 없이 많습니다. 그 상처까지 껴안고 가야 하는 사람이 바로 아내입니다. 그래서 나도 가끔은 아내가 필요합니다. 무조건 이해하고 참아 주는 아내가 나에게도 있었으면 하는 마음입니다. 7% 운보다 93%의 노력이 개천에서 나온 용을 만들어 줍니다. 나는 밑바닥 개천에서 일어난 그 용의 아내입니다.

4
공부는 평생교육

학이시습지면 불역열호(學而時習知 面不亦悅乎)

공자가 말씀하셨다, 배우고 때때로 그것을 익히니 즐겁지 아니한가?

『논어』「학이편」 공자

"서울대학교 나왔어요.", "그래서요, 지금은 무슨 일 하세요?" 졸업하고 나서 그 졸업장으로 평생을 브랜드로 살았던 시절이 있었습니다. 그것이 영원할까요? 지금은 발 빠른 AI 디지털 시대, 추세 따라 공부하지 않으면 살아남을 수 없는 세상입니다. 독서도 생존으로 읽어야 하는 시대가 바로 지금입니다. 저자도 예전에는 좋은 대학 나온 사람, 부모님 잘 만나서 제 때 공부한 사람들이 부러웠습니다. 그때는 마음속으로 꿈을 꿉니다. 드라마나 영화에서 나오는 어렸을 때 잊어버린 딸을 가까이 두고 만나지 못하다가 우연히 만나게 된 사연. 제가 그런 주인공이 되고 싶었고 그런 상상을 했습니다. 가난에서 벗어나고 싶었고, 없는 집 맏딸 노릇, K-장녀 그만하고 싶었습니다. 거리를 걸으며 머릿속은 상상의 나래를 폅니다. 갑자기 나타난 부모가 '선희야, 어디 있었니! 너 만나려고 수많은 세월을 너 찾는 데 소일했다. 그리고 너를 위해 큰돈을 벌어 이제 제법 여유가 있단다. 이제 너 만났으니, 엄마의 소원이 이루어졌단다.'라고 말하는, 생각만 해도 짜릿하고 신나는 환상이었습니다. 그런 꿈의 환상을 쫓아다니다가 집에 들어오면 현실과 차이가 있어 저를 더욱 힘들게 했지요.

재미있는 유머가 있습니다. 청주에서 서울대학 보내고 싶어서 우유도 서울우유 먹인다는 것입니다. 그런데 자녀가 중학교, 고등학교 가면서 현실을 인식하고 청주 우유라도 먹으면 감사하다는 말. 유머지만 그만큼 어느 대학 나왔느냐가 벼슬 같았던 시절이 있었지요. 그런데 지금은 자신의 경험을 유튜브에 올려서 돈을 버는 사람, 경험을 무늬로 만들어 시장에 파는 사람, 다양한 직종이 생겨나고 그동안 영원할 것 같은 직업이 없어지고 있습니다.

어제 잠깐 〈유퀴즈〉를 보게 되었는데 유품정리사 김석중 씨가 나옵니다. 신기해서 계속 채널을 고정하고 봤습니다. 사업하다가 친한 후배 죽음을 보고 사업을 계속할 수 없어 방황하던 중 우연히 일본에서 유품을 정리하는 직업이 있는 것을 알고 3년 정도 일본을 오고 가며 배웠다고 합니다. 유품정리사는 유족의 유언을 찾아 주고 물건을 정리해 주는 직업입니다. 주로 혼자 죽은 사람들을 만나는데 사람이 죽고 없는 집에 들어가면 죽음의 냄새가 역하게 납니다. 살던 사람의 체취, 그리고 기억을 물건에서 찾고 그 물건을 유족에게 전달하는 사람. 누구나 사람 죽은 집에 들어가고 싶어 하지 않는데 김석중 씨는 들어가서 정리하고 찾은 소중한 물건을 유족에게 전달합니다. 두 가지 스토리를 전해 주었는데 한 가지 이야기가 가슴에 남아 명치끝을 아프게 합니다. 학생 한 사람이 자살한 고시원입니다. 혼자 책상에 앉아서 공부하는 뒷모습, 혼자 자고 혼자 먹고 이렇게 살다가 자살한 대학생이 가장 기억에 남는 고객이었다고 합니다. 고시원에 가 보니 한 번도 쓴 것 같지 않은 새 여행 가방이 있었다고 합니다. '학자금 대출 용지, 얼마나 힘이 들었을까?', '그리고 외로웠을까?', '고민은 어떤 경지였을까?', '오죽하면 젊은 나이에 자신의 하나뿐인 목숨을 버렸을까?' 마음이 너무 아파서 유족은 버리라고 하는 여행 가방을 버리지 못하고 서류를 담거나 하는 용도로 쓰고 있다고 합니다. 타인의 아픔이지만 가슴이 아릿합니다.

이렇게 다양한 직업, 새로운 직업이 생기는 시대에 필수는 평생교육입니다. 평생 공부하고 책 읽고 따라가도 모자란 세월이 지금입니다. 그럼 어떻게 해야 진정한 공부를 평생 할 수 있을까요. 저는 그 해답을 『이어령의 마지막 수업』책에서 마주합니다. 이어령 교수와 마지막 인터뷰라는 내용으로 신문사의 논설위원이자 월간 문학사 주간 편집을 이끌었던 김지수 작가가 집필했지요. 묻고 답하는 가운데 질문합니다. "성경에서 이야기하는 사랑은 선생님에게 얼마나 새로운 사랑인가요?", "성경은 참 새로워, 정말 새로워."하시면서 이어진 말씀입니다. "성경처럼 우리의 상식을 뒤집은 책은 없어, 아흔아홉 마리 양을 두고 한 마리 양을 찾아가는 사람이 세상에 어디 있겠나, 그런데 자식 키워 본 부모는 알지. 성한 자식보다 학교 안 다니고 말썽 피운 놈이 더 눈에 밟히거든. 그게 사랑이잖아. 그게 한 마리 양을 버리지 못하는 예수님 얘기야.", "집 떠났던 작은아들이 빈털터리가 되어서 돌아오니 반가워하잖아. 탕자이기 때문에, 집을 나갔기 때문에, 그 한 마리 양이 아흔아홉 마리보다 뛰어날 거라는 생각을 왜 못 하나? 아흔아홉 마리 양은 제자리에서 풀이나 뜯어 먹었지, 그런데 호기심 많은 한 놈은 늑대가 오나 안 오나 살피고, 저 멀리 낯선 세상과 대면하는 놈이야. 탁월한 놈이지!" 이어령 작가님의 말씀에 백번 공감이 갑니다. 저의 집에도 돌아온 '탕자'가 있습니다. 미운 짓, 남이 하지 않는 짓 다 해 보고 이제 돌아온 '탕자'. 그 아들이 세상에 단맛 쓴맛 다 보고 난 후 아버지 말씀이라면 자다가도 벌떡 일어납니다. 이것보다 더 큰 평생교육이 어디 있겠습니까? 잔소리해서 달라지지 않습니다. 세상 경험도 평생교육입니다. 그저 좋은 대학, 좋은 학과에서 벗어나 자신이 원하는 일을 마음껏 하며 '엄마 나답게 세상 존재하고 싶어!'라고 말할 수 있게 돕니다. 세상에 가장 큰 부자는 물질이나 명예가 아닌 스토리텔링이 있는 사람이라고 이어령 교수님이 말씀하십니다.

지금까지 사십 이후에 눈칫밥 먹으면서 주경야독한 나에게 살이 되고 피가 되는 말입니다. 나는 나의 방식대로 평생교육을 하였고 '탕자'인 둘째 아들은 제 방식대로 세상을 공부했습니다. 시간이 좀 걸리면 어떤지요. 언젠가 깨달으면 되는 것이지요. '자기 집 목장에 없는 쓴 열매라도 따 온 탕자가 인간을 앞으로 나아가게 한다.'는 말씀에 귀를 기울이는 이유는 우리네 집에 탕자 한 명쯤 있어서 늘 허우적거리며 해결하려고 안간힘을 쓰던 부모들의 뒤통수를 쳐 주는 지혜의 말씀이기 때문입니다.

평생교육은 앉아서만 하는 교육이 아닙니다. 좋은 대학에서만 배우는 것도 아닙니다. 인생 좌충우돌하다가 혼돈도 만나고 다시 질서도 잡히고 그러면서 깨닫는 이치, 그것이 바로 평생교육입니다. 여행하고 싶어 하는 친구는 여행 속에서 다른 나라 사람 문화도 보고 음식도 먹으며 스스로 알아갈 수 있습니다. 그것이 지혜가 되어 성숙한 성찰을 할 수 있는 인간으로 돌아올 수 있습니다. 우리 집에 돌아온 '탕자'에게 오늘은 세상 공부 잘하고 왔다고 환영 인사 거나하게 해 봅니다.

5

의지보다 중요한 것은 환경입니다

최적의 환경은 최고의 변화를 일으킬 수 있습니다.

벤저민 하디

내가 환경을 만들고 통제하지 않으면 다른 사람이 나를 통제합니다. '내가 나를 통제하기 위해서 가장 중요한 것은 의지력일까요, 아니면 환경일까요?' 나는 의지력만 있으면 얼마든지 변화할 수 있다고 믿었습니다. 2023년 새해 결심했지요. 새해에 제가 건진 한 단어는 메멘토 모리, "죽음을 기억하라."입니다. 그 단어와 연결된 앞으로 남은 삶의 건강 유지를 위해 운동을 하자고 결심을 했습니다. 그런데 얼마 가지 않아서 흩어지는 마음의 이유는 무엇인가요? 해마다 결심만 합니다. 우리 집에는 운동기구가 자전거 하나입니다. 거실 공간이 넓지 않아서 한 가지 운동기구만 있습니다. 하루 한 시간 반 운동을 해 보겠다는 결심을 하고 오전에 손주를 유치원 등원시키고 자전거에 앉았습니다. 10분 정도 해 보니 지루합니다. TV를 켭니다. '보면서 하면 한 시간 반은 문제없지!' 하고 시작합니다. 그런데 또 물 먹고 싶어집니다. 내려옵니다. 다시 물 한 잔 마시고 올라앉았습니

145

다. 이런 행동이 반복되니 운동은 지속하지 못하고 시간만 버립니다. 그리고 운동기구에는 옷이 걸려 있는 시간이 많습니다. 처음 살 때는 적극적으로 운동하겠다고 생각하고 남편의 반대도 무릅쓰고 구매했는데 옷걸이로 전락한 사실에 어처구니가 없습니다.

　차분히 앉아서 생각해 보니 집에서 혼자 운동하는 것은 나가지 않으려는 저의 깊은 마음속 회피입니다. 운동한다는 핑계로 드라마 보고 물 마시고 집에서 어영부영하는 제 모습을 보니 한심합니다. 저의 결심을 하루 만에 포기할 수 없어서 지하 1층에 있는 휘트니스에 등록합니다. 이런 생각이 듭니다. 이사 온 지 3년이 넘었는데 이제야 이곳에 발을 디딘 겁니다. 집에서 이곳까지 거리가 시간으로 5분 안쪽 걸리는데도 운동센터에 오는 기간이 3년 걸렸습니다. 간절하지 않았습니다. 긴급하고 바쁜 것을 하느라 미루고 미룬 저의 모습입니다. 의지를 이기려면 목표를 강화해 주는 환경이 필요합니다. 실제 운동하는 장소에 도착하니 몇 안 되는 사람들이지만 땀 흘리며 열심히 운동하는 모습에서 정신이 번쩍 들면서 저도 따라서 하게 됩니다. 나에게 가장 긍정적인 환경은 운동할 수 있는 곳입니다. 힘들지만 땀 흘리고 나면 뿌듯함의 열기로 온몸의 세포가 건강해진 것 같은 느낌입니다. 운동하러 갈 때는 약간의 망설임과 흔들림 있습니다. 요즘에는 아침 8시 20분에 유한이 학교 보내고 운동합니다. 지하에 있는 운동센터에 PT 주관하고 있는 운동 코치가 오전 8시면 운동을 시작하고 있네요. 인사하고 들어갑니다. 이제 꾸준히 다녔더니 몇몇 사람에게 인사 나눌 수 있을 정도로 안면이 생깁니다. 일단 무릎을 위한 운동부터 시작합니다. 처음에는 방법도 몰랐는데 코치가 약간의 설명을 해 줍니다. 전문가의 말 덕분에 무조건 근력 운동부터 시작이 아닌 내 몸에 맞는 운동부터 차근차근히 해 나갑니다. 무릎 근력 운동이 끝나면 허리 근력 운동을 해 주고 자전거 15분 탑니다. 마무리에 러닝머신으로 30분 땀 흘리며 상쾌한 기분으로 마칠 수 있습니다. 가장 하이라이트 운동은 우리 아파트 계단 오르기입니다. 27층인데 다 오르고 나면 땀이 비 오듯 하고 숨이 턱까지 헉헉거립니다. 혹시 시간이 부족한 날 운동센터에 가지 못하면 반드시 계단을 두 번 오릅니다. 최고의 운동입니다. 꼭 무릎보호대는 해야 합니다. 그래야 무릎이 덜 망가진다고 하니 전문가의 조언을 꼭꼭 씹어 삼킵니다.

다이어트하고 싶다면 아파트 헬스장에라도 참여해서 운동하는 사람과 함께 해야 합니다. 자신이 추구한 목표에 맞게 환경을 바꾸고 그 환경에 들어갈 필요가 있습니다. 운동뿐이 아니라 공부도 마찬가지입니다. 집에 있으면 카톡 하고 커피 마시고 TV 봅니다. 인간은 고정된 존재가 아닙니다. 이럴 때 도서관에 가면 책 읽는 사람들로 인해 나도 읽게 됩니다. 공간이 주는 혜택입니다. 지금 움직여 봅니다. 운동하러 아니면 책 읽으러 나갑니다.

사람들은 생각보다 끼리끼리 어울립니다. 골프 하는 주부들은 그들끼리 골프 날짜 잡기 바쁩니다. 독서하는 사람들은 톡방이나 온라인에 모여서 서로 읽은 책 올리고 블로그 쓰고 집필하고 정말 24시간이 아깝게 삽니다. 이것이 환경입니다. 내가 있는 환경을 잘 살펴볼 필요가 있습니다. 나와 연결된 사람들이 함께 성장하고 확장한 세계로 나아갈 사람인지 탐색할 이유가 있습니다. 내 삶의 스위치는 내가 켜야 합니다. 다른 사람이 켜준 스위치는 그 사람에 의해 작동됩니다.

새로운 환경과 역할을 만나야 달라질 수 있다는 생각으로 새해를 맞이했습니다. 그리고 실행력을 올리기 위해 실제 환경을 바꾸었습니다. 지금 이대로 살면 그동안 힘들게 노력해서 번 돈을 병원 의사에게 가져다줘야 합니다. 세상에서 가장 미련한 사람이 힘들게 번 돈 써보지도 못하고 병원에 주고 죽는 사람입니다. 그런 사람이 되지 않기 위해서라도 건강을 챙기며, 내가 좋아하는 코칭 강의 하고 글 쓰면서 한 사람이라도 돕는 일을 합니다. 성장하고 싶다면 지속적으로 환경을 바꾸고 반복하는 삶이 필요합니다.

최적의 환경은 최고의 변화를 일으킬 수 있습니다. 어떤 환경이 최적의 환경일까요. 많은 사람이 결심은 하지만 그냥 사는 이유는 재능이나 능력이 없어서가 아닙니다. 자기 능력을 펼칠 만한 상황에 자신을 두지 않았기 때문입니다. 지금 바로 최적의 환경을 만들기 위해 나에게 맞는 장소 공간 찾아봅니다. 비어 있는 공간에 채워지는 사람들로 인해 활기가 넘칩니다. 운동하는 사람들 만날 때, 책 읽는 사람과 함께할 때 공간이 주는 감사함 가득합니다. 숨어 있는 공간에 채워지는 사람들. 운동센터도 도서관도 누군가에게는 잊을 수 없는 참한 장소가 되기도 하네요. 지금 무엇인가 혼자 하기가 힘들다면 내가 하고 싶은 일을 하는 공간을 이용하세요. 주위의 활력으로 인해 나도 할 수밖에 없는 상태가 됩니다.

　예를 들어 기분이 좋지 않다고 하면서 계속 그 장소에 머물면 안 됩니다. 기분을 좋게 바꾸기 위해 행동을 해야 합니다. 옷을 바꿔 입거나 머리 스타일을 바꾸거나 내가 좋아하는 장소로 이동하는 것입니다. 외부 환경의 작은 변화는 나의 내적에 큰 영향을 줍니다. 저는 기분이 좋지 않거나 에너지 떨어지면 산책합니다. 현재 있는 곳, 집을 벗어나 눈과 마음을 자연과 함께하는 고요의 시간을 가지고 나면 마음도 차분해지고 '별것 아닌 일로 에너지가 다운되었네!' 하며 다시 원 상태의 태도나 마음으로 돌아옵니다. 그리고 한 번에 두가지 하는 것을 좋아합니다. 산책하면서 〈하와이 대저택〉 유튜브를 듣습니다. 유튜버가 새로 나온 신간을 멋진 목소리로 기가 막히게 자신의 스토리와 함께 읽어 줍니다. 오랫동안 컴퓨터를 쓰거나 강의 준비로 힘들었을 때는 대중목욕탕에 갑니다. 그동안 열심히 달려온 저를 위해 최상의 보상을 제공합니다. 약 두 시간 정도 그곳에서 서비스해 주기 위해 계시는 분께 소정의 수고료를 드리며 마사지 받습니다. 휴식과 마인드 리셋 덕분에 다시 제자리로 돌아올 수 있는 상태나 수준이 되지요. 자신이 속해 있던 환경을 바꿔 줌으로써 다시 안정 상태로 돌아올 수 있습니다. 새 공간은 삶의 에너지를 줍니다. 오늘 글쓰기 마무리하고 계단을 오르려 합니다. 운동 시간 놓쳤거든요.

6

내 인생의 청어 키우기

서로 견딜 수 있는 적당한 간격을 발견했다. 그것은 바로 정중함과 예의다.

쇼펜하우어

지금 관계가 힘드신가요. 오늘의 위기가 당신을 더욱 성장하게 돕습니다. 인생의 복병은 곳곳에 숨어 있습니다. 사람이 될 수도 있고 일상에서 일어나는 어떤 사건일수도 있습니다. 이 시간을 잘 견디어 내면 분명히 정신력이 단단해지는 자신과 만날 수 있습니다.

지금으로부터 24년 전입니다. 우연히 한 사람을 알게 되었습니다. 동화구연을 연구한다는 분이네요. 이사람을 박 선생님으로 호칭합니다. 우연히 알게 되었습니다. 얼굴도 화려하고 끼도 많은 사람이었습니다. 그 사람을 알게 된 덕분에 동화구연을 공부하게 되었습니다. 그리고 인동초라는 내용으로 색동회에서 주최하는 동화구연 대회에 나갈 수 있었네요. 친절하고 상냥한 박 선생님, 목소리도 예뻐서 한 번 만나면 금방 푹 빠지게 만드는 매력이 있는 사람이었습니다. 선생님이 하는 수업에 들어가게 되었지요. 배우다 보니 동화구연 대회도 나갈 수 있어서 청주에서는 장려상 그리고 서울 색동회 대회에서는 예선에는 붙었고 본선에서 낙방했습니다.

본선에 떨어진 날 집에 와서 분석을 해 보았지요. 그 시절 데일 카네기 스피치 공부하고 있기에 도전할 수 있었네요. 떨어진 이유를 알아야 다른 사람에게 도움을 제대로 줄 수 있다는 생각이었습니다. 일단 적어 보니 이유는 두 가지인데 첫째, 결과에 너무 집착했습니다. 내가 통제할 수 있는 것은 즐기며 연습하고 연습과 훈련한 것을 충분하게 소화해서 발표해야 하는 것입니다. 꼭 합격해야 한다는 생각 때문에 긴장이 심하니 동화구연 발표하는 중간에 떨리기 시작했지요. 입이 떨어지지 않았습니다. 둘째, 준비도 물론 충분히 하지 못했네요. 3,000번 이상 동화를 읽고 외워서 완벽하게 소화해야 합니다. 셋째, 집착은 내려놓고 편하게 해야 합니다. 꼭 합격하고 싶다는 욕심을 부렸습니다. 지나고 나서 데일 카네기에서 걱정 스트레스 해결하는 방법으로 적어 보라고 한 것을 바로 실천해 보았습니다. 첫 번째, 문제는 어떤 것인가? 동화구연 본선 떨어진 것. 두 번째, 문제를 야기한 원인은 무엇인가? 동화구연 하는 중간에 긴장감이 심해서 떨리니 원활하게 동화를 발표할 수 없었다. 세 번째, 가능한 해결책은 무엇인가? 해결책은 이번에 떨어진 것을 거울삼아 이후에 도전할 때 같은 실수를 되풀이하지 않는다. 마지막, 최악의 상황은 무엇인가? 소 잃고 외양간 고치다. 이미 대회는 지나갔고 다음에 어떤 대회든 도전할 때 도움을 받을 수 있다. 이렇게 적어 보니 문제가 무엇인지 내가 통제할 수 있는 것과 없는 것이 확연하게 구분됩니다. 최악의 상황이라 해 봤자 떨어진 것인데.

인생에서 작은 실패 중 하나입니다. 다음에 같은 실수를 하지 않으려면 상황을 들여다볼 필요가 있습니다.

　박 선생님을 만난 덕분에 동화구연 대회도 나갔습니다. 강의는 최선을 다해서 들었습니다. 그리고 데일 카네기 스피치 과정도 만나게 해 준 사람입니다. 제 인생에 가장 중요한 공부 스피치 박영찬 소장을 만날 수 있게 해 준 사람입니다. 고맙기도 한 부분이 있지요. 데일 카네기 스피치 덕분에 자신감 강사로서 청주에서 약 15년 활발하게 활동할 수 있었지요. 그런데도 박 선생님과 마찰이 생겼습니다. 함께 어울려서 공부하고 친하다 보니 상대방의 부족한 점이 많이 보였습니다. 특히 예절 부분에서 아쉬웠습니다. 말과 행동이 맞지 않습니다. 나이가 많은 사람한테도 말을 함부로 합니다. 아무리 선생님이라도 함께 공부하는 사람들 존중해 주지 않았습니다. 열정은 있고 열심히 사는데 올바르지 않은 방법으로 사람도 모으고 강의 시간에 한 약속도 자주 지키지 않습니다. 이런 부분을 여러 번 접하다 보니 더 이상 선생님에 대한 신뢰가 없어집니다. 그때 청주 지역사회교육 협의회에서 글쓰기 공부도 하고 있었던 터라 다른 사람에게도 좋은 강의가 있다고 알려 주었습니다. 다른 사람들도 선생님이 성품이 좋지 않은 것을 발견하게 되니 박 선생님이 운영하던 동화구연을 마무리하고 청주 지역사회교육 협의회로 공부하러 오게 되었지요. 그런 사실을 알게 된 박 선생님은 어느 날 우연히 선생님 연구소에 들른 저의 따귀를 다짜고짜 때렸습니다. 억울했지요. 나이도 10년 이상 어린 사람이 스승이란 이유로 함부로 행동하는 상황입니다. 같이 때리고 머리끄덩이 잡고 싸울 수 없습니다. 그 앞에서 눈물을 흘릴 수도 없지요. 일단 밖으로 나왔습니다. 제 이야기 듣고 한 명이라도 다른 곳으로 공부하러 갔다고 굳이 따귀까지 때릴 것은 없었지요. 아무리 화가 나도 할 일이 있고 하지 말아야 할 일이 있습니다. 저는 같이 흥분하지 않았습니다. 다음 날 데일 카네기 수업에 가서 자초지종을 이야기했습니다. 박 선생님의 모든 것을 밝혀 주었습니다. 이유는 박 선생님이 데일 카네기 조교를 오랫동안 하고 있었고 앞으로도 열심히 사람 소개를 하고 오랫동안 조교 일을 하면 청주 지역 데일 카네기 강사로 선발될 수 있었기 때문입니다.

그런 예의와 기본을 갖추지 못한 사람에게 교육의 중책을 맡길 수는 없다고 생각했습니다. 제 이야기를 끝까지 경청한 박영찬 소장님은 나이 많고 열정 있는 내가 쓸데없는 말 할 사람이 아니라며 제 이야기를 신뢰했습니다. 덕분인지 박 선생은 카네기 강사가 되지 못했지요. 같이 무식하게 화내지 않았습니다. 나이 어린 사람과 다투면 나이 먹은 사람이 더 부족한 사람이 됩니다. 잘 참고 이후에 차분하게 그런 사람이 이름 있는 데일 카네기 조교로 성장해서 강사가 되어서는 안 되는 이유를 몇 가지 알려 주었지요.

내가 하는 일은 누군가가 보고 있습니다. 혼자 있을 때 태도가 더욱 중요하다는 스승님의 말씀이 떠오릅니다. 박 선생님과 나 두 사람만 있을 때 일어난 일이라 박 선생님은 함부로 행동했지만 결국 부메랑처럼 자신에게 불이익이 돌아갔습니다. 어떤 일을 할 때는 기본인 성품이 가장 중요하다고 생각합니다. 오늘 보고 말 사람처럼 행동해서는 안 된다고 생각합니다. 사람은 언제 어디서 어떻게 다시 만나게 될 줄 모릅니다. 부모에게도 맞지 않던 따귀를 맞은 사건은 관계에 대한 실패이지만 큰 교훈을 안겨 주었네요. 사람 위에 사람 없고 사람 밑에 사람 없습니다. 스승과 제자를 떠나 인간으로서 해서 안 될 일이 있습니다. 첫째, 자신이 한 일과 말에 대해 책임질 수 있어야 합니다. 선택은 반드시 책임을 동반합니다. 둘째, 어떤 상황에도 예의 지켜야 합니다. 스승과 제자 사이지만 나이 먹은 제자들이 많습니다. 이제 나이 상관없이 공부하는 시대이니까요. 말은 한 번 뱉고 나면 다시 주워 담을 수 없으니 신중하게 말해야 합니다. 셋째, 인간은 누구나 다른 곳으로 떠날 수 있다는 사실을 인지해야 합니다. 지금 친하지만, 또 다른 호기심과 인연으로 다른 곳에 가서 공부할 수 있습니다. 그것을 인정하는 순간 관계가 편해집니다.

그 후에도 박 선생님의 후문과 평판은 이곳저곳에서 떠돌고 있습니다. 능력과 열정은 있지요. 그러나 인간의 본성이 더 중요하다는 것을 알게 되었습니다. 이번에 읽은 책 『인간 본성의 법칙』에서 '심한 자기도취자'는 여러 가지 유형이 있습니다. 그 유형 중에 통제형 자기도취자는 처음에는 모든 관심과 집중으로 상대를 중요한 사람이 된 것 같은 기분을 느끼게 한다고 합니다. 우리가 영원히 하나가 됐다고 여길 만큼 강한 유대감을 만들었지만 그런 분위기가 지나고 나면 다시 또 언제 그랬냐는 듯 행동이 달라지기도 합니다. 그들의 관심은 늘 그들 자신에게도 귀결된다고 합니다. 누구나 자신이 더 중요하지만 다른 사람과의 관계에서 약간의 이기심을 내려놓고 이해와 공감의 눈으로 바라봐 주고 처신한다면 보다 나은 관계로 발전할 수 있다고 봅니다.

세상에 완벽한 사람은 없습니다. 그러나 서로 지켜야 할 선이 있어야 한다고 생각합니다. 그것이 바로 쇼펜아우어가 말한 "정중함과 예의"입니다. 사람에 대해 급하게 평가하는 것을 조심해야 합니다. 천천히 알아갈 필요 있지요. 관계의 경험입니다. 저는 이런 사람을 내 인생의 청어라고 생각합니다. 나에게 약간의 긴장감을 주기도 하고 나를 성장시키기도 하는 청어 한 마리 키우면 어떤지요. 이런 특별한 분 '왜 나만 이런 사람 만날까?'에서 만날 때 가볍게 '나를 성장시켜 주는 자기도취자 한 사람 만났네. 고맙지! 인생 공부시켜 주고 발전시켜 주어서.' 이렇게 생각해 봅니다.

7

찬란한 인생은 도전에서 시작한다

가장 잘 견디는 자가 무엇이든지 가장 잘할 수 있는 사람이다.

존 밀턴

시시한 일상을 구하기 위해 오늘도 실행을 꿈꿉니다. 그렇다고 미라클 모닝은 아닙니다. 저만의 반복되는 루틴이 있지요. 예전부터 밤에 늦게까지 일하는 것을 좋아하는, 오래된 습관이 있습니다. 그냥 나의 루틴대로 사는 것입니다. 아침에 미라클 모닝을 하지 않아도 저녁 시간 활용해서 내 할 일 다 하고 마무리하는 습관이라면 문제없습니다. 모두가 미라클 모닝 한다고 열심히 떠들어댑니다. 자신의 이야기를 하기 위해 태어났습니다. 다른 사람의 삶이 옳은지 알아보지도 않고 무작정 따라가고 싶지는 않습니다. 그런데 가끔은 아침 일찍 일어나는 날이 있습니다. 손주가 갑자기 깨거나 열이 나서 뒷바라지해 주다 잠들지 못할 때, 아니면 꼭 해야 할 일을 있을 때는 일어나 준비를 하거나 책을 읽고 글을 쓰기도 합니다. 상황에 맞게 시간을 쓸 수 있습니다.

인생은 이런저런 반복된 삶으로 무장되어 있습니다. 매일 계속되는 일상에서 소소한 이야기를 만들어 내기도 합니다. 매일 같지만 매일 다른 일이 벌어집니다. 생각과는 전혀 다른 하루를 살기도 하지요. 오늘 내가 죽어 가는 시간을 줄이며 살려고 노력하는 이유는 무엇인가요? 저를 아침마다 침대에서 일어나게 하는 원동력은 삶이라는 강력한 끈입니다. 산다는 것은 어우러지는 것, 작은 변화에 대한 환상일 수도 있습니다. 내가 세우는 뼈대이기도 합니다. 작고 하찮게 여겨지는 하루지만 그 하루를 채우는 것 역시 저의 소소한 일상들입니다. 평범하지만 때로는 폭풍처럼 때로는 비바람이 세차게 불어오는 하루를 맞기도 합니다.

오늘 하루는 여러 가지의 가능성과 잠재력의 탄력성을 저에게 줍니다. 불가능을 가능으로 만들어 준 것은 바로 실행 그리고 루틴의 힘입니다. 그 루틴을 잡기 위해 여러 가지로 자신을 발굴합니다. 생선을 맛있게 먹기 위해 뼈를 발라내듯이 삶이라는 현상은 여러 가지 재료, 맛있는 요리로 탈바꿈시키는 1급 요리사의 특급 비밀이기도 합니다. 저의 인생 요리는 바로 끝없는 배움의 욕구입니다. 알아채면서 행복해지는 삶, 배우는 세계로의 지평에 눈이 떠집니다. 시시한 삶을 구하는 용기는 새로운 삶을 만들고 진보해 나가는 데서부터 시작합니다.

2010년 9월 초 청주에 있는 새롬내과에서 건강검진을 했습니다. 며칠 후에 원장님이 직접 전화했습니다. "여보세요, 여기 새롬내과인데요. 이선희 씨 맞습니까?", "네 저 맞는데요.", "저 새롬 내과 원장인데요. 지난번 건강검진 검사 결과 말씀드리려고 전화했습니다." 원장님이 직접 전화한다는 것은 문제가 있는 일입니다. 걱정스러운 마음에 심장이 수화기 저편까지 들릴듯 쿵 쿵 소리내기 시작했습니다. 원장님은 큰 걱정은 하지 말라고 하면서 갑상선 초기 암이라고 들려주었습니다. '내가 암이라고?' 순간 정신이 멍하면서 아무 소리도 들리지 않았습니다. 귀에는 윙 소리만 들릴 뿐 잠시 정신을 차리고 수화기 너머의 소리를 마저 들었습니다. "큰 걱정은 하지 마세요. 초기이니 간단하게 수술하면 될 것 같네요. 병원을 정해서 수술하세요. 소견서 써 드릴 테니 빨리 다녀가세요."

너무 치열하게 산 덕분인가? 이게 뭐지! 내 삶은 왜 이리도 상처투성이인지, 반복되는 폭우와 태풍이 밉기만 합니다. 우리의 하루는 매일 같지 않습니다. 어떤 날은 그냥 흐르기도 하지만 어떤 날은 어디론가 도망치고 싶기도 하고 어떤 날은 해가 지는 하늘이 아름다워 숨이 멎을 것 같은 날도 있습니다. 오늘은 현실이 감옥 같고 힘들어 도망치고 싶은 날이었습니다. 잠을 자고 나면 아무 일도 일어나지 않을 것 같아서 눈을 붙여 봅니다. '이번 주 국문과 동기들과 여행을 가기로 했는데 어쩐담.' 현실적인 고민이 시작됩니다. '암 보험은 들었지! 그래, 맞아. 두 개나 들어 두었어. 치료비는 되겠다.' 우선 여행부터 못 간다고 말하자 해결책이 떠오르기 시작했습니다. 국문과 동기들에게 전화 걸어서 사정을 말하니 여행은 가지 않아도 좋으니, 언니만 아프지 않았으면 좋겠다고 이구동성으로 말합니다.

저의 건강검진 결과 덕분에 여행은 떠나지 못했습니다. 청주에 있는 그

랜드 호텔에서 하루를 보내기로 하고 모였습니다. 먼 곳은 아니지만 서로 동일성을 가진 동기와의 하룻밤 숙박은 암이라는 진단을 받은 저에게 불안한 휴식을 선물로 주었습니다. 물론 암이라는 전제가 깔린 여운 덕분에 그리 편한 심정은 아니었지만, 하룻밤 그녀들과 보낸 존재의 시간이었습니다.

다시 오지 않을 시간을 그렇게 보내고 며칠 있다가 원주 기독교병원에서 수술했습니다. 수술하고 며칠이 지났는데 목소리가 나오지 않았습니다. 저의 목소리는 원래 허스키합니다. 제가 네이버에 알아보니 갑상선암 수술 후에 목소리가 나오지 않아서 오랫동안 고생하는 분도 있다는 글이 적혀 있습니다. 수술 후 예전처럼 목소리가 나오지 않아서 한동안 강의할 수가 없었습니다. 강의 예약된 곳은 사정을 말하고 뒤로 미루거나 취소했습니다. '만일 목소리가 이대로 안 돌아오면 어쩌지!' 내가 그동안 해 온 일, 좋아하는 일을 하지 못할 수도 있는 상황이었습니다. 이런 시간을 극복하는 일은 어제의 낡은 나를 벗고 새로운 나를 만나는 일입니다. 청주를 벗어나고 싶었습니다. 내 일상의 흐름을 다시 시작하기 위해 저는 서울에 있는 한국독서치료협회에 세 과목을 등록했습니다. 아픔의 상처를 배움의 시간으로 탁월성 있게 회복하고 싶은 저의 욕구가 발동했습니다. 목소리는 나오지 않지만 의미 있게 공부했습니다.

매주 세 번을 올라갑니다. 화, 목, 금요일 아침이면 집에서 5시에 출발합니다. 5시 반에 첫차를 타고 서울에 도착하면 7시 10분, 다시 전철을 타고 인사동 근처에 도착해서 시간을 보면 9시입니다. 주위에서 간단하게 아침을 먹고 10시에 수업을 시작합니다. 수업에 들어가면 언제 수술했는지, 목소리 때문에 왔다는 것을 잊을 수 있을 만큼 몰입된 시간이었습니다. 말하지 않고 수업만 들었습니다. 위기의 순간을 새로운 공부, 배움으로 타개해 나가는 단순한 몸짓은 다시 일상과 연대를 맺고 싶은 처절한 나의 행동이었습니다. 그렇게 어려움을 배움과 만남으로 치유한 저는 다시 돌아온 목소리의 회복으로 평범한 일상으로 복귀할 수 있었습니다. 새벽이 태양의 빛으로 솟아오르려면 어둠이 필요하다고 합니다. 그날의 역경과 고난을 훌훌 털어 버릴 수 있는 이유는 블랙홀에서 빠져나올 수 있는 실행력 덕분입니다. 『아직 오지 않은 날들을 위하여』 작가 파스칼 브뤼크네르는 "인생은 구불구불 돌아가는 길이다. 빈둥대거나 방황하거나 실패하더라도 다시걸어가면 되는 머나먼 여정이다."라고, 말로 용기를 줍니다. 힘든 날들은 지나갑니다. 그런 날들이 다시 온다고 해도 세상과 마주할 수 있는 용기가 있습니다. 찬란한 인생은 도전에서 시작됩니다.

8

당신은 열정 파워우먼이다

가장 강력한 두 전사는 인내와 시간입니다.

레프 톨스토이

지구, 삶에서 일어난 모든 것들은 수난과 성장의 과정입니다. 어느 마을에 서커스 악단이 들어왔습니다. 천막을 치고 서커스 공연 준비를 하자 사람들이 몰려오기 시작했지요. 마을에서는 잔치가 난 것처럼 시끌시끌하고 코끼리는 말뚝에 묶여서 쇼하려고 기다리고 있었습니다. 서커스단이 준비를 끝내고 볼 쇼를 끝내자 볼 쇼를 기점으로 서커스가 시작되었지요. 그런데 단장이 나타나더니 자신들에게 문제가 생겼다고 하는 겁니다. 밴드 단원 중 다음에 나올 트럼펫 주자가 문제가 생겨서 트럼펫을 불지 못하게 생겼으니, 혹시 이 중에 트럼펫을 불 수 있는 사람 있으면 도와주기를 바란다고 했습니다. 그때 많은 사람 중에 앞줄에 있는 어린이가 손을 들었습니다. 단장은 아주 기뻐하며 천막 뒤로 데리고 가서 트럼펫을 주면서 불어 보라고 했습니다. 그런데 그 아이는 신기해하며 트럼펫을 만져 보기 시작했습니다. 그러자 단장이 빨리 불어 보라고 했습니다. 아이가 트럼펫을 부는 순간 소리가 나지 않았지요. 단장이 소리를 지르니 아이는 다시 불기 시작했습니다. 얼굴만 빨개지는 소년은 트럼펫을 불지 못했습니다. 그렇게 5분이 지난 후에 단장은 불지도 못하면서 나를 놀리는 것이냐 하고 꾸중을 하자, 소년 왈 "저는 이 악기를 불 수 있는지 없는지 몰랐습니다." 그래서 확인해 봤다고 합니다. 바로 그 아이가 월트 디즈니였습니다. 인생에서 단정 짓고 살 순 없습니다. 해 보지 않고 말하면 안 됩니다. 경험해 보아야 알 수 있습니다. 경험이 미래 삶의 큰 도움이 됩니다. 많은 일들이 자신의 숱한 경험에 의해 시작됩니다. 어려움도 고통도 위기도 극복할 수 있는 일은 선 경험과 노력입니다.

2010년 한참 강의로 잘나가던 시절이 있었습니다. 하루에 보통 세 시간씩 두 번 이상 강의했습니다. 강의가 많을 때는 저녁 강의도 있습니다. 재미도 있고 신도 나고 돈도 벌었습니다. 어디든 부르면 달려갈 수 있는 자세로 임했습니다. 그때 저의 별명은 열정 파워우먼이었습니다. 당장 죽을 것같이 오늘이 마지막처럼 달리던 시절이었습니다. 낮에는 강의하고 밤에는 공부하던 제가 가장 하루를 길게 살던 시간이었습니다. 그런데 공부와 학업을 병행하다 보니 가족 중 남편의 불평불만이 많은 상황이었습니다. 낮에는 강의하고 저녁에 학교에 가서 공부하고 집에 오니 책이 거실에 쌓여 있습니다. 무슨 일인지 놀랐습니다. 하루 이틀도 아니고 강의와 공부에 빠진 제 모습이 못마땅하니 기선을 제압해서 이제 밖으로 나가는 에너지 붙들고 싶어 하는 남편입니다. 저는 동요하지 않았습니다. 그동안 어머님 14년 모시고 함께 신광전자라는 회사도 도왔고 나름 부지런하게 집을 오가며 음식 준비, 시장 봐 놓고 다녔던 시절이었습니다. 일단 남편은 불편한 것을 싫어합니다. 회사에서는 리더입니다. 손으로 까닥만 해도 다 알아서 직원들이 따라 줍니다. 집에 오면 차려진 밥상이지만 혼자 먹어야 하는 서글픔이 있지요. 밖에서도 사장이니 안에서도 대접받고 싶은 욕구가 있습니다. 그러나 이왕 시작한 일입니다. 정민 선생님의 『한시 이야기』에 '미치지 않으면 미치지 못한다.'라는 글귀가 있습니다. 대충하면 이루어지는 일이 없습니다. 열정을 다해 미쳤다 소리 들어야 성과도 나옵니다.

저는 집안의 기류를 대충 살피고 책을 가져다 놓으려고 집었습니다. 남편은 소리치고 막 화를 내며 책을 집어던집니다. 저는 한마디 했습니다. "나 이것도 못 하게 하면 당신과 못 살아요. 이것은 저의 마지막 꿈이고 희망이며 그동안 살아 낸 원동력입니다." 둘이 세게 부딪치니 아들 둘이 책을 나릅니다. 저의 집은 칠 층입니다. 옥상으로 나릅니다. 그것도 엄청 빠르게. 왜 나르고 있냐고 묻자, "이 책 아빠가 태우거나 없애면 엄마 집 나갈 거잖아!" 둘째가 이렇게 말하며 "엄마, 집 나가지 마."라고 합니다. 아들의 눈을 보니 엄마가 아빠랑 싸워서 집 나갈까 불안한 모습입니다. "걱정하지 마, 엄마가 왜 집 나가니." 그날 소동은 끝이 아니었습니다. 남편이 비즈니스 때문에 술을 먹고 집에 왔는데 제가 없으니 화가 났습니다. 책을 꺼내서 없애 버린다고 하니 아이들은 울고 그런 와중에 제가 들어온 것입니다. 남편이 경찰서에 전화까지 합니다. 경찰이 들이닥칩니다. 남편은 파출소에 가 있고 저는 친정엄마를 모시고 뒤따라 경찰서에 갔습니다. 하나하나 묻습니다. 무슨 일이 일어난 것인가? 혹시 남편이 폭력을 행사했나?

아니면 책에다 불을 붙였나 물어봅니다. 저는 아니라고 답했습니다. "술김에 주사를 부렸습니다. 가족을 폭행하거나 책에 불을 지르지는 않았습니다."라고 조서를 마치니 남편도 풀어 주고 저도 돌아올 수 있었습니다.

주부가 무엇을 한다는 것은 매우 어려운 일입니다. 갈등도 적지 않았습니다. 남편은 위협했고 저는 무릎을 꿇지 않았습니다. 저는 정당하다고 생각합니다. 주부라고 남편이 주는 생활비 받으며 밥이나 하고 집에만 있으라는 법은 없습니다. 아이들 장래에 불편을 주는 직업도 아니고 제가 벌어서 공부하고 살림에 보태고 아이들 살펴보며 다니고 있었습니다. 문제가 생기면 해결하려고 노력했습니다.

세상을 처음 사는 듯 살았습니다. 세상이 마지막인 것처럼 살았습니다. 이 순간은 다시 돌아오지 않을 것이고 다음에 마음먹고 살려면 더욱 힘들어집니다. 다시 돌아오지 않으니, 오늘에 집중할 수밖에 없습니다. 지옥에 있는 시간을 훔쳐 낸 순간들입니다. 그렇게 해결해 가며 살았습니다. 열정적인 삶이었습니다. 어느 것 하나도 놓치고 싶지 않은 몸부림이었는지 모릅니다. 남편은 저의 모습에 지쳤는지 아니면 흔들리지 않으니 휘두를 수가 없었는지 더는 어쩌지 못했습니다. 그때 그 시절 반대에 부딪혀 그만두었다면 지금의 일을 지속할 수 없었을 겁니다. 남편의 일 사업도 중요하지만 내가 이루어 낸 지금의 일도 소중하고 귀하니까요. 지나고 나니 위기를 극복한 순간들이 소중합니다. 제가 알아차린 것은 이렇습니다. 첫째, 내가 원하는 삶을 살기 위해서는 어떤 고통이나 위협에 무릎을 꿇지 말자. 옳은 일을 하는 자신을 믿는 일입니다. 그 누가 말리거나 방해해도 나의 길을 꿋꿋이 갑니다. 올바른 방법으로 갑니다. 둘째, 모든 것은 경험입니다. 월트 디즈니가 불지 못하는 트럼펫을 불어 보기 위해 도전했듯이 자신의 이야기를 만들기 위해 도전하고 극복해 나가야 합니다. 그런 경험이 쌓이고 축적되면 자신감 또는 자아존중감이 생깁니다. 셋째, 꾸준히 성장하기 위해 배우고 나누고 돕는 일을 계속하는 것입니다. 예전에는 나도 부족한데 내 아들도 아직 집이 없는데 하고 나눔을 미루었습니다. 지금은 굿네이버스에 매달 기금을 통해 어려운 사람을 돕는 일을 하고 있습니다. 나중은 없습니다. 현재 무엇을 어떻게 실천하느냐가 중요합니다. 여유가 있어서 돕는 것이 아니라 돕다 보니 마음이 뿌듯하고 기뻐서 저절로 풍요롭습니다.

"아무리 힘들고 벅찬 삶이라도 해야 할 일이 하나 더 추가되면 한결 가볍게 느껴질 것이다." 헨리 제임스의 글로 제 마음을 대신합니다.

나는 나와 결혼하기로 했다

30분 결혼식은 몇 달을 준비하면서 정작 50년의 결혼 생활은 준비하지 않습니다.

『차라리 혼자 살걸 그랬어』 이수경

 나의 애인은 공부입니다. 나는 나와 결혼했습니다. 남편과 결혼 생활 37년째입니다. 예전에는 남편과 결혼했기에 기대가 컸습니다. 그런데 살다 보니 나는 나와 먼저 결혼해야 합니다. 온전히 자신이 되어 사는 인생이 중요합니다. 상대에게 인정받으려 애쓰기보다 스스로 외로운 영혼을 위로하고 사랑하는 법을 깨달아야 했습니다. 그것이 나를 사랑하고 나와 결혼하는 일입니다. 사랑의 대상을 가족에서 넓혀 공부와 책으로 확장해 나갔습니다. 나와 결혼할 수 있는 이유는 바로 남편 덕분입니다. 제 이야기 잘 들어 주고 협조 잘하고 아이들 문제 함께 의논할 수 있었던 상황이었다면 저는 이렇게 공부가 애인이 될 수 없었습니다. 외로웠습니다. 남편을 일에 빼앗겼고, 비즈니스에 빼앗겼고 결국에는 더 성공하려고 앞만 보고 달리는 현재 상황에 빼앗겼습니다. 제가 이 집에서 아이도 키우고 버티고 견디며 살아가려면 무엇인가 매달려야 할 것 있어야 했습니다. 그것이 공부,

또는 책이었습니다. 그 일은 나를 사랑하는 유일한 길이었습니다. 물론 아이들 잘 키우고 성장하는 모습만 가지고도 만족하고 사는 사람들 많습니다. 그러나 저는 욕구가 있습니다. 저처럼 일하고 싶은데 가족이나 주위에 환경 때문에 그 꿈을 접어야 하는 사람들을 위한 삶을 살고 싶었습니다. 가족만 바라보고 살기에는 저의 원함이 컸습니다. 그런 삶을 살기 위해 저부터 독립적인 전략과 방향이 필요했습니다.

아직 돌아오지 않은 미래가 불안한 나는 나를 발전시키고 확장하기 위해 공부 또 공부했습니다. 공부를 통한 삶이 점점 신비롭게 발전하기 시작합니다. 지금 나이 65세, 적은 나이가 아닙니다. 아침에 일어나면 이곳저곳 통증에 시달립니다. 그래도 벌떡 일어나 아침을 시작합니다. 눈뜨면 이불 개고 물 한 잔 마십니다. 이 습관도 6개월 이상 걸립니다. 이제 눈뜨면 이불부터 개고 밖에 나와 기지개 켜고 물 마시고 달걀 삶기 위해 물 얹어놓고 바인더를 적습니다. 신기하게도 이렇게 계획한 대로 사는 날은 제가 원하는 삶을 차근차근 살아갈 수 있습니다. 그러나 조금 늦게 일어나서 허둥지둥하면 하루가 바쁘고 일이 제대로 진행되지 않습니다. 아침의 시시한 일상이 중요합니다. 매일 반복되는 군더더기의 삶은 변화를 만듭니다. 공부라는 신비한 삶을 만나 노년임에도 새롭게 정진하는 삶을 살고 있습니다. 아마 생이 많이 남았다면 이렇게 치열하게 살 수 없을 것입니다. 죽음보다 더 추한 삶을 살지 않으려고 노력하고 있습니다. 소소한 삶에서 새봄을 만드는 일은 자신이 좋아하는 일을 최대한 몸을 움직일 수 있을 때까지 계속하는 일이라고 생각합니다.

여기저기 고장 난 몸입니다. 수술은 갑상선 암, 고관절, 그리고 오른쪽, 왼쪽 머리 개두 수술을 했습니다. 나머지 몸도 손주를 돌보는 관계로 오른쪽 팔 인대 파열, 오른쪽 무릎 관절 2기 정도 됩니다. 어차피 구형 자동차 고쳐 가며 몰고 다니듯이 이곳저곳 손보며 통증과 친구로 삽니다. 어느 때는 신기하게도 제가 수술한 사람인지도 잊고 삽니다. 어차피 노년은 재건의 대상입니다. 평균 수명이 길어지면서 사람들의 삶이 근본적으로 바뀌고 있습니다. 자신의 살날만 늘어난 것이 아닙니다. 사람들과의 관계 맺기도 근본적으로 달라지고 있습니다. 빅토르 위고는 인간에게 "가장 무거운 짐은 정말로 사는 것 같지도 않은데 사는 것"이라고 했습니다. 남은 세월 손주만 보고 누구의 아내로, 엄마로만 살고 싶지 않습니다. 저도 제 이름 가지고 번듯하게 살고 싶었습니다. 그러기 위해 신비한 책 읽기와 글쓰기를 계속하고 있습니다. 글도 사람과 같습니다. 부딪치고 넘어져야 성장합니다. 꾸준한 오늘의 기록이 모여 비범하고 강인한 글을 만들어 냅니다. 나의 말을 잘 들어 주지 않은 사람 원망할 시간에 책 한 줄 더 읽었습니다. 상대가 집 나가서 전화 없으면 없는 대로 자이언트 특강 그리고 출간 사인회를 즐깁니다. 한때 원망하고 미워하고 눈물 흘리던 어리석었던 날이 있었습니다. 그렇게 해도 상대는 바뀌지 않았습니다. 본인이 어느 위급한 상황에 놓여서 깊게 깨닫는 경험의 샘물을 기르는 시간이 있어야 바뀌게 됩니다. 이 세상에서 통제할 수 있는 사람은 오직 나입니다. 상대 탓하지 말고 모든 것을 원점으로 돌려서 나로부터 시작합니다. 고맙게도 공부 덕분에 상대방을 따뜻한 눈은 아니지만 이해의 눈으로 볼 수 있습니다. 고운 정 미운 정 끌어안고 그냥 삽니다. 신비하고 풍요로운 삶, 책과 공부, 글쓰기를 통해 성찰하고 확장해 나갈 수 있습니다. 덜 휘둘리며 저의 인생을 찬찬히 밟아 가고 있습니다.

지난 금요일 아침입니다. 이런 깨달음을 얻었습니다. 아침에 손주 문제로 남편과 조금 다투었습니다. 기분도 우울하고 무력한 순간이었습니다. 감기 걸려 어린이집도 보낼 수 없는 손주를 일주일 이상 돌보다 보니 배려받고 싶었나 봅니다. 아들의 고마워하지 않는 말투, 남편이 손주 보는 것을 당연시하는 태도에서 화가 났습니다. 그동안 제가 하는 일 방해받지 않기 위해서라도 웬만한 일은 부부 싸움도 회피했습니다. 그런데 분노가 머리끝까지 치밀어 올라 결국 하지 말아야 할 말, "내가 이 집에서 애만 보는 사람이냐."고까지 하게 되었습니다. 남편은 남편대로 회사에서 잔다고 하고 돌아오지 않았습니다. 저는 그 밤 곰곰이 생각했습니다. '내일 어떻게 할까? 자이언트 출간 사인회 갈까.' 아침에 눈을 뜨니 가야 할 것 같은 생각이 들었지요. 마음을 굳혔습니다.

예쁘게 화장하고 옷도 이것저것 입어 보고 지하 주차장에서 차를 탔습니다. 운전대에 오르는 순간 남편 얼굴이 떠오르며 고마운 마음이 생깁니다. '그래! 이렇게 좋은 차 타고 기분 좋게 잠실 교보까지 갈 수 있는 것은 그 사람 덕분이야! 남편 없어 봐라, 어디 갈 여유 있나? 먹고살기도 바쁘면 이런 일상의 선물 같은 날도 없다.' 갑자기 그런 생각이 들면서 마음이 환해지는 것입니다. 기본 생활비 대주지, 좋은 차 끌고 다닐 수 있지. 아들도 둘, 손주 셋이나 되지, 무엇이 걱정인가, 하면서 마음에 평화가 생깁니다. 현재 상황을 어떻게 해석하느냐가 통찰입니다. 저는 현재 좋지 않은 상황을 긍정적으로 해석하고 기분 좋게 잠실 교보문고 사인회를 갔습니다. 매주 글쓰기 강의 듣고 온라인으로 만나는 작가들입니다. 자신의 이야기 쓰기를 멈추지 않는 사람들과 만남, 그리고 이은대 작가님께서 반겨 주니 역시 오늘 최고의 선택을 한 것 같습니다.

　토요일 오후 집에서 쉬고 싶은 생각이 간절했습니다. 날씨도 춥고 일주일 동안 바빴으니, 몸도 찌뿌둥한데 굳이 잠실까지 가야 하는지 한참을 고민했습니다. 그러나 주관하시는 이은대 작가님 에너지도 받고 싶었습니다. 오늘도 내가 하고 싶은 일, 가고 싶은 것, 되고 싶은 것 해 보는 겁니다. 잘했다 싶습니다. 후회 없습니다. 오히려 가슴이 더 뜨거워졌습니다. 무슨 일이든 행동이 중요합니다. 망설이지 말고 마음이 시키는 대로 해 보는 시도가 인생의 작은 성취이며 만족한 삶으로 가는 길입니다. 기회만 있으면 나서 보려 합니다. 우물쭈물 망설이는 일 없이 과감하게 행동으로 옮기는 실천력이 삶에서는 필요합니다. 같은 생각을 공유하는 사람들이 주는 대화의 풍요로움이 순간의 고통을 잊게 해 줍니다. 나는 나와 결혼했습니다. 오늘도. 죽음을 앞둔 시한부 환자들에게 가장 후회되는 일, 또는 다시 태어나면 가장 하고 싶은 것을 말하라고 하면 어떤 대답을 할까요. 바로 '내가 원하는 삶'을 살고 싶다고 말합니다. 누구나 자신이 원하는 삶을 충분히 살지 못한 것을 가장 안타까워한다고 말합니다. 나와 결혼하는 일은 바로 원하는 일, 하고 싶은 일 다른 사람 눈치 보지 않고 신나게 하는 것입니다.

제 4 장

성장하고 싶다면
미친 듯이 계속하라

1

무엇이든 기본이 중요하다

버리지 못하는 것은 물건이 아니고 추억이다.

『당신의 인생을 정리해드립니다』 이지영

정리 정돈 중요합니다. 정리는 흐트러지거나 혼란스러운 상태에 있는 것을 한군데 모으거나 치워서 질서 있는 상태가 되게 하는 것, 또는 체계적으로 분류하고 종합하는 일입니다. 정돈은 어지럽게 흩어진 것을 규모 있게 고쳐 놓거나 가지런히 바로잡아 정리한다는 것입니다. 내가 정말 못하는 일이 정리입니다. 생활에서 가장 기본적인 것이 정리 정돈입니다. 보통 글을 쓰거나 책을 읽을 때 거실에 있는 식탁을 이용합니다. 늘 책과 노트북이 있으니 밥을 먹을 때 매우 불편하다고 가족들이 싫어합니다. 저는 다른 곳으로 옮겼다가 책을 다시 가져오는 것이 더 번잡해서 책을 옆으로 쌓아 둡니다. 남편은 그런 상황을 매우 싫어합니다. 어떻게 하면 정리가 잘될지 늘 고민했습니다. 가장 정리가 되지 않는 공간이 바로 책장입니다. 오래된 책은 좀 버리거나 다른 사람에게 선물하면 되는데 책 욕심이 많은 저는 다른 것은 몰라도 책을 버리지 못합니다. 지금도 작은 방 책꽂이에

173

책이 가득하고 이제 안방까지 책이 침범하여 내 방인지 책방인지 알 수가 없습니다. 이런 상황에 또 책이 도착합니다. 지금도 쉬지 않고.

그런데 정리하지 못해 황금 열쇠를 잃어버리는 사건이 생겼습니다. 명절 전날 혼자 집 안 대청소와 시장 보기를 해야 합니다. 아무리 생각해도 저 혼자 해결하기가 어려워 급하게 인력사무소에 전화 걸었습니다. 지난번에도 한 번 전화했던 곳이라 거침없이 전화했습니다. 가격은 조금 비싸도 사람을 보내 준다고 합니다. 저는 매우 고마웠습니다. 갑자기 전화했는데 친절하게 사람을 보내 주기로 약속을 합니다. 마침, 금요일 인력사무소에서 보내 준 분과 함께 집 안을 정리하기 시작했습니다. 저는 주방을 정리하기로 했고 그분은 창고 그리고 화장실 청소, 유리 닦기 정도 해 주기로 했습니다. 저는 아무 생각 없이 창고 정리를 부탁했습니다. 제법 정리도 잘하고 청소도 깨끗하게 해 준 덕분에 집안도 정돈이 되었고 기분이 좋아 하루 일당에 추가 교통비까지 주고 마무리했습니다.

그 후 며칠 뒤 갑자기 창고에 있던 패물 금붙이가 떠올랐습니다. 저는 설마 하는 마음으로 의자를 놓고 선반 위에 있는 수영 가방을 열어 보았습니다. 이게 웬일입니까? 제가 깊게 숨겨 두었던 금팔찌 다섯 돈 그리고 황금 열쇠 다섯 돈, 돌 반지 한 돈 이렇게 열한 돈의 금이 없어진 것입니다. 저는 너무 놀랐습니다. 그리고 다시 한번 가방을 더 뒤졌습니다. 그런데 금을 두는 곽과 보관증은 나왔습니다. 금만 없어진 것입니다. '큰일 났구나! 어떻게 찾을 수 있지!' 걱정과 근심이 가득했습니다. 처음에는 무조건 그날 청소한 분을 의심했습니다. 그리고 인력사무소로 전화했습니다. 그런데 인력사무소 대표분은 무조건 경찰에 연락해서 잡는 길밖에 없다, 그 사람은 이 일을 2년 이상했으며 그동안 전혀 그런 일 없었다고 말하네요. 경찰서에 연락하는 것이 맞는지 혼자 고민했습니다.

　다음 날 줌에서 열리는 독서 모임을 침울한 표정으로 시작했습니다. 사람들에게 조언을 듣고 싶어 제가 사실 그대로 공개해서 토론 형식으로 물었습니다. 한 분이 도움 주겠다고 정법에서 하는 유튜버 강의를 올렸습니다. 비슷한 상황이니 꼭 들어 보라고 해서 들어 보았습니다. 그런데 강의하는 분이 이렇게 말합니다. 금이나 다이아몬드 같은 물건도 에너지가 있어 한곳에 계속 보관하면 이동수가 있다. 만일 누가 옮기지 않으면 도둑이 들거나 아니면 가족 중에 아이들의 손을 탈 수가 있다는 것입니다. 저는 미처 깨닫지 못한 사실을 듣고 마음이 복잡해집니다. 에너지와 질량 그리고 물질이 가진 힘의 이야기를 들었습니다. 물건이지만 에너지가 센 금에 대하여 다시 알게 되었습니다. 큰 금덩어리는 사람들이 잘 보관합니다. 그런데 작은 양은 허술하게 두거나 아니면 한곳에 오래 둔다는 것입니다. 제가 바로 후자였습니다. 한 곳에 오랫동안 있었던 금의 에너지를 누군가 옮긴 것입니다. 사실 그 금은 언젠가 제가 며느리 둘에게 나누어 주고 싶었던 정표였습니다. 그 기대가 사라지고 제 마음은 믿음과 실망 사이를 오고 갔습니다. '앞으로 청소 못 시키겠다. 어떻게 사람을 믿을 수 있을까?' 나의 결점에 화가 났습니다. 이렇게 쉽지 않은 세월에 300만 원 가치가 넘는 귀한 물건을 잃어버린 것입니다. 금 열쇠는 오랫동안 남편 회사에 근무

했던 경리가 그동안 도와주셔서 감사하다는 마음으로 선물한 귀한 물건입니다. 남편에게 애교 살살 떨어서 받은 것인데 내 자신이 미워집니다. 정리만 잘했어도 미리 챙기기만 했어도 이런 실수는 하지 않았을 것입니다. 머릿속이 빙빙 돕니다. 화와 더불어 혼자 푸념합니다. 한편으로는, 사람에 대한 서운함으로 몸과 마음은 불신으로 가득 차기 시작합니다. 이렇게 삼일 정도 마음으로 애쓰다가 내린 결론입니다.

모든 것은 저의 탓이었습니다. 경찰에 신고하지 않았고 인력사무소에 다시 전화 걸지 않았습니다. 미리 확인하지 못했습니다. 청소 도와주는 사람이 오기 전에 미리 챙기지 못했습니다. 그리고 자주 열어 보지 않았습니다. 이 일의 전적인 책임은 제게 있습니다. 무조건 의심할 일이 아니었습니다. 부족하고 미흡하게 행동했던 저의 불찰이 가장 큰 일이었습니다. 만일 구석구석 정리만 잘되었어도 사람 부르지 않았을 것입니다. 정리가 부족한 나, 바쁘다는 이유로 미리 확인하지 못했던 나의 작은 실수가 새해부터 사람에 대한 불신으로 연결되었습니다. 저는 이런 것을 알아차렸습니다. 첫째, 집에 패물을 숨기기는 적당하지 않다는 것입니다. 혹시 패물을 가지고 있는 분들은 자주 옮기거나 신경을 써서 저같이 잃어버리고 사람을 의심할 수밖에 없는 상황을 만들지 않기 바랍니다. 둘째, 다시는 금붙이를 집에 가져다 놓지 않겠습니다. 그런 물건을 집에 두는 순간부터 불안한 마음이 큽니다. '어디에다 둬야 하나!' 누군가 왔다 가면 확인하는 자체가 내가 할 일이 아닙니다. 셋째, 사람에 대한 불신이 생깁니다. 차라리 없으면 마음이 편합니다. 얼마 되지 않는 금붙이가 제 마음의 지옥을 오가게 합니다.

 이후부터는 금을 집에 두지 않기로 했습니다. 금 열한 돈 때문에 사람을 의심했고 마음이 불안했습니다. 그 불안을 떨치기 위해 애를 쓴 시간에 얻는 깨달음이 있습니다. 정신적으로 풍요롭지 못한 일은 애초에 만들지 말아야 한다는 것입니다. 혹시 가져간 사람이 있다면 언젠가는 그런 손버릇 때문에 누군가에게 신뢰받지 못하는 사람으로 전락할 수 있습니다. 사실은 물건을 분실한 책임은 집주인에게 있습니다. 미리 귀금속 챙기지 못한 나의 탓이 가장 큽니다. 그 누구를 원망할 것이 아니라 앞으로 같은 행동으로 피해를 보는 일은 일절 하지 않기로 다짐합니다. 정리 정돈은 작은 일입니다. 그러나 가장 기본이기도 합니다. 그리고 필요한 물건을 필요할 때 가져다 쓸 수 있게, 제자리에 가지런히 보관할 수 있는 정돈이 더 중요합니다. 무엇이든 기본에서 시작합니다.

2

울고 웃고 삶을 나눈 인연들

세상의 모든 것은 영원하지 않다.

석가모니

인간의 마음은 늘 변하고 인생은 짧습니다. 영원한 동무는 없습니다. 다만 영원할 것 같은 착각 덕분에 삽니다. 그러나 영원한 사랑은 없습니다. 사람이 만나고 헤어지는 것, 우연의 일입니다. 4년 동안 함께 공부하던 국문과 동료들 이제는 뿔뿔이 흩어졌습니다. 다시 만나기 어려운 사람들이 되었습니다. 아쉽습니다. 외롭고 힘들 때 성장하는 과정에서 만났습니다. 4년간을 공부하며 매주 화요일이면 얼굴 보고 서로 의지했습니다. 누군가 힘들다고 외치면 바로 달려가서 돕던 공부 친구들, 이제는 단 한 명도 만나지 못합니다. 살면서 다시 옛 시절로 돌아갈 수 있다면 그 시절로 돌아가고 싶은 추억의 시간이기도 합니다. 이제 그 기억의 시간으로 되돌아갈 수 없습니다. 인생에서 가장 힘들 때, 고통의 벽을 만날 때 도움을 주던 동료들이었습니다. 별일 아닌 작은 이유로 이제는 만나지 못하는 사람이 되었습니다. 평생 함께할 줄 알았습니다. 다섯 명이 만난 인연은 한국방송통신대학교 국문과 첫 모임이었습니다.

　그 친구들의 가장 큰 수혜자는 바로 나였습니다. 살면서 수술도 많이 했습니다. 병원에 누워서 친구들 문병도 가장 많이 받았습니다. 사춘기 아들 사고 친 덕분에 출석 수업 하다 학교에서 오는 전화 받고 울고 들어온 날도 위로와 함께 격려하고 지지해 준 사람들입니다. 그런 어려운 문제 속에서 함께 4년을 버티며 힘이 되어 준 그녀들입니다. 이렇게 다섯 명은 방송통신대 첫 모임에서 바로 결속되었습니다. 학교를 기준으로 모임을 둘로 나누어 공부가 시작되었습니다. 청주시 흥덕구 쪽 하나, 상당구 쪽 하나입니다. 첫날 서로 슬슬 눈치 보면서 결성된 모임, 방송대 국문과 1학년 흥덕구 쪽 공부 모임입니다. 공부 모임 조성하려면 리더가 필요했습니다. 리더는 교재를 미리 읽고 공부해서 설명해 줄 수 있는 사람입니다. 주변을 살펴보았더니 리더 할 만한 똘똘한 친구가 보입니다. "저기 똘똘하게 보이는 분, 리더 하면 잘할 것 같네요."라고 내가 추천했습니다. 쑥스러워는 하는데 방금 추천받은 사람이라고 인사했습니다. 그리고 그 길로 공부 모임 이끄는 리더가 되었습니다. 그 친구 지금은 세상에 없습니다. 폐암으로 세상을 떠났습니다. 어느 날 전화가 왔습니다.

　"언니, 나 암이래.", "뭐, 암이라고?"
　통증으로 등이 아파서 병원에 계속 다녔는데 낫지 않았다고 합니다. 큰 병원에 가 봐야 할 것 같다는 의사 말에 충북대 병원에서 폐암 진단을 받았습니다. 함께 많이 울었습니다. 등을 쓰다듬어 주고, 맛있는 것 사 주었지만 먹지 못했습니다. 함께 오랜 시간을 보낸 공부 친구입니다. 나이는 어려도 속이 깊고 말씨도 적어서 남의 말을 잘 들어 주는 동생입니다. 똑똑하고 명석한 친구입니다. 그런 그녀를 잃을 수밖에 없는 상황이었습니다. 그녀는 삼성병원에서 신 치료 약으로 연명하며 3년 이상을 더 견디고 버텨 주었습니다. 그러나 하늘에서 그녀가 필요했는지 결국 데리고 가 버렸습니다. 그녀는 내가 좋아했고 자주 만났고 친지보다 더 우애 있게 지낸 사이였습니다.

그런데 마음의 걸리는 일 하나가 있습니다. 그녀는 국어학으로 석사와 박사 공부 도중 병을 얻었습니다. 공부로 인해 잠이 부족했고, 스트레스가 심해서 결국 병에 걸렸습니다. 내가 부추긴 것 같습니다. "너는 학사로 끝내지 말고 끝까지 공부해.", "너에겐 특별한 공부 그릇이 있어." 이런 말을 그녀에게 자주 들려주었습니다. 제 말 덕분에 그녀가 공부를 선택한 것 같아 마음이 편하지 않았습니다. 공부한 친구 중에 유일하게 국어학으로 석사 논문 쓰고 박사까지 하게 되었습니다. 그녀를 보면 자랑스럽기도 했고, 한편으로는 "언니가 공부 리더 시켜 준 바람에 내가 성장했어."라고 말했던 친구입니다. 그 친구가 우리 곁을 영원히 떠났습니다. 이제는 대화 나눌 수도 그 시절 함께 먹던 맛있는 칼국수, 보리밥을 먹을 수도 없습니다.

그녀와 다른 친구의 관계에서 조그만 오해의 싹이 트기 시작했습니다. 공부 잘해서 석박사까지 무난하게 올라간 친구를 보고 다른 친구가 박사 공부하더니 조금 달라졌다고 했습니다. 논문을 읽고 수업 따라가기가 바쁘니 예전 같지 않다고, 전화 통화를 자주 하거나 만나기가 어렵다는 표현이었습니다. 친구가 그렇게 한 말은 예전처럼 자주 만나고 싶다는 이야기였습니다. 그런데 서로 다르게 곡해해서 둘 사이가 틀어졌습니다. 어느 날 다섯 명이 친목을 도모하기 위해 제주도로 여행 가기로 약속했습니다. 미리 돈도 모았고 며칠 있으면 출발입니다. 그런데 갑자기 두 친구가 가지 않겠다는 겁니다. 이미 커질 대로 커진 오해의 씨앗은 돌이킬 수 없었습니다. 저는 언니의 입장으로 나서서 조화를 이루어 보려 애썼습니다. 그런데 한 번 금이 간 사이는 다시 돌아오지 않았습니다. 두 사람의 작은 오해와 이해 부족은 함께 공부하며 성장했던 친구들을 뿔뿔이 흩어지게 했습니다. 지금은 전화도 만나지도 못합니다. 사람의 마음은 영원하지 않다는 사실을 깨달았습니다. 서로 도움을 주고받을 때 그리고 함께 만나 공부할 때는 못 만나면 큰일 날 것 같은 사람들이었습니다. 한 명 한 명 다 소중했습니다. 그 인연 변치 않으려고 공부와 우정의 싹을 틔웠건만 이제는 옛사람으로 남았습니다. 그녀가 세상과 이별하기 전 두 사람을 화해시켜 보려고 노력해 보았습니다. 죽음 앞에서 상대 원망이나 미움이 무슨 소용이 있을까요. 친구가 떠나기 전에 화해시키고 싶은 저의 작은 소망이었습니다. 두 사람은 다시 만났습니다. 그러나 용서는 끝내 할 수 없다는 친구의 말이 기억납니다. 세상에 용서가 가장 어렵다는 사실을 그때 이해했습니다. 죽음 앞에서도 용서하지 못할 것은 무엇이었을까? 사색해 보는 시간이기도 했습니다. 세상을 등지는 상황에서도 화해하지 못한 두 사람이 안타까웠고 답답했습니다. 그러나 사람의 마음은 어떻게 할 도리가 없습니다. 본인들이 느껴서 바뀌지 않는 한 제가 바꿀 수 있는 부분은 없었습니다.

어려운 일 있을 때 공부 친구인 사람들과 함께 웃고 울며 서로 자료 찾아 나누며 정을 나눈 사람들입니다. 서로 나이는 다르지만, 같은 목적을 통해 만났습니다. 군산 채만식 문학관 그리고 춘천에 이효석 문학관에 여행을 다녔습니다. 함께 여행하고 밥 먹고 공부하며 삶을 새롭게 확장해 나가고 있었습니다. 눈뜨면 가장 먼저 생각났던 사람들입니다. 마무리 학기의 시간을 내어 국문과 한규섭 교수님과 1박 2일 경주로 졸업여행을 떠났습니다. 차만 타면 교수님의 유머와 재치 그리고 친구들의 정 있는 대화, 이보다 더 좋은 행복한 시간은 없었습니다. 가장 기억나는 여행입니다. 평생 웃을 일, 반 정도는 넉넉히 웃었습니다.

가장 힘들 때 손을 잡아 준 사람들입니다. 아쉽게도 지금은 만날 수 없다는 사실에 마음이 편치 않습니다. 사람의 마음은 다양하고 서로 다릅니다. 다름을 충분히 인정하고 받아들였다면 지금 이렇게 예쁜 추억의 시간만을 그리워하지는 않았을 것입니다. 저는 이렇게 생각합니다. 첫째, 서로 용서해야 합니다. 죽음 앞에서 용서하지 못할 것이 무엇일까요? 부모를 해친 원수도 아닙니다. 다소 오해가 생겼으면 소통으로 풀려고 노력해야 합니다. 마음속에 작은 한이라도 가지고 세상을 떠날 필요 없다고 생각합니다. 떠나는 사람도 보내는 사람도 집착과 미움 다 내려놓고 갈 필요가 있다고 생각합니다. 둘째, 누군가가 미워지면 예전에 나에게 잘했던 기억을 떠올려 봅니다. 그때 고마웠던 심정을 다시 돌이켜 보면 작은 미움은 희미해집니다. 셋째, 한 번 친구는 영원한 친구입니다. 어려울 때 만나서 공부하고 밥 먹고 사랑했던 사람들입니다. 서로 지지하고 치유 받았던 친구들입니다.

　세상 모든 것은 영원하지 않습니다. 그러나 공부 친구만큼은 오래 보전하고 싶은 사진첩 같습니다. 인생의 선물 같은 만남이었습니다. 그녀들 중 나이 먹은 언니인 내가 정이라는 선물을 잔뜩 받았네요. 함께 어려움을 견디고 버틴 친구들, 그 시절 그녀들과 정이 있었기에 오늘의 내가 있습니다. 지금은 뿔뿔이 흩어졌지만 남은 친구들이라도 웃으며 다시 만날 수 있기를 기대해 봅니다.

3

내 삶을 진정으로 사랑하기

산다는 것은 괴로운 것이다.

쇼펜하우어

남편에게 전화가 왔습니다. 남동생이 운영하는 공장에 불이 났다고요. 바로 차를 끌고 달려가니 불길이 치솟고 있었지요. 남의 회사 건물이 그대로 타고 있습니다. 눈물이 흐릅니다. '어떻게 하지, 다른 사람 공장인데.' 이 공장 태우면 말 그대로 동생은 쪽박 찹니다. 엄마와 나는 흐르는 눈물을 감추지 못하고 소리 없이 웁니다. 어느 겨울날 우리 가족은 불난 광경을 그대로 목격하고 있습니다. 이 불은 한 사람의 인생을 통째로 날리는 신호입니다. 동생은 아직도 현실이 와닿지 않는지 횡설수설하며, 왔다 갔다 합니다. 현실적인 남편은 그 상황에서도 2차 밴드로서 다른 회사의 금형[1] 문제가 생기기 직전에 지게차 가지고 물건을 열심히 빼내고 있습니다.

---

1) 금형은, 금형 금속성의 형이며 금속으로 만든 주형, 플라스틱 성형용 형, 금속제 형 등이 있다. 주요한 것으로는 주물(鑄物)을 만들 때 사용하는 철이나 그 밖의 금속으로 만든 주형(鑄型), 플라스틱 등의 성형용(成型用)으로 사용되는 것, 위아래의 형(型) 사이에 금속의 얇은 판이나 플라스틱판 등을 끼우고 정해진 형상으로 압축해서 완성하기 위해 사용하는 금속제 형 등이 있다.

'와! 이런 상황에서도 참 대단한 사람이다!'라고 생각했지요.

    이렇게 불이 나기까지 사연이 있습니다. 바로 밑 남동생이 서울에서 엄마 모시며 직장 생활 잘하고 있었습니다. 새시 공사하는 일을 일찍부터 시작한 동생은 새벽 6시면 집에서 출근하는 부지런함이 있었지요. 우리 집에서 가장 착했습니다. 어려서부터 시키는 대로 하는 동생에 대한 나의 마음은 안쓰러움입니다. 물려받은 것 없는 집 큰아들입니다. 결혼하기 전에는 내가 맏딸로서 책임을 졌습니다. 결혼 후에 동생이 부모 모시며 애들 낳고 잘 살고 있었네요. 그런데 동생이 여러 가지 이유로 직장 생활이 어려워지니 옮겨야 하나, 갈등하는 상황이었습니다. 그렇게 고민할 때 남편이 손을 내밀었습니다.

"우리 회사에 와서 한 3년만 함께 일하면 사출기 두 대라도 놓고 사업 시작할 수 있다."

"내 밑에서 3년만 배우자."

    지금 생각하면 남편이 동생에게 한 권유로 원 가족의 불행이 시작된 것입니다. 남편의 말에 동생은 솔깃했습니다. 지금 직장이 영원하지 않을 것 같고 사업을 시작할 수 있다는 생각에 마음이 움직인 것입니다. 저도 설득했습니다. 여러 가지로 힘든 저에게 친정이 옆에 오면 많은 도움 받을 것이기 때문입니다. 엄마가 청주로 온다는 사실만으로도 저는 좋은 제안이라고 생각했습니다. 이렇게 해서 친정 식구가 청주로 이사를 왔습니다. 그러나 동생은 남편과 합이 잘 맞지 않았습니다. 남편은 비즈니스 중심적인 사람입니다. 가족, 친척 이런 것 중요하지 않은 사람이었습니다. 자신과 소통이 되지 않거나 원하는 방식으로 일을 해 주지 않으면 다른 사람이 있거나 말거나 꾸중하고 야단치는 사람입니다. 예전 직장에서 동생은 주인의식 가지고 인부를 데리고 스스로 일하던 사람이었습니다. 동생은 매형의 간섭과 명령, 꾸중 이런 일에 상처받기 시작했지요. 저만 보면 매형 욕을 합니다. "왜 그런 사람과 사냐! 사람도 아니다." 남편은 남편대로 욕합니다. 스패너로 얻어맞으며 기술 배운 남편에게 마음에 드는 사람은 없습니다. 일에 대한 강한 욕구만큼 사람에 대한 기대치가 높습니다. 남편이 평상시에 알던 동생과 직접 데리고 와서 함께 일하는 동생은 다릅니다. 이렇게 시작된 불협화음은 저를 미치게 만듭니다. 이쪽에 가면 저쪽 욕, 저쪽에 가면 이쪽 욕. 사람이 싫고 도망가고 싶었습니다.

시어머니 14년 모시고 살다가 돌아가시고 조금 평안한 시절이었습니다. 어려움은 이것으로 끝인 줄 알았습니다. 인척이 함께 일한다는 것이 이렇게 힘들 줄 몰랐습니다. 몸도 마음도 아픈데 한편으로는 공부도 지속해야 했습니다. 무엇이든 시작하면 반드시 마무리한다는 철칙이 있었습니다. 박사과정 3학기, 몸이 힘드니 공부도 잘 안 됩니다. 매주 세 과목 영어 원서 해석하고 PPT 만들어 발표해야 합니다. 발표는 걱정이 없습니다. 이미 해 온 일이고 잘할 수 있습니다. 그런데 영어원서가 힘듭니다. 영문 사전 가져다 놓고 찾고 해석해도 도통 이해가 되지 않고, 문장이 맞지 않습니다. 매주 세 과목 전쟁입니다. 가족 간 불협화음, 공부 스트레스로 생긴 우울증으로 인해 수면제를 장기간 복용하며 버티고 있었습니다. 학교에서 야간 수업 마치고 돌아오니 남편이 화가 났는지 소리 지릅니다.

"뭐 하는 여자냐! 집구석이 이게 뭐냐.", "너희 집 식구들 하나같이 마음에 들지 않는다."라며, 동생 욕을 하기 시작합니다. 친정 식구 욕하는 순간 참기 힘들었습니다. 그때 목구멍까지 찼던 분노의 뚜껑이 열렸습니다. 순간 돌아 버리는 것 같았습니다. 아무것도 보이지도 들리지도 않았습니다. 죽을 것 같았습니다. 소리 지르고 펄펄 뛰었습니다. 광란의 도가니입니다. 숨이 막혀 헉헉거렸습니다. 공부 스트레스로 죽을 만큼 지쳐 있었습니다. 그때 제 생각은 '도와주지 않으면 그냥 두기라도 하지!' 이런 생각의 몸부림이었습니다. 집은 난장판이었고 제가 무슨 일을 도모했는지 저는 병원에 실려 갔습니다. 방 천장에는 피가 뿌려져 있고 둘째 아들은 소식을 듣고 엄마 죽는다고 울고불고, 남편도 황당한 표정이었습니다. 온통 난리를 겪었습니다. 이 글을 쓰는 순간에도 가슴이 아려 옵니다. 저는 병원에서 수술했습니다. 다행히 팔 동맥은 수술 후 잘 완쾌했습니다. 지금도 흉터로 남아서 그 시절의 아픔을 고스란히 전해 줍니다. 이 글을 쓴 후 많이 편안해질 것입니다. 글은 쓰고 난 후 예전 아픔을 편안하게 만들어 주는 치유의 힘이 있습니다.

저는 이렇게 생각합니다. '세상에 죽고 싶어서 자살하는 사람이 몇이나 될까?' 죽을 만큼 힘이 드니 앞이 보이지 않고 사리 분별이 생기지 않았습니다. 그 순간 깨달은 것은 사람이 이렇게 무지막지해질 수 있구나! 사고는 이렇게 날 수 있구나, 였습니다. 병실에서 많이 울고 생각을 해 봤습니다. 무엇이 문제인지, 내가 그동안 누구를 위해 살아온 것인지 자신에게 묻고 들었습니다. 겪고 나니 알아차리게 됩니다. 친정, 가족보다 소중한 것은 나였습니다. 동생과 남편 사이에 끼어서 이편도 못 들고 저편도 들지 못했던 어리석은 나의 모습이었습니다. 후배들이 찾아왔습니다. 한 후배의 말이 기억납니다. "선생님, 저도 어려서 엄마가 아파 늘 병간호 하다가 어느 날 스트레스로 창문을 손으로 내리쳤던 기억이 납니다.", "아주 힘들면 앞이 보이지 않습니다. 선생님도 그런 것 같습니다.", "이제 다 내려놓고 자신을 보살피세요.", "맏딸 노릇도 부인 역할도 선생님이 할 만큼만 하세요." 저는 후배의 말이 고마웠습니다. 그리고 현실을 돌아보았습니다.

나의 삶은 이런 우여곡절 끝에 제자리를 찾을 수 있었습니다. 그리고 알았습니다. 행복하기 위해 이기주의자가 되자. 맏딸, 맏며느리는 내려놓자. 그리고 남편에게서도 좀 더 자유로워지기 위해 한 발 뒤로 물러서기로 했습니다. 제가 알아차린 것 3가지입니다. 첫째, 세상에서 가장 소중한 사람은 저입니다. 저는 뒤로하고 다른 사람 챙기고 도우려고 했다가 죽을 뻔했습니다. 친정, 원 가족, 그리고 가족 이전에 나를 가장 사랑해야 합니다. 모든 것은 내 중심으로 돌아가야 하는데 남편의 회사 그리고 친정 위주로 기울였던 나는, 몸과 마음의 상처를 겪고 알게 되었습니다. 둘째, 어떤 일을 하던 불평, 불만하고 갈등이 심하면 불행한 일이 일어납니다. 즐겁고 행복한 마음으로 일해도 하루하루가 쉽지 않습니다. 동생은 불평과 불만인 삶에 연결된 재해로 인해 그동안 부모님이 마련해 준 집을 날렸고 전세 삽니다. 지금은 착한 올케 덕분에 둘이 직장 생활 하며 아이 셋 잘 키워서 큰조카는 일본에서 직장 생활 하고, 둘째는 충북대학교에, 셋째는 대학생입니다. 셋째, 인척들과 함께 일할 때는 전후 사정 잘 알아보고 합니다. 사실은 함께 일하지 않는 방법이 가장 좋습니다.

관계가 가까울수록 타인이라는 경계가 허물어져 '우리'라는 일체감으로 상대에게 바라는 것이 생깁니다. 바로 기대치입니다. 친정 식구, 시댁 식구가 함께 하는 일은 쉽지 않습니다. 아프고 우울했던 삶, 우여곡절 끝에 제자리를 찾게 되었습니다. 지금 웃으며 말할 수 있습니다. 이 세상에서 가장 소중한 것 나입니다. 행복한 남은 생을 위해 같은 실수 되풀이하지 않으려고 합니다. 친정 식구 그리고 가족도 소중하지만 내 삶을 진정으로 사랑하는 방법은 나부터 챙기는 일입니다.

4

나를 공부하다

타인이 날 좋아하도록 나 자신을 바꾸지 말자.
오로지 솔직한 나 자신이 된다면 올바른 사람은
진짜 나의 모습을 사랑하게 될 것이다.

석가모니

내가 누구인지 알기 위해 질문을 합니다. 내가 누구인지, 무엇을 하고
싶은지 아는 것이 인생의 목적을 찾는 위대한 시작입니다. 어디로 향해 가
고자 하는지 어떤 사람으로 살고 싶은지 저에게 묻습니다. 주로 다른 사람
이 붙여 준 꼬리표 따라 자신이 정체성을 이해하고, 또 이에 따라 자신이
어떻게 행동할지를 결정할 때가 많습니다. 다양한 나, 내가 도대체 누구길
래 이토록 험난하고 고통스러운 수난을 겪어야 하나요.

이선희가 곧 나인가요. 이선희하고 인터넷 쳐보면 가수 이선희, 교수 이
선희 다른 이선희가 나옵니다. 나는 누구일까요? 내가 오랫동안 해 온 일
이 나인지요? 스피치, 강의, 코칭, 커뮤니케이션 그게 곧 나는 아닙니다.

그럼 나는 어디서 어떻게 찾아낼 수 있을까요? 정체성은 어떤 하나로 규정할 수 없습니다. 나라는 사람은 다양한 역할을 해내며 살아가고 있습니다. 월트 휘트먼(Walt Whitman) 이 쓴 시에 "내 안에는 다양함이 있다." 라는 구절이 있습니다. 엄마일 때의 나와 아내일 때의 나, 그리고 고객과 비즈니스 중의 나는 매우 다릅니다. 진정 나다운 나는 혼자 조용히 자신의 깊은 내면과 만날 때 알아차릴 수 있습니다. 진정한 사고 확장은 내면에 있는 자기 자신을 탐색하는 일입니다. 자신이 관심과 열정을 쏟는 활동이 있다면 그러한 일도 직업만큼이나 더 가치가 있지 않을까요? 고객들을 코칭 하다 보면 정체성에 대한 질문에 눈물을 흘리는 경우가 종종 있습니다. 바로 나다운 나로 살고 싶어 고민하던 중 진정 내면에 있는 자신과 만날 때 마주하는 상황이기도 합니다. 그동안 내가 누구인지 모르고 살아온 자신의 무심함에 대한 안타까움일 수도 있습니다.

살아 있다는 것은 어떤 의미인가요?『생각을 바꾸는 생각들』에서는 자신의 삶을 온전하고 충만하게 살아 내는 것이 유일한 방법이라고 합니다. 우리는 자신의 외부에서 일어나는 일은 결코 알 수 없습니다. 누구나 자신의 내면에서 일어나는 것만 경험할 수 있기 때문입니다. 우리 내부에서 일어나는 일은 자신의 깊은 차원을 이해하고 경험하도록 이끌어 줍니다. 저는 자신을 알기 위해서 부단히 노력했습니다. 차차 알게 된 것은 내면의 가지고 있는 성향이나 행동 유형 그리고 에니어그램으로 내가 누구인지 알아보는 시간입니다.

독서와 공부를 통해 내가 누구인지 무엇을 하고 싶은지 조금씩 알아가기 시작했습니다. 독서 후 되새김질은 바로 사유하는 일입니다. 나를 알기 시작한 때는 MBTI라는 학문을 공부하고 난 후입니다. MBTI는 4가지 기준에 따라 16가지 심리 유형 중 하나로 분류하는 성격 유형 검사 도구입니다. MBTI 유형을 통해 자신의 유형을 16가지 중에서 찾을 수 있으며 상대적이라고 합니다. 캐서린 쿡 브릭스(Katharine C. Briggs)와 그녀의 딸 이사벨 브릭스 마이어스(Briggs Myers)가 제작하였으며, 융의 성격 유형 이론을 근거로 하였습니다. MBTI(마이어스-브릭스 유형 지표)가 제안하는 주요한 프로세스는 개인이 자신의 내면과 삶을 되짚어 보고, 자신의 가치와 성격을 보다 긍정적이고 유리하게 전개해 나갈 수 있는 기준이 되어 줄 수 있다는 점에서 심리학적 테스트로서 그 중요성을 시사하고 이를 인정받고 있습니다. MBTI에 따라 추천 직업도 각각 다릅니다.

나의 유형은 ENTJ입니다. 외향적이며 직관이 뛰어나고 논리적인 사고형입니다. 우리나라에는 10%가량 있는 선천적 리더입니다. 끈기, 책임감이 높고 한번 시작한 일은 끝까지 밀고 나갑니다. 외향이라 나서는 것 좋아하고 모든 일을 자신이 해야 옳다고 생각합니다. 직관이 뛰어납니다. 실제 생활에서는 논리가 부족합니다. 그러나 일은 완벽하게 하려고 합니다. 분명한 목적과 방향을 선호하며, 계획적이고 체계적이며 기한을 엄수합니다. 깊이 생각하는 사고형이고 결심한 일은 바로 행동으로 실천합니다. MBTI를 통해서 알게 된 나의 성향은 적극적이며 외향적이고 행동형이라는 사실입니다. 이런 사실만 가지고도 내가 앞으로 어떤 직업을 선택해야 하는지 알 수 있습니다. 기본으로 가지고 있는 성향을 통해 미래를 조망하고 계획할 수 있었지요. 자신이 누구인지를 검사 하나만으로는 정확하게 진단할 수 없습니다. 다른 검사, 디스크 행동 유형, 에니어그램 또는 강점 검사 이렇게 자신을 하나하나 알아가는 자체가 바로 탐색입니다. 42살에 알게 된 유형 MBTI 덕분에 구체적으로 내가 어떤 성향인지, 내가 누구인지 분석할 수 있었습니다. 그 후 디스크 행동 유형 DI로 주도적이며 사교적이며 적극적이고 모험심이 뛰어난 행동 유형이라는 걸 알았습니다. 강사라는 직업이 잘 맞는 유형으로 삶을 헤쳐 나가고 있습니다. 그리고 에니어그램 3번 유형으로 매력적인 성취 지향적이며 자신감 있는 유형입니다. 야망이 있고 유능한 유형 덕분으로 성장하는 일도 있지만, 한편으로는 일중독에 빠질 수 있고 경쟁의식으로 본인의 건강을 챙기지 못할 수도 있습니다. 긍정심리학 강점 검사에서 학구열, 끈기, 열정이 강점으로 꼽힌 걸 통해 내가 배우는 일과 인내하는 것을 중요하게 여기는 줄 알게 되었습니다. 이렇게 자신을 탐구하고 알아가는 일이 새롭고 신기했습니다. 이러한 성격 유형을 알아차리고 받아들이고 진보하는 능력도 필요합니다.

얼마 전, 갤럽의 강점 검사를 통해 알게 된 것 또한 신기하다는 생각이 듭니다. 지배 욕구와 재능이 여섯 가지로 분류된 것을 보면 양성, 완벽, 행동, 몰입, 미래 예측, 주도가 나타나 있습니다. 그중에서도 다른 사람의 성장을 도울 때 만족을 느낀다는 양성이 있었습니다. 아하! 역시 코칭을 통해 사람의 잠재력을 개발하고 발견하며 성장을 돕는 일이 행복한 이유를 알게 되었습니다.

사람들이 하고 싶은 일과 좋아하는 일이 달라서 고민하기도 합니다. 인생에서 하고 싶은 일만 할 수 없습니다. 좋아하는 일보다 잘하는 일로 직업을 선택하는 일이 많습니다. 그리고 지금 하는 일을 지겹도록 열심히 하다 보면 그 일이 실력이 되기도 합니다. 그러기 위해 반드시 몇 가지 검사는 필요하다고 생각합니다. 과학적으로 인정된 검사를 통해 자신을 객관적으로 살펴볼 필요가 있습니다. 첫째, 물론 모든 검사를 맹신할 필요는 없습니다. 설문이나 검사를 통해 자신에 대해 적절히 알아보고 미래 인생을 예측하고 자신이 좋아하는 일을 위해 준비할 수 있는 몰입의 자세는 필요합니다. 둘째, 내가 누구인지 알아보는 도구나 검사는 내가 좋아하거나 잘하는 일을 발견할 수 있는 단서가 될 수 있습니다. 셋째, 다른 사람이 누구라고 이름 붙여 준 정체성에 집중하기보다 자신이 스스로 어떤 일을 할 때 행복한지 알아보는 태도가 필요합니다.

자기가 누구인지 공부하고 발견하고 개발하는 일은 미래를 위한 준비입니다. 자신이 누구인지 과학적으로 아는 것입니다. 우리 안에 있는 무한한 가능성과 자원을 여러 가지 검사 도구로 확인함으로써 자신의 정체성에 한발 더 다가갈 수 있습니다. 더불어 이상과 현실 사이에는 차이가 있습니다. 현장에 나가서 부딪혀 보는 일, 몸으로 겪어 보는 직접 경험은 설문지 이상으로 중요합니다. 경험인 행동과 설문인 이론을 동시에 펼쳐 봅니다.

배움에는 유효기간이 없다

반복은 연구의 어머니시다.

쇼펜하우어

"하늘은 마음이 착한 사람보다 행동이 착한 사람에게 좋은 운명을 밀어 준다." 운명에 대해 주역 학자 김승호 작가가 『얼굴이 바뀌면 좋은 운이 온 다』에서 한 말입니다. 작가는 10대 이후 40년 동안 이럴 바엔 차라리 죽는 것이 났겠다 할 정도로 운이 좋지 않았다고 합니다. 그런 인생이 60세에 바뀌었다고 합니다. 마흔 인생 너무 고통스러워 별짓 다 했다고 하네요. 도가철학 주역 공부하고 나서 인생을 관통하는 진리를 깨달았다고 합니다. 관상, 타이밍, 인맥 다 중요한데 결국 더 중요한 건 바로 일상입니다. 일상을 어떻게 보내는지가 바로 나입니다. 매일 주어지는 하루를 제대로 살아 내기 위해 많은 사람들이 자기 계발을 합니다.

내가 살면서 가장 존경하는 정주영 회장은 생전에 '내가 새벽에 일찍 일 어나는 이유'라는 글 중에서 "나는 젊었을 때부터 새벽 일찍 일어난다. 왜 일찍 일어나느냐 하면 그날 할 일이 즐거워서 기대와 흥분으로 마음이 설레기 때문이다."라고 했습니다. 아침에 일어날 때의 기분은 소학교 때 소풍 가는 날 아침 가슴이 설레는 것과 똑같다고 말입니다. 날이 밝을 때 일을 즐겁고 힘차게 해치워야겠다는 생각 때문에 밤에는 항상 숙면할 준비를 하고 잠자리에 든다 합니다.

우리가 이렇게 행복함을 느끼면서 살 수 있는 이유는 바로 자신이 하고 싶은 일을 하루를 통해 해내는 정신 덕분입니다. "이봐, 해 보기나 했어!" 이 말로 많은 사람의 변화 촉진제 역할을 한 사람도 정주영 회장입니다. 세상을 밝고 긍정적이며 희망적으로 보고, 도전하고 실패하며 배우는 인생의 가치를 전달해 준 분입니다. 사는 동안 시련은 있을지언정 실패는 없다고 생각한 분, 이런 분들의 책을 읽고 강의를 들으며 2010년 부지런하게 살았습니다. 하루를 처절하고 열심히 살았습니다. 그해 성취한 것을 살펴보니 한국능률협회 컨설턴트 인증을 받았네요. 주마다 석 달 이상을 마포에 있는 능률협회로 컨설팅을 배우러 다녔습니다. 그리고 평생학습의 공로자로 한범덕 시장의 상을 받았습니다. 그해 충북대 MBA 과정 경영대학원을 졸업했지요. 강의도 살면서 가장 많이 한 시절이었습니다. 하루에 세 시간씩 세 번 정도 하는 날도 반이 넘었습니다. 매주 한 번은 충북 영동에 있는 영동대학교 평생교육원에 달려가 강의했지요.

"네가 아는 것이 무엇이 있어?" 이런 이야기 듣던 사람이 자기 계발을 통해 발전하고 진보하는 능력이 생겼습니다. "내가 통제할 수 없는 것은

196
마흔에 꽃피운 삶을 고백합니다

하늘에 맡기고 통제할 수 있는 나만 바꿀 수 있다.” 라고 생각하며 나를 바꾸려고 한발 나아가니 불운이 행운으로 물들기 시작합니다. 행운이란 현재의 불운을 묵묵히 통과할 때 발생하는 법입니다. 후회와 분노로 고통스러워하며 허송세월 보내기보다 하찮아 보이는 일이라도 그냥 묵묵히 하면 운명은 좋은 쪽으로 나를 데리고 가 줍니다. ‘길들이지 않는 무의식이 많은 원인이 모여서 이루어지는 것이다.’라고, 사람들이 말합니다. 나를 발전시킨 무의식에 대해 좀 더 알아봅니다.

　무의식의 기술 4단계입니다. 첫 번째가 ‘무의식 무능력’입니다. 자신이 무엇을 아는지 모르는지 모르는 단계입니다. 처음에 아무것도 몰라서 무조건 이것저것 기웃거리며 자신이 무엇을 잘하는지 배우면서 탐색하는 단계입니다. 예를 들어 글쓰기, 동화구연, 스피치 등 일단 배웁니다. 자신이 무엇을 아는지 모르는지 배워 봐야 알 수 있습니다. 해 보는 것, 거기서부터 시작입니다. 두 번째는 ‘의식적 무능력’입니다. 예를 들어 글쓰기, 동화구연, 스피치 등 배우면서 자신이 능력이 확실하게 서지 않은 상태이지만, 관심이 있고 잘할 수 있는 과목 스피치를 지속적 반복을 통해 익히고 배우니 그 과목을 가르칠 수 있는 능력이 생깁니다. 세 번째, ‘의식적 능력’이 생기는 것입니다. 자신을 시험할 수 있는 단계입니다. 대학교 평생학습관에서 스피치 토론 강의도 도전해 보고, 스토리텔링이라는 과목도 창의적으로 만들어서 시도해 보았던 시기입니다. 의식해야 꺼내 쓸 수 있습니다. 그런데 자신의 이런 모습을 객관적으로 인식하고 자각하여 책임을 지고, 실행하고 반복적으로 자기 계발을 하면, 네 번째, ‘무의식적 능력’이 됩니다. 자신도 모르게 무의식으로 장착이 되어 필요할 때 자동으로 나오는 것이 무의식 능력입니다.

스피치 능력으로 청주에서 여러 주부들에게 자신감을 가질 수 있게 동기부여 했지요. 1년에 통신대학에 들어갈 수 있게 주부들 독려해서 여섯 명까지 대학교에 보낸 적이 있습니다. 강의로 만난 후배들을 성공이 아닌 성장을 시켰습니다. 지금도 강의하면서 인생 변화시킨 주부들이 주위에 적지 않게 있습니다. 주부에서 강사로 일하면서 배우고 나누는 사람들입니다.

이렇게 무의식적으로 도전을 시작한 제 인생, 공부의 목마름은 지금까지 독서와 쓰기로 이어져 오고 있습니다. 왜 그렇게 공부하고 배운 것을 가르치고 싶었는지 모릅니다. 지금 생각해 보면 적당한 어려움이 만들어 준 길입니다. 부모가 그 시절 학교에 보내 주고 제때 공부하라고 했으면 이렇게 열심히 공부하며 살 수 있었는지요? 이런 생각을 해 봅니다. 살면서 힘들 때 지치고 우울할 때 다시 공부로 위안과 행복을 되찾았습니다. 인생은 짧습니다. 재미없는 삶을 살 수 없습니다. 무엇인가 도전하면서 하나씩 배워 나갑니다. 어쩌면 그 행보가 꿈의 시작인지도 모릅니다. 그리고 운명도 바뀌고 있습니다. 모자람은 꼭 필요합니다. 부모가 다 채워 주면 당연해집니다. 고맙지 않습니다. 약간의 부족함은 채우고 싶은 욕구를 가지게 합니다. 요즘에 자녀 키우는 분들 보면 다 해 줍니다. 아이가 스스로 할 틈이 없습니다. 아침부터 저녁까지 아이를 위해 엄마는 운전부터 시작해서 비서처럼 돌봐 줍니다. 그렇게 하니 아이들이 자생력이 없습니다. 일류 기업 힘들게 취직하고도 결국 참지 못해 나옵니다. 시간과 노력이 허사가 되는 순간입니다.

재미있는 일화로, 미국으로 유학 간 아들이 엄마에게 전화합니다. "엄마, 수도가 고장 나서 머리 감다가 말았어." 하며 웁니다. "어쩌라고! 여기는 한국인데 네가 해결해야지!" 엄마는 글쓰기 수업에 와서 울분을 터트립니다. 그런데 가만히 두 모자지간의 일어난 일을 들여다보니 전적인 책임은 부모에게 있습니다. 약간의 결핍은 동기부여가 됩니다. 내가 어린 시절 가난 때문에 제때 하지 못한 공부를 지금까지 하면서 행복한 시간을 보낼 수 있는 것은 바로 부족한 공부 환경 '결핍' 덕분입니다. 그 부족함을 평생 공부로 메우고 있습니다.

매주 가고 있는 강의 중 충청대학 산업경영학과 강의가 있습니다. 나라에서 지원해 주고 회사에서 리더가 도움 주고 본인은 15% 정도만 내면 학교에 들어갈 수 있습니다. 굳이 부모가 없는 돈 마련해서 공부하기 싫은 자녀에게 강제로 공부하라고 할 필요 없습니다. 회사 다니다가 또 다른 기회로 공부할 수 있습니다. 하기 싫다고 하면 그냥 두십시오. 본인이 하고 싶을 때 하는 공부가 최고로 남는 재산이 됩니다. 저는 이렇게 생각합니다. 첫째, 배움에는 유효기간이 없습니다. 직장 다니다가 본인이 필요할 때 하는 공부가 진짜 공부입니다. 둘째, 어떠한 상황이라도 'NO' 할 수 있는 용기가 필요합니다. 삶에서 모든 사람이 다 응원과 지지를 해 주지 않습니다. 특히 가까운 사람들이 더 반대합니다. 그럴 때 용기를 내어 내가 하고 싶은 일, 정해졌으면 주위 사람 말에 휘둘리지 말고 꾸준히 밀고 나갑니다. 셋째, 결국은 반복입니다. 행복한 인생은 자신이 만들어 가는 것입니다. 행동으로 꾸준함을 보여 주세요. 묵묵히 자기 일 해 나가는 사람이라는 것을 말입니다.

한때는 가장 가까운 사람들에게 서러움도 받았습니다. 어렵게 한 공부로 희망을 품은 일상이었습니다. 하루 일상을 충실히 보내려고 노력했지요. 덕분에 일상이 무의식, 무능력에서 무의식, 능력으로 바뀌었습니다. 배우며 나누는 삶을 살고 있습니다. 혹시 저처럼 늦은 나이라도 배우고 싶은 분이 있다면 지금 시작해도 좋습니다. 배움에는 유효기간이 없습니다. 남은 인생이 얼마가 되었든, 오늘이 소중한 순간입니다. 내게 주어진 마지막 날까지 최선을 다해 배우고 공부하며 도전하는 자세가 멋지지 않은지요. 늦은 나이에도 불구하고 매일 공부하고 깨우치다 보니 요즘은 입이 귀에 걸립니다. 낮에 독서와 글쓰기로 바쁘니 잠도 푹 잡니다. 몸과 마음이 충만하며 사는 재미가 있습니다. 지금 적지 않은 나이지만 내가 좋아하는 일 하며 돈도 벌고 능력도 펼치며 살고 있습니다.

6

별에서 온 아이

당신 삶의 진짜 이야기는 탄생에서 죽음까지 줄곧 이어진다.

『멀고도 가까운』 리베카 솔닛

별에서 한 아이가 왔습니다. 우리 가정을 웃음꽃으로 만개하게 해 주는 아이입니다. 이제 이틀만 있으면 유한이가 세 돌이네요. 내가 유한을 키우기 시작한 지 3년이 지나가고 있습니다. 유한을 만나서 힘든 일도 있었지만, 행복한 순간이 많습니다. 몸은 아주 피곤합니다. 잠은 다섯 시간 이상 자 본 적이 없습니다. 유한이는 낮에 많이 놀거나 피곤하면 자주 깹니다. 세 번은 기본이고 어느 때는 일곱 번까지 일어나는 일이 있습니다. 그런 날은 밤을 하얗게 새웁니다. 어젯밤도 그렇습니다. 유한이가 열이 나기 시작합니다. 손주 키우는 데 가장 무서운 일은 밤에 열이 오르는 일입니다. 수시로 유한을 만져 보면서 열을 확인합니다. 열이 난 지 한 시간 이내에 38도가 되었습니다. 나는 얼른 냉장고에서 해열제를 꺼내 먹이고 미지근한 물로 유한의 몸을 닦아 주기 시작합니다. 30분 닦았더니 열이 내립니다. 유한아, 아프지 마! '너' 아프면 할아버지 할머니 걱정이 된다. 그 와중에도 "유한아, 물 먹고 싶니?", "네." 하고 물을 먹는 유한이, 착하고 예쁜 우리 천사입니다. 착한 유한이 물만 달라고 하며 보채지 않습니다. 그래서 더 안타깝습니다. 이런 순간에는 부처님, 예수님 다 찾습니다.

'우리 유한이 도와주세요.' 건강하게 잘 자랄 수 있게 도와주세요, 부처 님. '이 고비 넘기게 해 주세요.' 오늘도 기도를 합니다.

어제 유한이는 너무 신나게 놀았습니다. 작은집 식구들, 큰집 도윤이네 가족, 할아버지도 회사에서 일찍 왔네요. 할아버지를 가장 좋아하는 유한 입니다. 대식구가 모여서인지 유한이는 신이 났습니다. 까꿍 놀이도 하고 장난감 가지고 놀기도 하고 할아버지에게 공을 던지기도 하며 신나게 놀 아서인지 밤에는 목이 부었습니다. 아파도 예쁜 유한이 날이 새는 줄 모르 고 닦아 주며 열을 다시 재 봅니다. 아이 키우는 일은 정성을 다하는 일입 니다. 혹시 조금이라도 놓치는 것 있으면 아이가 아프거나 두 배로 힘든 일이 생깁니다. 사랑 있는 고생입니다. 할 만합니다. 아이 키워 본 경험이 있어서인지 아기가 열이 나거나 갑자기 아파도 대처 능력이 있습니다. 이 미 자식 길러 본 노하우 덕분입니다.

손주 기르는 것은 자식과 또 다릅니다. 약간 마음의 여유가 있습니다. 자식을 기를 때는 무조건적이면서도 집착과 사랑을 구분하지 못했던 것 같습니다. 자녀에게 기대도 큽니다. 자녀가 따라 주지 않으면 막무가내 로 화내고 닦달했던 시절이 있었습니다. 지금은 아프지 않고 건강하게 웃 는 유한을 보면 그저 행복합니다. 큰 욕심이 없습니다. 이만큼만 큰 것도 감사한 일입니다. 처음으로 '별에서 온 아이'를 맡게 될 때는 하늘이 노랗고 걱정이 많았습니다. 한 해 한 해 지나갈수록 사랑으로 하지 못할 일 없다는 것을 알게 됩니다. 유한이가 있어서 외롭지 않습니다. 남편은 회사가 바쁘거나 할 일이 있으면 전화도 하지 않고 회사에서 밤새거나 기숙사에서 잠들기 일쑤인 사람입니다. 회사에서 오랫동안 집에 들어오지 않을 때 유한이랑 오순도순 지냈습니다. 유한이 덕분 밤에 혼자 있는 것이 두렵거나 무섭지 않았습니다. 남편 빈자리 유한이가 많이 채워 줍니다. 선물처럼 나에게 온 아이입니다.

어느 날 팔이 너무 아파서 병원에 갔습니다. 어깨가 올라가지 않습니다. 비하동에 있는 현대병원에 도착해서 엑스레이 촬영하고 기다리니 알통 근육이 나간 것 같다고 합니다. 수술해야 할 것 같다고 하며 CT를 찍어 보자고 합니다. CT 찍고 의사를 만나니 수술해야 한다고 하네요. 그동안 운동도 열심히 했고 유한히 기르면서 자주 안아 주고 들어 올려서 팔이 망가졌습니다. 의사 선생님께 "알겠습니다. 의논하고 올게요." 하고 일어섰습니다. 병원은 한 군데만 가지 않습니다. 세 군데 이상 들러서 의사의 소견 충분히 듣고 수술해도 늦지 않습니다. 무조건 수술하는 것은 아닌 것 같아 두 군데 병원 더 들렀습니다. 충북대 의사가 하는 말이 알통 근육은 굳이 수술하지 않아도 된다고 합니다. 신뢰 있는 의사 덕분에 수술하지 않고 지금까지 이상 없이 잘 사용하고 있습니다. 물론 아프지 않은 사람처럼 무거운 것 번쩍 들 수 없습니다. 항상 조심해야 하는 상황입니다. 언젠가는 수술할 수도 있습니다. 아직 사용할 수 있어서 그냥 다독거리며 삽니다. 나이 먹으면 통증과도 친구를 해야 합니다. 병원에서 치료받으며, 이미 많이 사용해서 망가진 것이니 고쳐가며 삽니다. 손주 키우면 몸도 마음도 힘들고 지칠 때가 많습니다. 그러나 자주 웃고 애교 부리는 유한이 기르느라 심심하고 무료할 틈 없습니다. 그만큼 아이 키우는 일은 일거리가 많고 바쁩니다.

손주가 있다고 내 일을 하지 못하고 오직 손주만 위하려 애쓰면 쉽게 지칩니다. 나의 일도 손주 돌보는 사이 틈틈이 해 나갑니다. 사람들은 어떻게 손주도 돌보고 자신의 삶도 놓치지 않고 두 가지 다 하느냐고 묻습니다. 손주 돌보면서 내일도 잘하려면 부지런하게 시간 관리해야 합니다. 한시도 쓸데없는 시간을 만들지 않으려고 노력해야 가능합니다. 나중에 '손주 키워서 하고 싶은 것 하지 못했어!' 이런 말 하고 싶지 않습니다. 골프 모임에서 골프 칠 때도 아침에 유한이 어린이집 보내고 운동했습니다. 그리고 그분들께 양해 구합니다. 저녁은 함께 먹을 수 없으니 이해해 달라고 표현합니다. 아이 키워 본 사람들이라 충분히 이해하고 받아들입니다. 그렇게 공부, 운동, 강의하며 살고 있습니다. 누구 때문, 이런 말은 저에게는 비합리적 핑계일 뿐입니다. 유한이를 키우며 대학 강의 8년째 계속하고 있습니다. 때론 남편이나 가족 눈치도 보입니다. 이제 강의 그만 내려놓으라는 무언의 압박도 있습니다. 그런데 세상에서 가장 중요한 것은 '나'라는 생각을 하며 삽니다. 내가 행복하고 즐거운 인생을 보내야 다른 사람에게도 베풀 수 있는 마음의 여유가 생깁니다. 어떤 일을 하던 나를 중심에 세우고 다른 일도 지속합니다. 성실하고 신뢰성 있게 꾸준히 하는 행동을 보여 주면 주위가 인정합니다.

　나는 유한이 기르며 이런 것을 알게 되었습니다. 첫째, 부모가 돌보지 못할 형편이면 할아버지, 할머니라도 용기를 내어 도와주어야 합니다. 제가 아는 분은 자신이 힘들다고 아이를 맡지 않았다고 합니다. 물론 엄마가 온전한 상황이어서 기를 수 있는 능력이 된다면 당연히 엄마가 키워야 합니다. 그런데 요즘 철없는 엄마가 많아서 아이 놓고 게임 하러 나가거나 방치하는 일로 일어난 사건이나 문제가 많습니다. 젊은 사람들은 인내심에 한계가 있습니다. 옆에서 어른이 도와주며 아이들이 어려운 시기 잘 겪어나갈 수 있도록 힘이 되어 줍니다. 둘째, 사랑 있는 고생은 조금 힘들어도 할 만한 고생입니다. 아이와 사랑을 나누면 힘든 시간도 이겨 낼 수 있습니다. 고비 조금 잘 넘기면 웃으며 이야기할 날이 옵니다. 조금 참고 사랑으로 이겨 냅니다. 셋째, 아이 키우다 보니 어려움보다 즐거움이 더 많습니다. 아이가 주는 사랑과 행복으로 시간이 화살같이 지나갑니다. 아이가 주는 웃음은 달콤하고 신선합니다. 삶의 새콤한 비타민 C 역할을 해 줍니다.

　다른 누구보다도 천진하고 맑은 아이 덕분에 많이 웃고 들여다보고 책도 함께 읽고 여행도 많이 다녔습니다. 큰아들네와 경주 1박 2일을 다녀왔습니다. 경주는 걸을 곳이 많습니다. 안압지, 첨성대, 불국사, 경주 박물관 등 그 넓고 힘든 곳을 어린아이가 한 번도 업어 달라고 한 적 없이 뛰어다니거나 걸어 다닙니다. 신기합니다. 떼도 쓰지 않고 제법 먼 거리도 어디를 가든 잘 따라다닌 덕분에 힘든 줄 모르고 키웠습니다. 사람들이 신기해합니다. 그래서 내가 별에서 온 아이라고 별칭을 붙였습니다.

유한이가 말합니다.

"이 세상에서 할머니가 제일 좋아.", "나, 이렇게 키워 주었어요."

"존경하는 마음을 담은 뽀뽀야! 할머니. 쪽."

나의 이마에 뽀뽀를 해 주며 이렇게 말합니다. 이제 표현도 잘하고, 하고 싶은 말 서슴없이 하는 유한이가 신기하고 신통합니다. 지난주 결혼식장에서 아는 형 T가 나에게는 인사를 하고 유한이에게 아는 체하지 않으니 유한이가 하는 말입니다. "할머니, 내가 작아서 안보였나 봐." 저와 함께 있던 다른 분이 깜짝 놀랐습니다. 이렇게 솔직하게 자신을 표현하는 유한이는 내 삶의 희망입니다. 이 세상에 태어나서 누군가를 돕는 작은 일, 집안에서부터 시작입니다. "할머니, 텔레비전 30분만 볼게요." 눈뜨자마자 텔레비전 보고 싶다는 유한이를 달래어 『신데렐라』를 읽어 줍니다. 오늘도 사랑 있는 고생 기꺼이 합니다. 별에서 온 아이 덕분에 행복이 가득합니다. 행복은 신기루가 아닙니다. 햇볕처럼 반짝이는 순간들입니다.

7

나는 할머니 엄마

인생이란 폭풍우가 지나가길 기다리는 것이 아니라
빗속에서 춤을 추는 것을 배우는 것이다.

석가모니

나는 할머니 엄마입니다. 할머니 엄마는 오늘도 달립니다. 아침이면 유한이 어린이집 보내기 위해 전쟁을 치릅니다. "유한아, 할머니 다 씻었으니 빨리 와 씻어!", "네, 할머니."

대답하고도 한참 후에 세면실에 나타나는 유한입니다. 이미 오전에 구몬 수학, 영어 간단한 학습을 하고 가볍게 아침 먹이고 칫솔로 이를 닦고 옷을 입습니다. 혼자 입는 것을 습관화하려고 옷 한 벌, 양말, 겉옷 다 가져다줍니다. 오늘 아침에도 스스로 옷을 입은 유한이를 살펴보니 바지를 뒤로 입었습니다. 데려다주는 차에서 바지 벗어서 갈아입게 합니다. 아침 한 시간 반은 매일 치르는 소용돌이의 시간입니다.

오늘은 아침 아홉 시에 줌에서 스피치 강의가 있는 날입니다. 마음이 더욱 바쁩니다. 어린이집에 후다닥 데려다주고, 줌에 접속해서 강사로서의 삶으로 돌아갑니다. 약 두 시간 강의합니다. 줌이지만 준비는 더욱 철저하게 합니다. 출근하지 않는 생활이라 유한이 키우기는 매우 좋은 환경입니다. 유한과 함께 살게 된 지 벌써 햇수로 7년입니다. 처음 유한이 맡게 된 후 아이 데리고 가장 먼저 한 일은 어린이집을 알아보는 일입니다. 먼 곳이 아닌 가까운 곳에 아이를 맡겨야 합니다. 그래야 내가 하는 일도 번거롭지 않고 아이도 잘 보살필 수 있습니다. 마침 옆에, 아파트에 괜찮은 어린이집이 있습니다. 여러 곳 검토하고 알아보았습니다. 원장님의 인품도 알아봅니다. 아이 맡길 때 원에 리더의 역할이 가장 중요하다고 생각합니다. 처음 유한이가 어린이집 갈 때는 8개월이었습니다. 젖꼭지, 우유, 기저귀 다 넣어서 보냅니다. 어린아이 양육하는 선생님이 별도로 있어서 큰 걱정과 고민하지 않았습니다. 어린이집 선생님을 믿고 근심을 덜었습니다.

저는 어린이집이 신의 한 수라고 생각합니다. 처음부터 끝까지 아이를 보살피는 일은 힘듭니다. 아이에게 꾸준히 친절할 수 있는 인내와 에너지는 짧은 시간에 소진됩니다. 감사하게 어린이집이 있어서 편하고 안정되게 아이 맡기고 내가 하고 싶은 운동, 강의 다 해 나갔습니다. 내가 긍정적으로 생각한 덕인지 유한이가 만난 선생님들은 보편적으로 훌륭한 직업의식을 가진 선생님이었습니다. 사랑도 많이 줍니다. 저도 선생님 존경하는 마음 가지고 친절하고 편하게 대합니다. 일단 제가 먼저 선생님을 존경합니다. 그러면 선생님들도 저에게 잘해 줍니다. 놓친 것도 전화나 문자로 알려 줍니다. 유한이는 지금까지 다섯 분의 선생님을 만났습니다. 한 분도 불편하거나 잘못된 분이 없었습니다. 감사하고 복된 일입니다.

어린이집 하원은 네 시 늦을 때는 다섯 시에 시킵니다. 제가 어린이집에 데리러 갑니다. 아직 차를 태워 보내지 않았습니다. 어린이집 앞 놀이터에서 친구들과 30분에서 길게는 한 시간 정도 놉니다. 아이들은 놀고 싶은 욕구가 있어서 일단 놀아야 합니다. 충분히 놀고 더 논다고 떼를 쓰거나 웁니다. 처음 달래서 데리고 올 때는 화가 납니다. 다른 아이들은 헤어질 때 울지 않는데 유한이는 떼를 씁니다. 혹시 내가 혼자 보살펴서 그런 현상이 일어나나 노심초사한 적도 있습니다. 어느 날은 심리센터에 데리고 갔습니다. 큰집 손주가 혼자 노는 것을 좋아해서 혹시 사회성 부족일까 며느리가 부지런히 데리고 다니는 것을 보고 저도 한번 데리고 가고 싶었습니다.

심리센터에 도착하니 이것저것 아이에 관해 물어봅니다. 아이만 데리고 놀이방 같은 데 데리고 들어가서 놀이도 해 보고 대화도 나눕니다. 그리고 한 30분 후에 저와 아이에 대해 이야기를 나눕니다. 선생님이 말하기를 "크게 문제없습니다. 할머니가 키우셔도 잘 키우셨습니다.", "놀고 싶은 욕구가 센 것 빼고는 큰 탈 없으니 오지 않으셔도 됩니다." 나는 내가 주로 양육한 손주라 속으로 걱정을 많이 했습니다. 한 번은 들러서 물어보고 싶었는데 이렇게 아이에 대해 알아 가는 중입니다. 저녁 다섯 시가 되면 유한과 집으로 돌아오거나 일주일에 한 번 월요일에 어린이집 옆에 도서관에 들릅니다. 책 다섯 권 읽어 주고 다섯 권 빌려 옵니다. 어제도 도서관에 도착하니 책 읽지 않고 뛰어다니는 아이들과 대화 나누는 엄마들이 있습니다. 그럴 때는 책 읽어 주지 않고 그냥 뛰어놀게 둡니다. 노는 것도 공부입니다. 놀다가 다투고 화해하고, 넘어지고 뛰어다니며 삶을 배웁니다. 그 속에서 성장합니다. 저는 유한이 책은 사지 않았습니다. 다른 사람에게 부탁해서 물려 읽거나 도서관에 자주 드나들며 빌려서 읽어 줍니다. 도서관 자체가 내 집 서고입니다. 특히 세계 명작이 많이 있어서 2년 이상 드나들었더니 거의 반은 읽었습니다. 읽은 것 또 읽기도 하고 유한이가 좋아하는 『서유기』는 다섯 번은 빌려 왔습니다. 요즘은 유한이가 한 권 읽고 제가 네 권 읽어 줍니다. 일주일 동안 서너 번 읽어 주고 집에 있는 철학 동화 그리고 전래동화를 읽어 줍니다. 책과 친하게 만들고 싶은 것이 할머니의 욕구입니다. 이번 여름 방학에는 처음으로 그리스 로마신화 전집을 구매했습니다. 그 책 세 번 정도 읽고 이탈리아 로마로 여행 가기로 유한과 약속했지요. 문장이 긴 책은 유한이 어려워해서 내가 읽어 줍니다.

나는 유한이의 할머니지만 엄마이기도 합니다. 아침에 바쁘다 보면 자신도 모르게 목소리를 높입니다. 내가 큰소리치면 유한이는 더 높게 소리 지릅니다. 악순환이 계속됩니다. 어느 날 알아차렸습니다. 첫째, 아침에 내가 화가 나는 이유를 살펴보니 바쁠 때 더욱 화를 냅니다. 아하! 그럼 어떻게 하면 될까? 고민하니 답이 나옵니다. 30분 정도 부지런하게 준비하니 목소리 높이지 않아도 됩니다. 내가 천천히 예쁘게 말해야 유한이도 예쁘게 말합니다. 아이들은 놀이쟁이, 따라쟁이, 흉내쟁이입니다. 어느 때 보면 저와 똑같이 말합니다. 둘째, 어떠한 상황에서도 사랑입니다. 극한 상황일수록 사랑으로 극복합니다. 꾸중할 때도 무조건이 아닌 자신이 잘못된 게 무엇인지 가만히 손잡고 말해 줍니다. 다 알아듣습니다. 디지털 세대라 예전 아이들보다는 훨씬 총명해 보입니다. 셋째, 겉만 똑똑한 척할까 봐 타인의 삶을 배울 수 있는 책을 읽어 주는 것이 최적이라고 생각합니다. 아이들은 시각형, 청각형, 신체 감각형이 있습니다. 유한이는 신체 감각과 시각형입니다. 그래서 저는 책을 읽어 줍니다. 지금 아이들은 디지털을 피할 수 없는 세대이지만 어려서부터 책을 통해 생각하는 삶, 책을 읽고 사유하는 되새김질을 하고 살 수 있게 돕고 싶은 할머니 마음입니다. 그래서인지 유한이는 바빠도 책을 읽어 달라고 합니다. 그리고 마무리는 놀이로 마감합니다. 옆구리 터진 김밥 놀이, 숨바꼭질 놀이 등 다양한 놀이를 해 주며 책 읽기로 유인합니다.

유치원 가방을 메고 있는 유한을 보면서 한 번씩 눈물을 훔치기도 합니다. 마트에 갔다가 딸기를 볼 때마다 나도 모르게 한 팩씩 사 옵니다. 유한이가 딸기를 좋아합니다. 자다가 새벽에 깨면 항상 유한의 잠자리를 돌아다보며 제자리로 돌아옵니다. 어제는 점심으로 볶음밥을 해 먹었습니다. 아이 입맛에 맞게 햄을 듬뿍 넣었지요. 참기름도 많이 뿌려 고소한 향이 거실에 가득 찼습니다. "와, 냄새 좋아요! 할머니!" 유한이는 함빡 웃음을 지으며 식탁으로 옵니다. 환하게 웃으며 식탁에 앉는 유한을 보니 고단함이 사라지는 것 같습니다. "할머니, 나 당근은 싫어!" 야채도 골고루 먹어야 튼튼해진다고 말하려다, 마지못해 당근을 하나씩 골라내고 있습니다.

그래 먹고 싶은 것만 먹어라. 맛있게만 먹어라. 쑥쑥 크기만 해라! 오늘도 할머니 엄마는 유한이 키우며 할머니와 엄마를 넘나들고 있습니다.

8

숨죽여 우는 유한이

고통을 겪어야 강하게 된다는 것이 얼마나 숭고한 것인가를 알라.
인내할 수 있는 사람은 그가 바라는 것은 무엇이든지 손에 넣을 수가 있다.

벤자민 프랭클린

유한이가 숨죽여서 울고 있습니다. 등을 돌리고 있어 잘 몰랐는데 흐느끼는 소리가 나서 불 켜고 얼굴을 보니 눈물이 흥건합니다. 유한이 엄마가 놀라서 "왜 울었어!" 하고 물어보니 "할머니 생각이 나서 울었어!"라고 합니다. 현명한 며느리가 "그럼 어떻게 했으면 좋겠어? 다시 할머니 집으로 가서 살까?"라고 물었더니 "아니. 그런 것은 아닌데, 나도 해 봐야지! 그런데 자꾸 눈물이 나." 이렇게 말했다고 하네요.

할머니와 한집에서 살아서 정이 들었습니다. 7년 세월을 함께 나눈 동맹군 같은 유한이입니다. 거친 벌판처럼 황량한 집에 별에서 아이가 왔습니다. 짙은 눈썹에 하얀 피부, 그리고 맑은 눈동자 보기만 해도 깨물고 싶은 예쁜 아기입니다. 아기의 이름은 제가 지어 주었습니다. 넉넉하게 다른 사람 도우며 살라고 '있을 유' 자를 써서 김유한입니다. 여러 가지 이유로 제가 돌보게 되었습니다.

일곱 살 가을, 이제 조금 있으면 학교에 가야 하는 나이입니다. 회사 다니고 음식 장사하느라 바쁜 엄마 아빠를 대신해 할머니가 길러 주었습니다. 갓난아기 때부터 7년을 함께 살았으니 자식 이상 정이 들었습니다. 아들과 며느리가 시간을 맞춰 아이를 돌보기가 어려웠습니다. 제가 돌볼 수밖에 없는 상황이었습니다. 어린이집 선택도 할머니가 할 수밖에 없었습니다. 엄마 아빠가 음식점을 운영하니 낮과 밤이 바뀌게 살고 있었지요. 할 수 없이 보게 되었지요. 함께 살다 보니 하루도 보지 않고는 살 수 없게 정이 들었습니다. 유한이 먹이고 입히고 어린이집 보내고 주로 회사에서 지내는 남편 대신 사람의 온기도 느낄 수 있었습니다. 이런 유한이와 이별을 해야 합니다. 유한이와 떨어져야 하니 마음이 쓰리고 아팠습니다. 그런데 유한이도 엄마에게 들키지 않으려고 숨죽여 울었다고 하네요.

어린 마음에도 엄마 마음 아플까 봐, 소리 죽여서 우는 유한이가 미안하기도 하고 안쓰럽기도 하네요. 아직은 어리니 마음대로 울고 저 나름대로 표현하게 둬야 하는데 그렇게 하지 못하는 건 며느리가 유한이와 떨어져 살다가 챙기려고 애쓰고 있기 때문입니다. 할머니 보고 싶다고 울면 속상할까 봐 조심스러운 마음입니다. 유한이는 어릴 때부터 사람과의 관계를 잘합니다. 상대의 속상함 바로 눈치챕니다. 제가 이야기하다 입만 다물고 있어도 "무슨 일이야, 할머니? 어디 아프세요?" 하는 유한이입니다. 눈치가 빨라야 절에 가서 새우젓 얻어먹는다는 말이 있습니다. 저는 유한이가 할머니와 함께 살아서 눈치도 빠르고 잔정이 많다고 생각을 합니다. 한편으로는 공감 능력이 있고 아이치고는 따뜻한 마음을 지녀서 고마운데 또 다른 면으로는 애어른 같다고 느낄 때가 있습니다. 제 나이만큼 표현했으면 하는 마음입니다. 유한이의 예쁜 마음 덕분에 행복한 할머니 엄마였습니다. 이제는 할머니로 다시 자리매김해야 할 것 같네요.

　이곳 송절동으로 이사를 와서 가장 고민한 문제는 어린이집을 새로 바꾸는 것이었습니다. 일단 아이 맡길 어린이집을 잘 찾아보았습니다. 아이를 잘 키우고 싶었지요. 여러 가지 상황이 제가 기를 수밖에 없는 처지였습니다. 적극적으로 찾아보고 행동하니 아파트 안에 어린이집이 있습니다. 원장님은 심지 굳어 보이고 유한이 반 선생님은 친절하고 다정한 분이었습니다. 집에서 걸어서 5분이면 갈 수 있는 곳입니다. 유한이가 원에 도착하면 뛰어나와서 반겨 줍니다. 그리고 할머니가 대학에서 강의한다며 대단하다고, 제가 오후에 대학 강의할 수 있게 배려도 해 주었지요. 유한이 보면서도 대학교 수업을 8년이나 할 수 있었던 일은 바로 어린이집 덕분입니다. 얼마든지 맡기고 내가 하고 싶은 일 다 할 수가 있었네요. 나는 가장 하기 싫은 말이 '누구 때문에, 하지 못했네!' 이런 말입니다. 후에 그런 말 하지 않으려고 이사 와서 어린이집 선택할 때 신중하게 요모조모 살펴보고 선택했습니다. 첫째, 어린이집이나 아이 학교가 가까우면 아이를 잘 보살필 수 있습니다. 집에서 멀면 시간 관리가 잘되지 않습니다. 일단 짧은 시간이 소요되는 것이 중요합니다. 둘째, 아이 돌보는 것이 힘들기도 하지만 한편으로는 행복한 순간이 많습니다. 바쁜 남편은 어쩌다 집에 오

214

마흔에 꽃피운 삶을 고백합니다

면 잔소리하거나 퉁퉁거리는 날이 많은데 유한이는 그저 웃으며 예쁜 짓으로 사랑을 가득 줍니다. 희망 있는 고생입니다. 힘든 줄 모르고 키웠습니다. 물론 아이가 열이 날 때 당황하기도 했고 밤새워 간호하기 힘들 때도 많았습니다. 그런데도 천사표 유한이의 애교와 웃음이 피로를 날려 주기도 하고 마음을 풀어 주기도 합니다. 셋째, 이왕 돌봐 주기로 했으니, 아이에게 충분히 사랑을 주는 겁니다. 그래야 그 시절 부모에게 받지 못하는 사랑 때문에 커서 힘들어하지 않겠지요. 양육자가 한 사람으로 꾸준하게 나아가는 일, 중요합니다.

외롭고 힘들 때 아이와 나눈 따뜻한 정 덕분에 행복을 많이 느꼈습니다. 그때 유한의 존재 덕에 행복이 무엇인지 알게 되었습니다. 그런 유한이가 아빠와 엄마와 살기 위해 입학과 동시에 학교 끝나고는 할머니가 챙기고 저녁에는 엄마네 집으로 갑니다. 며칠간 매일 밤 울었다고 말하는 유한이에게 내가 이야기했지요. "자주 울면 엄마 속상해! 내일이면 할머니 만나는데 울지 마!"라고 말했습니다. 상대의 말을 잘 알아듣는 유한이는 그날 밤 엄마 속상할까 봐 숨죽여 울었네요. 엄마가 달래 주니 유한이는 엄마에게 "나 일요일 저녁은 할머니 집에서 자고 학교 가도 돼요, 엄마?"라고 물어보았답니다. 엄마는 그러라고 했지요. 세월의 길이만큼 정도 두터워집니다. 하루만 헤어져도 보고 싶은 마음 당연합니다. 초등학교 1학년 되기 전이니 아직 내 눈에는 어리광부리는 아이로 보입니다. 그래도 유한이가 집에 온 날 타일렀지요. "엄마도 유한이와 함께 살려고 노력하는데 유한이도 엄마와 친해져야 해! 그래야 엄마가 유한이 더 예뻐하고 사랑해 주지!"

라고 말하니 유한이가 끄덕거립니다.

　지금은 할머니네 집에서 자기도 하고 엄마 아빠와 지내기도 하는 편한 상태가 되었네요. 처음 할머니와 떨어지는 일은 유한이에게 큰 환경의 변화였을 거라고 생각을 해 봅니다. 이제는 적응도 잘하고 자기가 원하는 것은 무슨 일이 있어도 해내는 유한이, 잘 크고 있습니다. 공부보다는 하고 싶은 미술, 태권도, 골프 열심히 합니다. 얼마 전에는 골프 시작한 지 5개월 정도 되었는데 "할머니, 나 선수 반 하고 싶어요."라고 말해서 고민하는 중입니다. 무엇이든 시작하면 멈출 줄 모르는 과한 열정이 걱정도 됩니다. 오늘도 문암 공원에서 놀고 싶다는 유한이를 데리고 나섭니다. 유한이에게 의미 있는 활동, 미술관 나들이, 서울 남산도서관, 롯데타워, 박물관 등 탐방을 많이 하고 있습니다. 유년 시절이 더 풍성하도록 행복한 기억과 추억을 주고 싶은 할머니입니다. 사랑하는 유한의 숨죽인 눈물은 할머니와 연대 깊은 사랑의 증표입니다.

9

아이가 처음 만나는 문학 동화구연

문학은 가르치지 않습니다. 다만 감동을 주어 변화시킬 뿐입니다.

『아동문학교육』

옛날 분들이 좋아하는 소리가 3가지 있습니다. 첫째가 아이 글 읽는 소리입니다. 둘째는 아이 젖 빠는 소리, 셋째는 자기 논에 물 대는 소리라고 합니다. 그중 아이가 글 읽는 소리는 언제 들어 봐도 행복하고 기쁜 종달새 소리입니다. 유한이는 매일 한 권씩 동화를 큰 소리로 읽고 있습니다.

우연히 동화를 배우기 시작했습니다. 그때 배운 동화는 아이들 가르치기 위해 처음 습득한 말, 화술 공부입니다. 동화는 어린이들이 삶에서 처음 만나는 문학입니다. 동화를 통해 어린이들은 성장 단계에서 살아가는 의미를 알게 됩니다. 더불어 사는 것, 나누는 것, 인간의 윤리적인 요소인 권선징악을 통해 도덕성을 자연스럽게 배우고 익히게 됩니다. 문학은 가르치지 않습니다. 다만 감동을 주어 변화시킬 뿐입니다. 이렇게 동화가 주는 메시지는 아이들 성장에 뿌리를 제공해 주는 요소이기도 합니다.

무한한 가능성이 있는 세계로의 진입은 나의 인생에 또 다른 창작물을 제공해 줍니다. 화술의 시작 그리고 실습할 수 있는 공부 동화구연을 만난 것은 유한이 태어나기 훨씬 전에 일어난 일입니다. 아이들은 가능성을 가지고 있는 존재입니다. 그런데 어른인 우리가 가능성을 제한합니다. 동화는 모든 작품 속에 인물들이 살아 있습니다. 짧은 이야기 속에 전개되고 있는 내용은 불안, 좌절 등의 감정을 아동에게 유발하고 극적 전환을 통해 그 긴장을 해소하는 작은 세상입니다.

2000년 초에 충북대학교 평생학습원에서 최혜경 선생님을 만났습니다. 단아한 모습에 선생님은 친절합니다. 그리고 목소리가 예뻤습니다. 열다섯 명 정도 수강생들의 혼을 쏙 빼놓습니다. 아이가 만나는 첫 문학이 동화라고 하면서 시작하는 모습에 매료되어 동화 읽어 주는 선생님이 되고 싶었습니다. 열심히 공부했습니다. 일단 선생님이 동화 하나를 선정해서 읽어 줍니다. 수강생 모두 함께 따라 읽습니다. 예를 든다면 잠꾸러기 새 동화입니다. "늘 졸기만 하는 잠꾸러기 새가 살고 있었습니다." 이렇게 선생님이 읽어 주면 수강생 모두 따라 읽습니다. 한 줄은 모음 발성법으로 해석, 또 한 줄은 알찬 내 목소리인 자신 있는 자음 발성으로 읽습니다. 동화는 호흡법이 중요합니다. 날숨과 들숨을 이용해서 읽습니다. 그리고 숨을 통해 참고 기다릴 때와 빠르게 읽어야 할 때가 있습니다. 이런 기법을 배웁니다. 호흡법과 발음 발성은 동화의 기본입니다. 동화의 내용에 따라 교구를 만듭니다. 아이들에게 들려주기 위해 눈에 보이는 시각적 효과를 활용하는 것입니다. 눈에 보이는 교구를 보고 듣고 만지게 합니다. 아이들에게 문학인 동화를 들려주면 아이들은 깊게 빠져서 몰입합니다. 주로 몰입하는 부분은 크게 읽거나 예쁜 소리로 해설 부분 읽어 주다가 갑자기 작은 목소리로 말하는 부분입니다. "바로 그때였어요.", "잠꾸러기 새는 악어 이빨 사이에 있는 음식 찌꺼기를 보았어요."

"배가 너무 고팠던 잠꾸러기 새는 무서운 줄도 모르고, 악어 입속으로 들어가 악어 이빨 사이에 끼어있는 음식 찌꺼기를 '파' 먹었답니다."

이렇게 동화를 들려주면 아이들이 놀다가도 딱 멈추고 선생님을 바라봅니다. 신비한 일입니다. 그렇게 산만하던 아이들도 동화를 들려주는 시간에는 놀이를 그만두고 선생님과 눈을 맞추며 들어 줍니다. 동화에서 보이지 않게 배우는 부분은 바로 듣기입니다. 자신도 모르게 귀 기울이는 습관이 생깁니다. 말하기, 듣기는 아이들 언어 발달의 기본입니다. 동화를 통해 듣기를 신장시킬 수 있습니다. 모음 발성인 레카토 발성으로 해설을 읽어 주고 자음 발성인 스타카토로 작중인물의 목소리를 읽어 주면 아이들은 자음 발성인 소리를 더 좋아합니다. 편하고 자연스러운 선생님의 자신 있는 목소리이기 때문입니다.

수업이 끝나면 삼삼오오 모여서 수업계획안을 짭니다. 동화 하나 가지고 어떻게 수업해야 하는지 서로 나눕니다. 각각 자신이 할 수 있는 부분을 나누어 연구해서 다음 주에 발표합니다. 동화의 시각적인 자료 교구는 함께 만들기도 합니다. 이렇게 모여서 연구 모임을 하고 각자 만든 계획안을 발표하고 나누는 일은 공부의 시작이며 성취물로 남게 됩니다. 함께 연구했던 차현주 선생님이 떠올라 전화를 걸어 봅니다.

아득한 시절 이야기입니다. 정상적으로 일찍 공부한 선생님이 아닙니다. 문학으로 아이들에게 만나서 가르치고 싶었던 꿈에 부풀던 시기의 모습입니다. 결혼해서 아이 키우며 경력 단절 주부가 되었습니다. 다시 일하고 싶어서 시작했던 공부였습니다. 경력 단절의 주부들이 새롭게 무엇을 시작하기 어려울 때 평생학습이 주는 고마움이 있습니다. 청주는 평생학습이 잘 발달되어 여러 가지 공부를 충분히 할 수 있었습니다. 그것도 작은 소도시가 주는 풍요로움입니다.

오늘은 내가 사랑하는 동화『애벌레의 모험』을 읽어 줍니다. "할머니, 재미있어요. 다시 읽어 주세요." 유한이는 읽은 책을 또다시 읽어 달라고 조릅니다. 동화를 읽고 자란 아이는 생명의 소중함을 알고 함부로 대하지 않습니다. 아이가 만나는 첫 문학 동화구연은 유한이에게 샘물 같은 경험이며, 지금 손주에게 동화 읽어 주는 일은 할머니의 사랑을 나누는 일입니다. 유한이가 동화를 통해 문학의 아름다움과 모국어의 소중함 알았으면 하는 마음은 할머니의 욕구입니다. 할머니인 내가 쉰 목소리로 책을 읽어 주는 행위는 손주에 대한 사랑 표현입니다.

어느 날 예전에 배운 동화를 가지고 유한이네 유치원 '킨더 푸르지오 어린이집'에 가서 읽어 주게 되었습니다. 그때까지만 해도 내가 유한이 어린이집에서 동화를 읽어 주는 일일 선생님이 될 줄 미처 생각하지 못했지요. 마침, 어린이집 햇살반 선생님이 가지고 있는 능력이나 재능 있으면 어린이집에 와서 봉사해 달라고 부탁합니다. 아는 동화 선생님을 만나서 교구도 빌렸습니다. 내가 집에서 몇 가지 만들기도 했습니다.

"여러분, 내가 누구인지 알지요?", "네, 유한이 할머니입니다." 아이들이 웃으며 반겨 줍니다. 아이들에게 동화 하나 들려줍니다. 제목은 『방울 장수』입니다. 작중인물의 캐릭터에 맞게 목소리 변형시켜서 재미있게 들려주니 아이들은 턱을 괴고 앉아서 심각하게 듣고 있습니다. 예쁜 풍경입니다. 그리고 아이들이 좋아할 만한 동화책도 읽어 줍니다. 빌려온 교구로 열심히 보여 주며 구연을 해 줍니다. 이 시간 아이들과 하나가 되어 즐깁니다. 모든 생명을 살아 있다고 생각하는 순수한 아이들과 동화로 소통합니다. 예전에 배운 동화구연 덕분에 가끔 이야기 할머니로 유치원에서 아이들을 만납니다. 무엇이든 배워 두면 이렇게 상황에 맞게 가져다 쓸 수 있다는 것이 신기한 일입니다. 동화구연은 아이들이 만나는 첫 문학입니다.

제 5 장

마흔에
꽃피운 삶을
고백합니다

1

성은 구씨 이름은 체적이

간결은 자신감이다. 장황은 두려움이다.

『스마트 브레비티』, 짐 밴더하이, 마이크 앨런, 로이 슈워츠

디지털 시대의 말하기 바이블이 있습니다. 훨씬 더 적은 단어로 더 많이 전달해야 하는 세상에 살고 있습니다. 우리 모두 바쁜 관계로 더 많은 가치 짧은 시간에 전달해야 합니다. 소통을 잘하고 싶으세요? 그렇다면 구체적으로 말하세요. 스피치 강의할 때 많이 강조한 내용입니다. 생각보다 사람들은 대충 말합니다. 구체적 말하기는 나 중심이 아닌 상대 중심 화법입니다. 궁금증이 없게 말해야 합니다. 대충 말하면 듣는 사람도 대충 듣습니다. 자세히 말하기 쉽지 않습니다. 말이나 글이나 같습니다. 자세하게 말해야 합니다. 자세히 써야 합니다. 특히 말할 때 고등어가 아닌 등이 파랗고 싱싱한 바다에서 갓 잡아 온 팔딱팔딱 뛰는 고등어라고 말해야 합니다. 이렇게 말해야 듣는 사람이 지루하지도 않고 말도 맛있지요. 말 그릇 키우는 공부를 시작하기 전에는 전달력에 대해 그렇게 신경 써 보지 않았습니다. 그런데 현실에서 생활하다 보면 대충 이야기해서 손해 본 적이 많

습니다. 전달력이 명확하지 않으면 내가 원하는 바를 이룰 수가 없습니다. 상대가 정확하게 알아듣지 못하니 성과 낼 수 없습니다. 사람들은 생각보다 지식 저주에 걸려 있습니다. 자신이 말하는 내용을 상대가 다 알아들을 것이라는 생각입니다. 실제로 말한 사람과 듣는 사람의 차이는 이렇습니다. 심리학에서 말합니다. 사람이 50%로 이야기하면 상대방의 의도는 30% 이해하고 상대방 의도를 기대한 값은 15%입니다. 말하는 사람과 듣는 사람의 차이가 큽니다.

스피치 강의하다 보면 주부들이 가장 고민하는 부분이 가족과의 대화입니다. 가장 가까운 사람들과의 소통의 부족으로 갈등 많이 합니다. 나도 소통에서 가장 힘들었던 부분이 둘째 아들과의 대화가 잘 이루어지지 않은 것입니다. 전혀 들으려고 하지 않는 아들에게 옳은 이야기 잔소리만 했습니다. 한참 아들이 나를 힘들게 할 때는 마이동풍이었습니다. 앞만 보고 달리는 눈먼 경주마처럼 다른 사람의 말이 들리지 않았다고 합니다. 오직 자신이 하는 일을 합리적인 일로 만들기 위해 최선을 다하는 아들이었습니다. 만나기만 하면 5분 이상 대화하지 못했습니다. 그래도 내가 스피치 강사이며, 커뮤니케이션을 15년 이상 연구하고 직업으로 활동하는 사람인데 하는 자책감도 들었습니다.

요즘에는 며느리와 아들이 자신들의 저녁 식사나 여행에 저를 자주 초대합니다. 며느리가 성격도 좋고 대화도 잘 통하여 함께 운동도 합니다. 스크린 골프도 치고 쇼핑도 가끔 합니다. 어제는 안성에 있는 아울렛에 갔습니다. 손주 유한이를 위한 놀이 시설이 좋은 키즈카페가 있고, 여러 가지 물건 고르기가 좋다고 합니다. 아들이 "엄마, 안성 갈 건데 같이 가실래요? 쇼핑센터가 청주보다 두세 배 정도는 되는 것 같아요."라고 권해 준게 고마워서 "그래, 가자." 하고 출발했습니다. 청주에서 약 한 시간 걸려서 도착했습니다. 실제 도착해서 보니 신세계였습니다. 청주에 있는 가장큰 현대백화점 몇 배나 되는 크기의 장소에 사람들이 북적거립니다. 이것도 만져 보고 저것도 입어 봅니다. 며느리 성격이 좋아서 옷도 골라 줍니다. 층마다 시설이 잘 구비되어 있고, 특히 옷이나 장신구들 쇼핑하기 적절한 장소였습니다. "어머니, 이 옷 어때요? 입어 보세요." 옷도 함께 입어봅니다. 저에게도 권하는 며느리가 예뻐서 아들과 함께 옷 한 벌 사 줍니다. 기분 좋게 쓰는 돈은 아깝지 않습니다. 큰아들네는 함께 오지 못해서이번에 백일 돌아오는 둘째 손녀딸, 나윤이 옷 한 벌 샀습니다. 며느리와기분 좋게 대화하며 약 두 시간 정도 쇼핑하고 안성에서 가장 유명하다는평양냉면집에서 최고의 냉면 맛도 보았습니다. 면도 찰지고 음식 맛도 좋아서 둘이 먹다가 한 사람이 없어져도 모를 정도로 맛있습니다.

오며 가며 옛날 아들의 사춘기 시절 이야기도 하며 즐겁게 대화의 꽃을 피웠습니다. 손주 유한이는 혹시라도 우리가 목소리를 높이거나 다른 사람에 대해 말하면 "예쁘게 말하세요." 합니다. 손주의 말 때문에 자주 웃었습니다. 다른 사람 눈치 보지 않고 제 마음대로 살던 아들도 손주에게는 멋진 아버지입니다. 아들과 두 시간 뛰어놀아 주고 손주의 이야기도 잘 들어 줍니다. 아들을 보고 느낀 것이 있습니다. 소통이 되지 않아서 나를 힘들게 한 자식입니다. 해 보지 않은 것이 거의 없는 아들입니다. 이제 아버지가 되어서 아들에게 조심스럽게 말을 건넵니다. 아버지 역할을 충실히 하려고 애씁니다.

"유한아! 할머니께 인사해야지!"
"밥 먹을 때 바르게 앉아서 먹어야지!"
이렇게 말하는 아들을 가만히 지켜보면서 예전 아들 모습을 떠올립니다. 통제가 되지 않아서 뒤도 밟았고, 타일러도 보았고 달래 보기도 했지요. 부모지만 아들에게 사정도 했습니다. 통하지 않았지요. 그런데 어른이 된 아들, 아버지가 된 아들은 아버지로서 역할을 잘하고 있습니다. 손주 때문에 토요일도 쉬지 않고 일합니다. 두 부부가 시간이 나는 주말에는 아이와 놀아 주려고 계획을 세우고 모든 시선을 아이 눈높이에 맞춥니다. 찬찬히 아들과 소통도 잘합니다.

흐른 세월과 시간이 해결해 주는 것도 있습니다. 참고 기다리는 일이 힘들었습니다. 그런데 지금은 웃으며 말할 수 있습니다. 소통을 잘해 보려고 갈등하고 기다린 시간이 그냥 온 것은 아니었습니다. 꾸준히 노력해 온 시간의 힘이 빛을 발해 아들이 제 자리에 올 수 있었습니다. 가장 큰 노력은 아들의 아들, 손주를 잘 자라도록 길러 준 일입니다. 아들이 방황에서 돌아올 수 있도록 참고 보낸 세월입니다. 예전에 소통이 되지 않았습니다. 지금은 바쁜 아버지 대신 엄마 챙기려고 자주 전화하고 시간 같이 보내고 싶어 하는 아들입니다. 내가 아들 부부와 함께 보내며 깨달은 것이 있습니다. 첫째, 솔직하고 자세하게 구체적으로 말해야 합니다. 아들이나 다른 사람에게 대화할 때는 나 전달법을 써야 합니다. 공감 화법입니다. '예를 들면' 자녀나 다른 사람들이 말한 대로 책임지지 않을 때는 그 상황을 그대로 전달하며, 나의 힘든 마음도 전하는 것입니다.

아들이 엄마와 약속하고 시간을 지키지 않을 때, 보통 우리의 대화법은 이렇습니다.

"넌 왜 맨날 약속을 지키지 않니!"

그런데 공감 화법은 이렇게 말합니다.

"네가 약속을 지키지 않아서 엄마 속상했어. 시간 약속을 지키지 못할 때는 기다리는 사람을 위해 전화해 주면 어떨까?"

이렇게 말하면 아이도 받아들이고 전화해 줍니다. 나의 마음을 구체적으로 자세히 나 전달법으로 말합니다. 상대와 기분 나쁘지 않게 관계가 유지됩니다. 관계는 좋아지는 것보다 유지가 더 중요합니다. 나는 손주에게도 심부름시킬 때 "유한아, 가능하면 서랍에 있는 양말 좀 가져다주겠니!" 이렇게 말하면 유한이가 바로 "네." 합니다. 둘째, 아이들의 이야기를 잘 들어 줍니다. 바쁘고 할 일이 많으면 아이들의 말을 건성으로 듣게 됩니다. 그릇 닦으며 듣거나 눈은 텔레비전을 보면서 들었습니다. 대답만 건성으로 했습니다. 제가 바쁘다는 이유로 그렇게 들었습니다. 둘째 아들이 자주 하는 말 "엄마는 내 말 정말 안 들어! 내가 뭐라고 했어!" 이 말을 자주 들었습니다. 지금은 임금의 귀가 되어서 들어 줍니다. 오직 이 자리에는 너밖에 없다는 듯이 들어 줍니다. 요즘은 경청하려고 일부러 애를 씁니다. 이미 지난 세월 탓하기보다 지금이라도 바른 대화법, 명령과 충고, 질

책이 아닌 나 전달법, 그리고 마음을 다한 듣기를 하려고 노력하니 아들과 대화가 10분, 20분 진행이 되고 있습니다. 셋째, 기다려 줍니다. 시간이 해결해 주는 일도 많습니다.

침묵은 상대를 인정하고 기다리는 배려입니다. 말하는 것보다 조금 참고 기다려 주면 본인이 알아차립니다. 성은 구 씨, 이름은 체적입니다. 구체적으로 말하세요. 그리고 기다리세요. 그러면 자녀와 소통이 원활해집니다.

마흔에 꽃피운 삶을 고백합니다

2

한쪽 발만 내밀기

장애물이 당신을 막을 필요는 없습니다.
벽에 부딪히면 돌아서서 포기하지 마십시오.
그것을 오르고, 통과하고 우회하는 방법을 알아내십시오.

마이클 조던

당구에서 '쓰리 쿠션'이라는 말이 있습니다. 네이버에서 찾아보니 쓰리 쿠션은 당구 게임 종목 중 하나로, 자기 공으로 2개 이상의 표적 공을 맞히는 경기입니다. 4구 게임, 3구 게임 등이 이에 해당합니다. 주부들이 바깥 일을 시작할 때는 슬쩍 한 발만 내미는 게 좋습니다. 두 발 다 한꺼번에 나오면 가장 가까운 가족들이 걸림돌이 됩니다. 이유인즉, 주부들의 새로운 시도, 자율적 독립을 방해합니다. 내가 원하는 바람직한 삶과 자신의 꿈, 목표 이루는 일은 매우 어렵습니다. 주변의 만류로 인해서 처음부터 고비를 맞게 됩니다. 가족이 빌런이 됩니다. 그렇다면 내가 원하는 일, 하고 싶던 일 집중하기 어려워집니다. 그래서 한 번에 팍 뛰쳐나오지 말고 나온 듯 안 나온 듯, 한 발만 내밀자는 뜻입니다. 한 발은 당연히 가정에 두고 옵니다. 처음 나온 가벼운 한 발이 공 하나로 두 개, 세 개 맞추는 4구 게임, 3구 게임이 될 수 있습니다. 지금 한 걸음이 나중에 두 걸음, 세 걸음을 만들 수 있다는 나의 표현입니다.

자! '이제 나왔으면 무엇을 해야 하는지요?' 그동안 마음속에 있던 걱정 근심 털어 버리고 세상에서 가장 중요한 일은 지금 하는 일입니다. 여기에 집중하고 몰입해서 함께 말을 통해 배설하는 일, 가슴속에 담긴 말을 밖으로 표현합니다. 소통과 듣기를 통하여 타인과의 관계가 좋아지는 대화법, 즉 '상대 중심 화법'입니다. 이렇게 스피치토론 수업을 시작했습니다. 주부들이 수업 중에 눈물을 흘립니다. 자신의 이름을 잊고 살았다 합니다. 정체성 없이 시집 식구, 아이들 챙기며 남편의 삶에 승차해서 인정받지 못한 아픔으로 가슴앓이했습니다. 이제부터 꿈이라는 단어를 만나고 찾게 되었으면 자신이 누구인지 왜 지금 이 자리까지 오게 되었는지 말합니다. 표현하는 방법과 자신감 찾는 훈련을 통해 변화된 모습을 보입니다.

일단 스피치가 무엇인지 말의 중요성을 설명합니다. 말은 인격, 품격을 나타내는 첫 번째 도구입니다. 눈뜨면 말하고 살지만 제대로 된 말보다는 주로 설명을 합니다. 상대가 듣고 싶지 않은 내 이야기에만 집중합니다. 커뮤니케이션은 1975년에 그라이스라는 학자가 이익을 추구하기 위한 표현이라고 했습니다. 내 중심으로 말하면 상대는 듣기만 할 뿐 반응하지 않습니다. 상대의 반응 피드백까지가 올바른 커뮤니케이션입니다. 이렇게 이론을 설명하고 쉬는 시간이 끝나면 한 사람 한 사람 발표합니다. 그동안 자신들이 주인공이 되어보지 못한 주부들은 처음에 앞에 나가서 말하는 것을 어색해합니다. 그러나 횟수가 늘어날수록 반복의 학습으로 자신감이 회복됩니다. 서로 비밀스러운 가정사 이야기, 또는 아이들 이야기 풀어 놓기 시작하면 분위기가 친근해지며 동병상련이 되어 끈끈한 수업 시간이 됩니다.

한 주부가 앞에 나와서 자신의 이야기를 발표합니다. "제 이름은 한수미입니다. 저는 제가 누구인지 모르고 살았습니다. 그저 시키는 대로, 하라는 대로 시부모님 수발했습니다. 3년 넘게 아픈 시부모님을 모셨습니다. 치매 걸린 분이라, 때로는 밥 달라고 소리도 지르시고, 없어지기도 하신 어머님입니다. 남편은 그런 상황이 길어지자 현실을 회피합니다. 그리고 그 틈을 타서 가출했습니다. 한동안 집에도 나타나지 않더니 어느 날 다른 사람까지 동반하고 와서 아이들 있는데도 자랑스럽게 이혼해 달라고 합니다. 이혼은 해 줄 수가 없었습니다. 아직 애들도 어리고 억울하다는 생각이 들었습니다. 그러자 살림을 부수고 난리를 피웁니다. 견디다 못해 이혼 서류에 도장을 찍었습니다. 기가 막혔습니다. 고통스러웠습니다. 지금은 제법 큰아들이 되었지만, 그때 아들 나이 열 살이 조금 넘었습니다. 그런 모습을 본 아들은 저에게 다가와서 저를 안아 줍니다. '엄마, 우리끼리 살자!' 이 말에 힘을 얻어 지금까지 아이 둘 잘 키우며 살고 있습니다. 그런데 어느 날 연락이 왔습니다. 같이 살겠다고 한 여자가 남편의 재산 다 가지고 밤에 도망쳤다는 것입니다. 차라리 듣지 못하거나 알지 않았더라면 하는 생각이 듭니다. 남편은 거지꼴로 돌아왔습니다. 아이들도 반대하고 저도 받아들일 수 없었습니다. 그동안 산 세월 생각하면 용서라는 것을 하기 힘들었습니다. 그런데 남편이 몸이 아픕니다. 버려 둘 수 없어서 가끔 챙겨 주고 있습니다. 한집에는 살지 않습니다. 여러분, 여러분이라면 이럴 때 어떻게 할 수 있는지요?"

이렇게 한수미 씨 발표가 끝났습니다. 나는 도울 것인가, 말 것인가, 찬성과 반대로 토론합니다. 대부분이 도와주지 않아야 한다. 배신자다. 이런 말을 하지만 한편으로는 그래도 아버지인데 한 번 용서하면 어떨까? 이런 말을 하는 분도 있습니다. 나이 드신 어른들 세상의 경험이 많은 수강생이 주로 그렇게 말해 줍니다. 판단은 한수미 씨 몫입니다. 누구도 그녀의 인생을 대신할 수 없습니다. 우리는 다만 한수미 씨의 마음을 헤아려 주고 위로와 격려 그동안 어려움 이겨 내고 두 남매 잘 키운 공을 인정해 주고, 칭찬해 주어서 힘을 얻게 하는 일밖에 할 것이 없습니다. 이렇게 긴 세월을 가르치며 관계 맺고 행복한 시간을 보냈습니다. 예전에는 강의를 통해 사람과 연결되었고 생활의 이야기를 나누었습니다. 보이지 않게 밀착되었습니다.

발 한쪽만 내민 주부들이 할 수 있는 일은 많지 않습니다. 결혼해서 아이 키우며 단절된 경력을 살리고 싶습니다. 하지만 새롭게 어떤 일을 시작한다는 것은 쉬운 일이 아닙니다. 그동안 살림하고 자녀 키우느라 자신이 무엇을 좋아하는지 어떤 일을 잘하는지 모릅니다. 적성과 능력 순간에 바로 찾기 어렵지요. 그래서 관심 있고 잘할 수 있는 일 먼저 배웁니다. 배우면서 자신과 맞는 일인지 좌충우돌해 봐야 좀 더 빠르게 찾을 수 있습니다. 머릿속에만 생각할 것이 아니라 배우면서 부딪쳐 봅니다. 현실과 이상의 차이가 큽니다. 저도 처음에 동화구연으로 시작했지만, 스피치로 강의 전향했습니다. 아니, 제일 먼저 시작은 글쓰기였네요. 이렇게 여러 가지 배우면서 제가 더 즐겁게 배우며 신나게 가르칠 수 있는 과목을 찾았지요.

갑자기 두 발 다 내밀면 가족들 힘들어합니다. 장애물이 됩니다. 천천히 가족 먼저 잘 챙기며 비전도 나 혼자만의 비전이 아닌 가족에게 알리며 함께 세웁니다. 시간이 걸려도 설득하려고 애써야 합니다. 혼자 움직이면 그 삶이 지치고 힘듭니다. 지지와 격려받을 방법을 연구해야 합니다. 순전히 저의 경험을 말씀드립니다. 남편과 소통이 안 되니 저 혼자 비전을 세우고 실천하느라 놓친 것이 많았습니다. 어떤 일을 하더라도 조력자가 많아야 합니다. 그러기 위해 급하지 않게 천천히 시작합니다. 첫째, 가족의 지원 받기 위해서라도 남편을 설득해서 내 편을 만들어야 합니다. 대화가 잘 안 됩니다. 늘 생존을 위해 사는 남편들은 마음에 여유가 없지요. 그들의 이익을 내세우면서 도움의 손길을 받습니다. 둘째, 아무리 바빠도 아이들이 먼저입니다. 돈은 벌어도 자녀의 정서적 안정을 놓치면 평생 마음고생 합니다. 셋째, 맞벌이하거나 혼자 아이 키우는 주부들이라면 아이들과 짧게라도 굵게 소통하는 것이 중요합니다.

오지랖, 식물 기르기 등 다 뒤로 미룹니다. 가족에게 시간을 투자하고 관심을 가지고 관찰을 합니다. 그리고 아낌없는 사랑으로 관계를 잘 맺습니다. 가정을 올바르게 세우는 비법입니다. '가족이 화목해야' 하는 일도 잘할 수 있습니다. 지금 한쪽 발 내민 경력 단절 주부들, 자신을 위해 무엇인가 새롭게 시도하는 사람을 응원합니다.

3

타인의 신발을 신어 보기

누군가를 사랑한다는 건 그 사람을 당신이 원하는 대로가 아니라
있는 그대로 사랑하는 것입니다.

레프 톨스토이

해마다 있는 행사입니다. 지난주 벌초가 걱정되어 함께 할 수 있는 분에게 전화했습니다. 도와준다고 해서 날짜를 잡았네요. 벌초 때 항상 비가 내리는 날이 많았습니다. 오늘은 비도 오지 않고 날씨가 좋습니다. 다행이지요. 비 올 때 벌초하기 힘듭니다. 새벽 4시에 일어나서 준비했지요. 블로그도 새벽에 써서 올렸습니다. 새벽 시간이 부족하니까요. 전날 빵도 미리 사서 넣었고 과일도 씻어서 담았네요. 바나나우유도 준비하고 남편 회사에 도착하니 아직도 꿈나라입니다. 약속은 다섯 시까지 해 놓고 쿨쿨입니다. 회사 기숙사에서 안마받으며 기다렸어요. 이 나이에 작은 일로 다투고 싶지 않습니다. 나이 덕분 이해심도 생겼지만, 상대와 좋은 얼굴로 마주하고 싶은 마음이 더 큽니다. 한 30분 기다리니 준비되어서 출발합니다. 함께 가기로 한 박씨 아저씨도 오셨네요.

남편은 고분 같은 묘소를 62년 동안 다섯 살부터 고사리손으로 베었습니다. 강원도 원주시 부론면 단강리 155-3번지에 열세 개나 있는 조상 묘입니다. 남편이 다섯 살에 시아버님 돌아가시고 그때부터 지금까지 벌초하고 있습니다. 다섯 살 어린아이가 열세 개의 묘소를 어머님과 낫으로 풀을 베려면 3일은 걸렸다고 합니다. 주변에 아는 집에 묶으면서 벌초했다고 하네요. 다행히 지금은 시대가 좋아져서 제초기로 한나절이면 벌초하고 점심 먹을 수 있지요. 이번 벌초는 왠지 그동안 애쓰고 열심히 살고 있는 남편이 보입니다. 없는 집 장남 노릇 하려고 노력한 과거의 흔적이 눈에 혹 들어오네요. 지금은 도와주는 사람이 한 명 함께 오지만 어머님 돌아가시고 거의 혼자 했던 곳입니다. 지금도 와서 보면 거대한 고분 같은 묘소, 누구인지도 모를 조상님 해마다 잊지 않고 벌초합니다. 열세 개나 되는 곳을 고사리손으로 낫질했습니다. 지금 유한이보다 어린 나이입니다. 그거 하나만 생각해도 마음이 쓰이네요.

아내의 역할은 과거까지 끌어안고 가야 합니다. 아픔과 상처 많은 남편과 37년 살아가고 있습니다. 맞지 않는 부분도 많지만, 이해하려고 노력하며 살고 있습니다. 그동안 벌초를 와도 즐겁지 않은 마음, 약간은 형식적으로 왔지요. 물과 음료 빵, 수건을 준비해서 따라옵니다. 자주 물 가져다주고 간식 주고 땀 닦아 주고 이런 역할을 했습니다. 이번에는 저도 돕고 싶다는 마음에 갈퀴를 가지고 제초기로 자른 풀들을 모아서 버리는 일을 한 시간 이상 해 보았습니다. 힘드네요. 제초기로 풀을 벤 두 사람은 벌초가 끝난 후에도 손이 계속 떨린다고 합니다. 이런 과정을 62년이나 쭈욱

해 온 남편이 대단해 보입니다. 사실은 이곳에서 30분 떨어진 곳에 할아버지 묘소도 한 구 있습니다. 사는 것이 어려우니 한 곳에 매장하지 못하고 이곳저곳 남의 땅에 묻은 것입니다.

시동생네 가족은 운계리에 있는 어머님, 아버님 묘소를 책임지고 합니다. 그곳에서 벌초하고 어머님 제사상 차려 드리고 이곳에 와서 도와주다가 오늘 저녁에 바쁜 일 있다고 서둘러서 떠났습니다. 막내 시누 부부도 해마다 벌초 때면 함께 와서 도와줍니다. 두 팀은 바로 떠났고 남편과 남은 박씨 두 분만 마무리 열심히 합니다.

나만 힘든 줄 알았습니다. 남편의 삶도 힘들었네요. 한 가정 책임지느라 발 동동 구르며 뛰어다닙니다. 회사를 운영하는 일은 가족을 돌보는 것과는 차이가 납니다. 가난한 집안에 맏자식 노릇 쉽지 않았습니다. 어쩌면 남편도 하고 싶지 않은 일이지만 책임감으로 열심히 한 것 아닌가 생각을 해 봅니다. 어느 날 물었습니다. "당신은 그래도 당신이 좋아하는 일 오래 하잖아요." 했더니 "먹고살려고 하는 것이지 좋아해서 하냐." 이렇게 말합니다. 어쩌면 좋아하는 공부와 일에 열중했던 저와 다르게 더 재미없는 인생을 살고 있는지도 모릅니다. 가정뿐 아니라 회사 직원 50명 가까이 되는 사람들 월급 주기 위해 밤낮으로 머리가 아픕니다. 나는 우리 가족의 살림살이만으로도 힘이 듭니다.

뒤늦게 유한과 며느리가 참석합니다. 유한이도 할아버지가 제초기로 베어 낸 풀을 갈퀴로 벅벅 긁어 봅니다. 풀독 오를까 말렸지요. 여덟 살이 하기에도 벅찬 벌초입니다. '낫 들고 다섯 살이', 옛날 이미지가 다시금 떠오릅니다. 벌초 마친 후, 강원도 원성군 귀래면에 음식 잘한다는 집에서 점심을 맛있게 먹었습니다. 된장찌개와 제육볶음 한 상 차려 줍니다. 힘든 일 하고 난 후 밥은 꿀맛입니다. 두 분 시원하게 커피까지 한잔했네요. 남편은 함께 온 분 회사까지 모셔다드리기로 했습니다. 오후에는 유한이를 위해 물놀이 계획을 진행했지요.

손주 여름 물놀이 거의 마무리라며 청천에 있는 야영장으로 주소를 가르쳐 줍니다. 한 시간 이상 달려오니 야영장에 사람이 많습니다. 사실은 벌초하느라 새벽에 출발한 사람입니다. 집으로 가자고 말하고 싶었지만, 유한이는 물놀이, 본인은 수석 탐석을 하고 싶어 합니다. 이곳에서 올갱이 줍던 어느 여인이 좋은 수석 탐색했다는 소문을 듣고 남편은 바로 가 보고 싶어 합니다. 유한이 도착하자마자 풍덩 빠져서 신나게 물놀이합니다. 방학 특강이라고 수영 한 달간 보냈더니 제법 물에서 노는 모습이 다릅니다. 며느리와 저는 시원한 캔 맥주와 짧은 대화로 무더위를 날리고 있습니다. 유한이 빠질까 봐 수시로 들여다봅니다. 물놀이, 아이는 신나지만 어른은 덥습니다.

노는 날도 수석 탐석으로 노후를 알차게 보내고 있는 남편, 버릴 데 없는 사람입니다. 상대에 대한 배려는 부족하지만, 가족을 챙기려는 책임감은 우수합니다. 다 잘할 수 없습니다. 신이 다 주지 않지요. 늘 성실한 삶을 살고 있지만 자기 방식의 사랑을 감행하는 사람입니다. 그럼에도 오늘은 그런 막무가내 정신으로 자수성가한 남편 덕분에 우리 가족 모두 안전하게 살고 있음에 감사함을 느껴 봅니다. 다섯 살에 아버지 여의고 노름으로 한량처럼 살다 가신 아버지 닮지 않으려고 노력한 사람입니다. 회사밖에 모르는 남편 이해하려고 공부 충실하게 했습니다. 외로움 달래는 건 공부와 독서만큼 좋은 것이 없지요. 오늘은 남편의 신발을 신어 봅니다. 매일 공부한다고 밥해 놓고 나가는 아내가 예쁘지 않았을 것입니다. 본인도 내가 공부한 시간만큼 외로움의 시간을 보냈을 것이지요. 매일 내 신만 신어 보다가 역지사지가 되어 상대의 신도 신어 보니 불편한 점이 많습니다. 지금도 자신이 좋아하는 수석 탐색하면서 회사 지키느라 안간힘 쓰고 있습니다. 37년 된 회사 제조업 이끌고 가기 쉽지 않습니다. 젊은 사람들이 선호하는 일이 아니고 아들도 억지로 따라가고 있습니다.

나는 20년 정도 한 이 일도 내려놓지 못하는데 남편은 50년을 장인처럼 한 우물을 판 사람입니다. 남편의 자수성가는 외로운 길입니다. 한 번도 다른 길 눈길 주지 않은 사람입니다. 회사가 어려워지면 바로 회사에서 숙식 해결하면서 회사를 지키는 사람이기도 합니다. 상대가 마음에 들지 않을 때 이런 생각 해 봅니다. '나라고 저 사람 마음에 들까? 나도 부족한데.' 미리 공부 다 하고 결혼해야 하는데 시집와서 공부를 다 한 사람입니다. 이런 미안한 마음을 가지고 약간은 양보하고 이해하며 살고 있지요.

타인의 신을 신어 보세요. 내 신을 신을 때 보이지 않은 것, 상대방이 조금 보입니다. 가끔은 생각의 전환을 통해 타인도 자신도 돌아볼 수 있습니다. 깨닫는 것은 순간의 한 방 '돈오돈수'입니다.

4

투자는 반드시 돌아온다는 믿음을 가진다

더 나은 삶을 찾는 것이 최고의 삶을 사는 것이다.

스티브 잡스

투자는 반드시 돌아온다는 믿음을 가집니다. 설령 돌아오지 않아도 다음 세대에 반드시 돌아옵니다. 투자 중에 중요한 투자가 시간 투자이지요. 매일 같은 시간에 학습하고 반복하는 시간 투자는 반드시 결과로 돌아옵니다. 시간뿐만 아니라. 돈으로 투자하는 것도 마찬가지입니다. 처음에 금액 때문에 배움을 시도하지 못하는 분들이 있습니다. 물론 경제적으로 무엇을 한다는 일은 쉽지 않습니다. 경제적인 문제로 도전하지 못하고 망설이다가 타이밍을 놓쳐서 후회하는 모습도 보았습니다. 나는 책을 사거나 교육을 받는 일은 자신 있게 투자합니다. 자신에게 레버리지 하는 것입니다. 투자한 후에 집중적으로 내 콘텐츠로 만듭니다. 책을 읽고 연구하거나 교육을 받은 후에 나의 강의 자료로 만들어 필요한 강의가 있을 때 사용합니다. 세상에 투자 없이 시작되는 건 없습니다. 시간 투자, 공간 투자, 금액 투자, 감정 투자 노력 등 다 밑천, 초기 금액이 들어가야 한다고 생각합니다.

2012년 9월입니다. 고봉익, 윤정은이 쓴 『공부감성』 책을 읽게 되었습니다. 청소년들 학습 코칭을 지도하다 보니 공부에도 감성이 있다는 문구에 폭 빠져서 그 책을 읽고, 책에 나오는 중요한 내용을 정리하고 있었습니다. 그런데 청주시립 도서관에 고봉익 작가가 특강을 한다는 소식을 듣게 되었습니다. 일단 내가 읽은 책 작가의 초청 특강이 있다고 하니 다른 일을 체쳐 놓고 달려갔습니다. 함께 공부하는 후배들과 두 시간 특강을 듣고 '앞으로 학습 코칭이 뜨겠구나!'라는 직감이 들었습니다. 나는 전 코치와 함께 서울시 강남구 역삼동에 있는 아시아 코칭 센터에 학습 코칭 1급 자격 과정을 신청했습니다. 그리고 전 코치와 매주 올라가 공부하며 자격을 취득했습니다. 학습 코칭 1급 자격은 사단법인 자격이지만 청주에서 주부들 학생들에게 강의하기는 가장 좋은 콘텐츠였습니다. 고봉익 작가의 강의를 듣는 순간 비전 있다고 생각하고 공부했습니다. 한동안 주부들에게 학습 코칭 2급 자격증 과정을 취득하도록 도와주었습니다. 강사들에게는 서울에 있는 강사를 초빙해서 함께 고급과정 1급 학습 코칭을 주관하기도 했지요.

자기 주도 학습이 전국을 몰아칠 때입니다. 그러니 딱 맞게 투자하고 공부해서 학습 코칭 강의로 학부모 강의, 학생들 학습 코칭 등 자유롭게 콘텐츠로 활용해서 경제적으로 이익도 보았습니다. 배우고 가르치는 일을 꾸준히 하다 보니 이렇게 통찰이 일어날 때가 있습니다. 시간과 금액 그리고 노력이라는 투자를 해야 한다는 것을 배우게 된 일입니다.

2022년 9월 해냄에서 공부하는 이경숙 작가님이 온라인에서 강의하는 이은대 작가님을 소개해 주었습니다. 500명이 넘는 작가를 배출한 걸출한 인물이라며 나와 잘 맞을 거라고 해서 뵙게 되었습니다. 첫 강의에 들어가 보니 강의하는 열정과 배짱, 카리스마 등 노력이 장난이 아닙니다. 이분 밑에서 책을 낼 수 있겠다는 각오, 의지가 생겼습니다. 9월에 들어가서 12월에 전자책 강의를 듣고 두 권 집필했습니다. 그리고 자이언트 공저 8기에서 에세이 『오늘이 전부인 것처럼』 공저로 집필했습니다. 2023년 5월 2일에 출간 계약했습니다.

생각지도 못한 일이 발생했습니다. 이은대 작가님이 라이팅 글쓰기 코치 과정을 여셨습니다. 이은대 작가님이 공부한 작가들을 돕고 싶은 마음으로 성장기에 있는 작가 배출을 염두에 두고 있다가 비전을 발표한 뒤 바로 과정이 시작되었습니다. 가장 큰 걱정은 '손주를 돌보면서 어떻게 이 과정을 따라갈 수 있을까?' 하는 걱정이었습니다. 한 주 동안 망설였습니다. 그런데 마음에서 이런 소리가 들립니다. '이왕 할 것이면 지금 해야 한다. 후회하고 2진으로 들어가지 말고 첫 기수가 되자!' 이런 마음의 소리를 듣고 바로 움직여서 입과했습니다. 벌써 8주가 지나서 과정을 마쳤습니다. 이번 주 4월 30날 수료식 하러 대구로 갑니다. 이렇게 새로운 과정에 도전했습니다. 그리고 5월 16일에 글쓰기 라이팅 코치로 무료 특강을 합니다. 순차적으로 하나씩 진행하고 있습니다. 투자는 반드시 돌아온다는 말을 믿고 확신을 가집니다.

첫째, 저는 이은대 작가님을 신뢰합니다. 그동안 어려움을 극복하고 새로운 인생 살기 위해 단단하게 매일 단련하며 새롭게 읽고 쓰는 삶을 살고 있습니다. 이은대 작가님은 8년째 새벽 4시에 일어나서 12시에 주무십니다. 블로그의 글을 7년이 넘게 꾸준히 올리고 스승님의 책, 전자책까지 열 권 이상 집필했습니다. 그리고 611명이라는 작가를 배출한 분입니다. 매일 읽고 쓰는 삶을 몸으로 해내고 있습니다. 이은대 작가님의 리더십은 자립형 그리고 자아실현형 리더입니다. 말로만이 아닌, 실천하는 리더십으로 보여 주는 삶을 살고 있습니다. 둘째, 저는 저 자신을 믿습니다. 그동안의 경험과 배움을 통해 투자한 일은 반드시 보상으로 연결해서 꾸준히 반복하고 지속해서 제 일로 만들어 성장하고 발전합니다. 저는 계단형입니다. 한 계단씩 올라가는 인생을 만들고 있습니다. 건강만 조심한다면 꾸준히 미래를 준비하는 기회를 만들 수 있습니다. 저의 직감과 통찰이 그렇게 말하고 있습니다. 셋째, 어차피 할 거라면 열심히 지혜 있게 잘 해내는 것입니다. 주저하지 말고 주도적인 나의 인생을 살기 위해서라도 도전하는 인생을 살고 싶습니다. 오늘도 하루를 잘 보내기 위해 전략적으로 계획을 세웁니다.

　살면서 많은 기회가 다가옵니다. 그런 기회 타이밍에는 투자가 필요합니다. 이 세상에 공짜가 없다는 것, 익히 배우고 들어서 알고 있습니다. 시간, 금액, 노력의 투자는 돌아옵니다. 무식할 정도로 반복을 꾸준히 한다면 이루지 못할 것 없습니다. 투자한 금액으로 배우면서 깨달은 자각과 행동으로 지금까지한 20년의 강사 세월은 헛된 것이 아닙니다. 성격도 완벽

주의가 아닙니다. 경험주의를 더 소중히 여깁니다. 지금까지의 과정을 통해 알게 된 사실은 시간에 맞는 제대로 된 투자를 해야한다는 것입니다. 가르치는 사람을 볼 줄 아는 안목도 필요합니다. 스승도 잘 만나야 합니다. 지속적으로 동기부여 해 주는 실천가에게 정성껏 배우고 내 콘텐츠로 만들어서 뚜벅뚜벅 걸어갑니다. 시간이라는 요소에 노력하는 인생을 장착시켜야 합니다. 오늘의 의례적 행위와 루틴이 내일 나의 미래를 만듭니다. 꾸준히 지속적이라는 말, 저는 도라고 생각합니다. 매일 같은 장소에서 같은 일 반복하면 그것이 도입니다. 도를 닦듯이 하루 시작을 글쓰기와 책 읽기로 아침을 엽니다.

5

두근거리는 매일의 삶을 위하여

당신은 자유롭지 못할수록 자유롭다.

『가슴 뛰는 삶을 살아라』 다릴 앙카

친구에게 전화가 왔습니다. 5월 16일부터 함께 글쓰기로 약속된 친구입니다. 오랜만에 만난 친구와 집에서 가까운 거리 5분이면 도착할 수 있는 문암공원에서 만났지요. 함께 한 시간 이상 걷기로 약속하고 온 장소입니다. 한낮이지만 제법 걷는 사람들이 많았습니다. 친구는 사학을 전공했지요. 한문 쓰기를 좋아하는 친구는 대학은 중어 중문과 전공했고 석박사는 사학을 전공했습니다. "요즘 뭐 해?" 단도직입적으로 물었습니다. "나 그동안 말하지 않는데 방송통신대학교 관광학과 편입해서 들어. 그리고 문화 교양 학과 수업 많이 들을 수 있어서 너무 좋아."라고 말합니다. 이번이 마지막 학기며 일곱 과목을 듣고 있는데 신난다고 말합니다. 공부를 좋아하는 그녀입니다. 육십이 넘은 두 사람입니다. 우리는 만나면 아직도 이런 이야기로 꽃을 피웁니다. 나도 방송대학교 문화 교양 학과에는 관심이 있었지요. 들어가지 못했지만, 이번 학기에 독서 모임에서 알게 된 분 추

247

천해서 공부를 시작하기로 동기부여도 했네요.

"차라리 논문을 쓰지, 관광학과는 무슨." 그렇게 말하면서도 부러웠습니다. 다시 방송대에 편입해서 하고 싶은 공부를 또 하는 친구, 따라 하고 싶기도 했지요. "애, 미쳤어! 미쳤어! 박사과정 수료하고 무슨 방송대에 또 들어가니?" 생각과 다른 말이 툭 튀어나왔네요. 우리는 걸어가면서 서로 자신의 공부 이야기로 시간 가는 줄 모르고 네 바퀴나 공원을 돌았습니다. 친구는 진천에서 관광 해설을 합니다. 그리고 내가 추천하는 바람에 청주 지역 사회교육협의회에서 역사 강의도 했습니다. 두 가지 일을 꾸준히 잘하는 친구이지요. 그리고 살림도 반짝거리게 잘합니다. 그렇게 바쁜 와중에도 집이나 차를 보면 정리가 잘 되어 있어 배우고 싶은 점입니다. 나는 세상에서 제일 어려운 일이 살림입니다. 치워도 치워도 끝이 없는 일이 살림입니다. 별에서 온 유한이가 어질러 놓은 집은 아침마다 폭격 맞은 광경입니다. 손주 돌보며 살림하면서, 대학 강의 하면서, 글쓰기 라이팅 코치 일을 하며 매일 전쟁을 치르듯 살고 있습니다.

친구와 나는 둘 다 마흔 넘어서 자신을 위한 공부를 시작한 사람입니다. 친구는 역사 강의를 했고 저는 스피치 강의로 몸이 두 개라도 모자랄 정도로 강의를 하던 시절이었습니다. 그리고 친구는 낮에 박사과정 사학과에 입학했습니다. 나는 청주에 있는 충북대학교에서 경영학 박사과정을 들어가기로 하고 서류를 준비했습니다. 자기소개서도 쓰고 성적증명서도 떼고 서류는 합격했는데 면접에서 교수님이 한 번에 오케이 사인을 주지 않았습니다. 나이가 많은 관계로 공부하다가 아플 수 있다고 면접에서 탈락시켰습니다. 석사 때 뵙던 교수님이 박사과정에서 떨어트려서 많이 속상했습니다. 그렇다고 해서 멈추고 그만둘 사람이 아니니 계속 도전하기로 했습니다. 떨어진 그 순간부터 노트에다 적기 시작했습니다. "나는 2013년 2월에 반드시 충북대학교 경영대학원 박사과정에 합격할 것이다." 매일 노트에 적었지요. 떨어져서 창피한 것보다는 내가 원하는 공부를 빠르게 하고 싶은 욕구가 가득했습니다. 우연히 교수님을 뵙게 되었지요. 웃으면서 만일 올해도 떨어트리시면 붙을 때까지 계속 서류 낼 거라고 부탁하듯 말했습니다.

저는 시각화와 자기암시가 무엇인지 잘 몰랐습니다. 일단 박사과정 면접에서 떨어지고 나서부터 노트에 적고 큰 소리로 읽기 시작했습니다. 나중에 알고 보니 그 행동이 자기암시였네요. 잠재의식에 영양분을 주는 가장 강력한 도구가 바로 내가 지속한 자기암시였습니다. 그렇게 1년 정도 지속했습니다. 그리고 나서 다시 면접을 보았습니다. 지난번 교수님께, 떨어져도 계속 보겠다고 말을 해서인지 아니면 자기암식 덕인지 이번에 합격이 되었네요. 너무 기뻤습니다. 2013년 눈 오는 2월 합격 소식을 듣고 함박눈이 쏟아지는 길을 마구 걸어 다녔습니다. 지금은 하늘나라로 떠난 공부 친구와 떡국도 사 먹고 제가 운영했던 이선희 코치센터에서 오랜 시간 커피를 마시며 대화를 나누었지요. 창밖으로 소복하게 쌓이는 눈 오는 풍경은 온 세상이 저의 박사과정 합격을 축하해 주는 것 같았습니다. 여기저기 전화도 했습니다. 우리 집안에서는 최고의 학력이고 도전이었습니다. 친구들도 "대단하다. 예전에 나머지 공부하던 이선희가 박사과정까지 들어가다니, 축하해!"라고, 반갑게 전화해 주었습니다.

매괴초등학교 때 친구 기남이와 나머지 공부하고 화장실 청소도 하며 선생님이 나눠 준 옥수수빵을 먹었던 기억이 납니다. 그랬던 내가 눈 오는 2월에 국립대 박사과정 합격 통지받고 하늘을 나는 기분이었습니다. 중학교 이후 고학으로 이곳까지 오느라 애쓴 과정이 주마등처럼 스쳤습니다. 물론 가장 좋아한 사람은 친정엄마였지요. 엄마는 눈물을 흘리며 좋아했습니다. '우리 딸 성공했다.'며 울먹이셨네요. 나는 박사과정은 낮에 다닐 수 있다고 생각하며 서류 준비하고 면접을 치렀는데 경영대학원 인사조직 교수님들만 청주에 있는 LS에 다니는 직장인들을 위해 밤에 운영한다고 합니다. 사실은 기가 막혔습니다. 결혼하고 쭈욱 주경야독으로 공부했는데 박사과정도 또 밤에 공부하게 되었습니다. 3일은 박사과정 공부하고 나머지 이틀은 대학교평생교육원 강의를 하면 일주일 내내 저녁마다 나가야 합니다.

이 글을 쓰면서 남편이 떠오릅니다. 미안한 마음이 가득합니다. 남들은 다 공부하고 결혼하는데 저는 시집와서 공부했습니다. 부지런하게 저녁을 지어 놓고 공부하러 간다고 해도 남편 혼자서 반찬 뚜껑 열어서 밥을 먹어야 하니 얼마나 불편했을까 하는 마음이 드네요. 오랫동안 참아 준 남편이 고마웠지요. 무뚝뚝하고 자신의 마음을 잘 표현하지 못하지만 참고 이해해 준 덕분에 결혼 이후 주경야독으로 공부했고, 다른 사람과 나누는 강사가 될 수 있었습니다.

저는 힘든 줄 모르고 날아다녔습니다. 내가 좋아하는 일이니 설레며 매일 두근거리는 삶이었지요. 마흔에 시작한 공부가 한창 꽃피운 시간이었습니다. 가장 설레는 때는 저녁에 공부하러 충북대 들어가는 차단기가 열리는 시간이었습니다. 그 시간은 온전하게 이선희 학생으로 돌아가는 시간입니다. 주부 이선희도 엄마도 아닌 오직 학생의 신분인 이선희입니다. 그 순간이 행복했습니다. 젊은 학생들과 토론하는 자체도 좋았고 저녁 수업도 가장 먼저 도착해서 앞자리에 앉아서 열심히 강의를 들었습니다. 교수님이 강의하는 것 한 자도 놓치지 않으려고 노트에 다 적었습니다. 야간이라 다른 학우들은 도서관을 가지 않는데 저는 자주 도서관에서 책 읽고 공부했습니다. 교수님들이 나이 먹은 사람이 열심히 노력하는 모습을 보여 주니 귀감이라고 칭찬해 주셨네요. 그 덕에 공부도 열심히 했습니다.

그리고 인생에는 즐거움을 주는 2차가 있습니다. 공부 마친 후 대학교 근처에서 학우들과 해물 부침과 떡볶이도 먹었지요. 가끔은 맥주도 한잔할 수 있는 시간이 뿌듯하고 신선했습니다. 3040 젊은 분들과 에너지 넘치는 시간 보낼 수 있었지요. 공부든 뒤풀이든 다 참석했습니다. 다시 돌아갈 수 없는 분홍색의 추억입니다. 나이 먹어서 선택한 것 중에 최고의 순간이었습니다. 박사과정 들어가서 공부하느라 오히려 강의는 줄었지요. 그러나 인생에서 가장 행복한 시기였습니다. 마음껏 공부하고 일하며 가는 곳마다 인정받았던 시기입니다. 다시 돌아올 수 없는 황금 계절, 그 시간이 그립습니다. 글쓰기가 좋은 이유는 쓰면서 그 시절로 돌아갈 수 있는 서정적 여유를 가질 수 있어서입니다.

　내가 선택한 공부를 자유롭게 하고, 좋아하는 일도 새롭게 도전해 보고 의미와 가치를 찾았던 시간입니다. 기쁨의 열정을 마음껏 추구할 수 있었던 시기입니다. 인생에서 진정으로 하고 싶었던 공부 마음껏 해 보았습니다. 길고 긴 고난의 시간도 있었지만 순간순간 좋아하는 일로 반짝이는, 성공 스토리가 아닌 성장 스토리였습니다. 누구든 하고 싶은 일 있으면 절대로 포기하지 마세요. 지금 비를 맞고 있는지요? 비는 누구에게나 내립니다. 그러나 언젠가는 그칩니다. 인생의 고난은 삶의 목적을 위해 반드시 거쳐야 하는 과정입니다. 친구와 저는 매일 두근거리는 삶을 살기 위해 곤경을 견디며 뛰어넘는 삶으로 살아 냈습니다. 그리고 지금, 함께 글을 쓰고 있습니다. 해냄 마인드 컴퍼니에서.

6

나의 엄마 최구남 씨

자녀들에게 어머니보다 더 훌륭한 하늘로부터 받은 선물은 없다.

에우리피데스

　나에게는 여든세 살의 엄마가 계십니다. 열아홉 살에 저를 낳으신 최구남 씨입니다. 엄마 하면 마음 한편이 먹먹합니다. 그저 희생과 사랑으로 사 남매 키워 준 엄마입니다. 나의 엄마는 1939년 충북 괴산군 칠성면에서 태어났습니다. 구 남매의 막내라는 이유로 이름이 구남이입니다. 위로는 오빠가 일곱 명, 언니 하나 이렇게 구 남매입니다. 엄마는 태어나자마자 할머니를 잃었습니다. 그리고 할아버지는 이미 엄마가 태어나기 전, 병으로 세상을 떠나신 상태입니다. 태어나자마자 천애 고아가 된 엄마는 외삼촌 집에서 조카들과 함께 자랐습니다. 보기만 해도 심술이 덕지덕지 붙었던 외숙모는 갑갑하고 소심한 사람이었습니다. 엄마가 어릴 때도 키도 작고 부모가 없으니 셋째 외삼촌께 의지를 많이 했다고 합니다. 외삼촌은 한 번 밖으로 출타하면 오랫동안 돌아오지 않았습니다. 엄마는 그런 사실을 깨우치고 외삼촌이 엄마 몰래 떠날까 잠도 자지 않고 기다렸다가 문 여는 소리에 달려 나가 외삼촌을 붙들고 놓아주지 않았다고 합니다. 다음 날 엄마는 잠들자마자 몰래 떠난 외삼촌이 그리워서 멀리 동구 밖까지 나와서 날마다 외삼촌을 기다립니다.

엄마는 눈물 밥을 먹었습니다. 유일하게 엄마를 사랑해 준 셋째 오라버니가 떠나자, 외숙모의 구박은 처절했습니다. 큰외삼촌이 "구남이 배고프니, 밥 좀 많이 담아 줘라." 이 말에 외숙모는 수저가 안 들어갈 정도 밥을 꾹꾹 눌러 담습니다. '수저가 들어가지 않을 정도'이니 얼마나 꾹꾹 눌러 담았을까요. 엄마를 미워한 외숙모의 행동을 눈치챈 엄마는 밥을 먹지 않고 밖으로 나와 산과 들에 나는 풀이나 열매 등을 따 먹었습니다. 조카들도 많았고 나이 비슷한 조카도 있어서 엄마는 불편했습니다. 외숙모의 큰딸과 자주 다투었고, 모든 문제는 엄마의 잘못으로 돌아왔습니다. 부모의 그늘이 없는 엄마는 외로움에 시달렸습니다. 몸집도 작았고 영양도 부실하니 '구석에서 쪼그리며 다른 사람 눈치만 본 엄마'의 모습이 상상이 됩니다.

이렇게 어려운 시대를 살아 낸 엄마는 나이 많은 아버지를 만났습니다. 아버지는 이북 평양이 고향입니다. 어떤 연유로 남한에 오게 되었는지는 말해 주지 않았습니다. 다만 아버지가 엄마를 좋아했습니다. 다른 사람과 결혼하고 싶어 하는 엄마를 어떻게든 데리고 오려고 애쓴 사람이 아버지입니다. 한국에 와서 맺은 양할머니가 그렇게 반대하는 엄마를 집으로 데리고 들어온 사람이기도 합니다. 할머니는 싫다는 며느리를 데리고 들어온 아버지 곁을 떠나셨습니다. 그 후 양할머니와 연락은 두절되었습니다.

그렇게 두 분은 고아로 만났습니다. 서로 의지하며 삶을 살았습니다. 사람은 좋았지만, 융통성 없는 아버지는 아침에 손수레 끌고 나가면 술에 곤죽이 되어 들어옵니다. 외상값은 받았는지 물건은 질질 흘리고 엄마는 혼자 발을 동동 구르며 살아 내고 있습니다. 내가 어렸을 때 엄마는 장사를 했습니다. 참외, 수박 떼어다 길에서 팔고, 나중에는 빚을 얻어 만물상회라는 가게를 여셨습니다. 가게에 많은 물건이 있어서 만물상회입니다.

　나중에 안 사실이지만 엄마는 글도 모르며 장사했습니다. 그 동네는 유난히 외상이 많았는데 물건을 주고 얼마를 주었는지 엄마의 기억에만 의지해야 했습니다. 그 시절 중학교 나온 아버지가 조금만 챙겼어도 엄마가 그렇게 힘든 세월을 살지 않았을 것입니다. 어릴 때는 철이 없었습니다. 엄마가 글도 모르며 장사하는 줄 몰랐습니다. 그 시절 유행했던 탁구 치고 만화책 보면서, 동생 돌보라는 말이 싫어서 탁구장으로 자주 도망쳤습니다.

　나는 어렸을 때 엄마에게 크게 잘못한 일이 있습니다. 어느 날 큰외삼촌의 아들, 오빠 선기가 놀러 왔습니다. 엄마랑 같이 컸다고 하는 조카들이라 무슨 일이 있으면 엄마를 자주 찾아옵니다. 그날도 꾀죄죄하게 하고 온 선기 오빠를 보고 집에 가서 씻고 오라고 엄마가 말했습니다. 그런데 집주인이 원체 까다로워서 다른 사람이 와서 덜거덕거리는 것 보고 인상을 쓰고 싫어하는 눈치였습니다. 엄마에게 말하니 오빠를 데리고 냇가로 가서 씻고 오라고 하는 것입니다. 나는 동생들 둘과 막내 종아를 업고 선기 오빠를 데리고 나섰습니다. 장마가 진 후라 물이 제법 깊었고 위험한 곳입니다. 평상시에도 자주 놀던 개울이니 씻고 물장구치며 놀았습니다. 그런데 한참 후에 주위를 둘러보니 막냇동생 종아가 없습니다.

"종아야, 종아야. 종아야!" 뛰어다니며 찾기 시작했습니다.

철없는 오빠는 별일 아닌 듯이 자신이 하던 일을 했고 나는 걱정이 되어 개울 밑으로 달려갔습니다. 사람을 부르고 소리 지르고 하니 사람들이 모였습니다.

"아기가 없어졌어요. 아기가 없어졌어요. 우리 막냇동생이에요."

오빠에게 물으니 자꾸 울길래 나뭇가지를 주었답니다. 그것이 떠내려가니 따라가다가 그만 깊은 물에 빠져 돌아오지 못했습니다.

경찰이 오고 엄마가 달려오고 전 난리가 났습니다. 한참 만에 아이를 건졌는데 물을 많이 마셔서 배가 남산만 한 아이를 10리는 더 내려가서 찾았습니다. 누군가 손 씻다가 아기가 떠내려오는 것을 발견하고, 신고한 것입니다. 엄마는 실어증 걸린 사람처럼 말을 잃었습니다. 자다가 일어나면 앉아 있는 엄마. 눈물을 흘리지 못하고 꾸역꾸역 눈물을 삼키는 엄마를 발견하곤 했습니다. 그때는 몰랐습니다. 자식 잃은 슬픔이 어떤 것인지! 엄마가 바쁘다는 이유로 내가 업고 안고 키운 막내아우입니다. 밤에 일하고 돌아오면 내 곁에서 엄마인 줄 알고 자는 종아를 안아다가 옆에 누이고 다시 잠을 청한 엄마입니다. 그런 엄마가 애틋한 자식을 잃은 것입니다. 큰딸인 내가 정신 차리고 잘 돌보았거나 오빠에게 맡기지만 않았어도 그런 불상사는 없었을 겁니다. 이제야 압니다. 부모가 자식 잃은 마음이 어떤지. 그때는 철도 없었습니다. 엄마가 아기는 묘소가 없다고 화장했다는 말에 안

도하고 그냥 지나친 세월이었습니다. 지금 유한을 키우다 보니 엄마 생각이 절로 납니다. 좋아 잃고 얼마나 힘들었을까? 자식이라 원망도 하지 못하고 혼자 애 끓인 엄마를 생각하면 마음이 아픕니다. 나의 엄마 최구남 씨는 지금 약간의 치매와 함께 오줌줄을 끼고 삽니다. 동생과 함께 청주로 내려와서 좋지 않은 일 많이 겪었습니다. 젊었을 때 행상과 장사로 힘든 시절을 보냈습니다. 그리고 청소하며 예전에 한스러웠던 한글도 깨우쳤습니다. 그런 엄마가 이제 치매 중기 현상을 보입니다. 한 말을 또 합니다. 가끔은 그런 엄마가 싫어서 목청을 높일 때도 있습니다. 언젠가 저의 모습이라 안타깝기도 합니다. 사랑하는 나의 최구남 씨가 여생이 편안하고 행복했으면 하는 작은 소망을 지닙니다.

내가 나의 엄마 최구남 씨를 통해 알게 된 것 3가지가 있습니다. 첫째. 그 어떤 시련 속에서도 엄마는 강했습니다. 호떡 구워서 팔며 연탄가스로 중독이 되고, 자궁암 말기라고 진단받았던 엄마가 아직도 내 곁에 살아 있습니다. 가까운 곳에 있지만 자주 뵙지 못합니다. 내리사랑이라고 유한이 챙기는 것에 빠져서 엄마에게는 소홀한 딸입니다. 둘째, 엄마에게 자주 전화해야 하며 전화 목소리도 부드럽고 친절하게 해야 합니다. 저도 아플 때 딸이 있었으면 하는 생각이 듭니다. 엄마는 딸이 둘이나 되는데 딸 하나는 멀리서 살고 저는 유한이 키운다는 이유로 시간 내기가 어렵습니다. 셋째, 많은 부모는 사랑으로 자식을 키웁니다. 가진 것이 많은 사람이 아닙니다. 먹고살기 어려웠던 엄마 입장에서 충분하게 사랑으로 키운 자식입니다.

나이 들어서 깨닫게 된 것은 자식을 잃고도 '막내아들 좋아' 한 번도 내

색하지 않은 엄마의 깊은 마음입니다. 딸의 실수도 말없이 덮어 준 엄마의 사랑입니다. 오늘, 이 순간 바로 전화합니다. "엄마! 부족한 딸 많이 이해해 주고, 병원에 입원할 때마다 간호 잘하지 못하는 남편 대신 나를 사랑으로 간호해 주어 고맙습니다. 사랑합니다, 나의 엄마 최구남 씨." 내 인생의 최고 가치는 든든한 우리 엄마입니다.

7

나의 사명은 한 집에 한 명씩 코치 세우기

변화야말로 유일의 영원이다.

오카무라 덴신

2022년 6월 1인기업 강의로 유명한 김형환 대표를 만났습니다. 첫인상도 단단해 보이는 사람입니다. 처음 강의에 알게 된 사실은 열정, 성장, 도전이란 키워드가 핵심 가치라는 것입니다. 의미 있는 독립을 원하는 사람들에게 비전과 전략으로 가치 있는 성장을 돕는 것이란 자기 경영 사명을 알게 되었습니다. 그동안 비전과 사명 강의를 많이 들었습니다. 내가 한 적도 여러 번 있었지요. 그런데 이번 강의는 조금 다르게 느껴졌습니다. 자기 철학이 확고하게 흔들리지 않는 사명과 비전이 있는 사람으로 느껴집니다. 매일 10분 경영을 팟빵에 10년 동안 지속적으로 올린 분입니다. 실제로 팟빵에 들어가서 10분 경영 강의를 듣고 요약해 내 생각을 블로그에 올리는 일이 과제였습니다. 뭐든 과제는 열심히 하는 것이 나의 신조이며 실천하는 삶으로 가는 길입니다.

사람의 언어가 마인드의 시작이란 말이 마음에 와닿았습니다. 내가 쓰고 말하는 단어가 곧 나인 것입니다. 나만의 언어를 위해 그동안 책도 읽었고 강의도 오랫동안 한 사람이지만 항상 부족하다고 생각되어 공부합니다. 문해력을 키우기 위해 독서를 소중히 여겼습니다. 그리고 내가 듣고 싶은 강의는 가격 따지지 않고 들었습니다. 강사의 지속적 발전과 성장은 진보하는 사람과 함께 하는 일입니다. 이런 마인드 덕에 적지 않은 나이에 대학에서 학생들을 지도하고 있습니다. 라이팅 글쓰기 코치로 제3의 인생도 가꾸어 나가고 있습니다. 삶과 일은 하나이고 독립적 경영이 필요하다는 대표님 말씀에 적극적으로 공감합니다. 삶과 일이 하나가 되기 위해 나는 이 순간 무엇을 어떻게 해야 하는지 자신에게 묻습니다.

오른손을 들고 "제가 말하겠습니다."라고 하면 나의 스토리가 생긴다는 말씀이 좋았습니다. 나는 나의 이야기 말하고, 쓰고 싶어졌습니다. 막연하게 그렇게 생각한 것들이 하나씩 이루어지고 있습니다. 기적 같은 일입니다. 사명, 가치, 비전, 목표, 전략, 실행, 피드백이 한 방향으로 정렬되어야 한다고 합니다. 사람들이 중요한 것이 무엇인지 모르고 이것저것 손대는 것은 곧 자기 철학이 없어서라고 말합니다. 3P 자기 경영 연구소 강규형 대표도 1인기업 김형환 대표도 자신의 철학을 강조합니다. 자신의 철학은 곧 자신이 생각하는 가치관입니다. 나는 어떤 철학을 가지고 움직이고 있는지 다시 돌아봅니다.

수업 시간에 얻은 소중한 경험은 바로 비전과 사명을 다시 찾는 일입니다. 수없이 비전과 사명을 쓰고 또 썼습니다. 그러나 쓰는 것으로 그치고 실제 실행을 하지 못했습니다. 다시 시작하는 마당에서 이제는 확실한 비전과 사명으로 무장하고 시작하는 첫 마음입니다. 비전은 미래 가치이며 사명은 존재 가치입니다. 나는 비전과 사명을 다시 쓰고 올렸습니다. 강의가 진행되는 과정 중에 계속 고쳐서 올리고 또 고치고를 반복했습니다. 그런 과정에서 나온 사명이, 소통하는 가족을 위해 '한 집에 한 명 코치 만들기'입니다. 나의 사명을 완성하고 나만의 1인기업을 시작했습니다. 실제로 한 집에 코치 한 명 만들기는 쉽지 않은 일입니다. 그렇지만 해냄 마인드 기업에서 현재 열여섯 명 정도 코치를 배출했습니다. 그리고 앞으로 코치가 될 사람들도 열다섯 명입니다. 조금씩 늘어나고 있는 코치의 숫자입니다. 코치의 숫자가 중요한 것이 아니라 한 집에 한 명이 공간을 내어 주는 일, 곧 가족의 말을 진정성 있게 들어 주는 일을 하는 코치를 상주하게 하는 게 목표입니다. 한 사람이라도 가족의 말을 소중하게 들어 준다면 정서적 허기를 채울 수 있습니다. 방어기제를 푸는 일, 인간이 가지고 있는 열등감에서 우등으로 갈 수 있는 일, 개인 심리학자 아들러가 말했습니다. 포류류 중 유일하게 사람만이 걸어가서 엄마 젖을 먹지 못한다 합니다. 최소한 열두 달은 지나가야 넘어지면서 걸을 수 있습니다. 사람이 가진 단점을 극복하기 위해 스스로 방어기제를 선택한 것입니다. 상대의 잠긴 성의 문을 여는 것도 바로 들어 주기입니다. 공간을 내어 주고 적극적으로 들어 주는 코칭의 태도는 상대에게 신뢰를 주는 일입니다.

한 집에 한 코치를 상주시키겠다는 사명은 이유가 있습니다. 사람이 정서적으로 안정되지 못해 이성을 잃은 행동을 하더라도 꿋꿋하게 집안에서 중심을 잡고 있을 사람이 한 명은 필요합니다. 그게 코치입니다. 무조건 책임을 회피하고 가족이 헤어지거나 결별하는 일만이 능사가 아닙니다. 최소한의 부모로서의 윤리 그리고 책임이 필요한 때입니다. 어느 집이건 부부가 의식 수준이 같지 않습니다. 그릇이 다르다는 것입니다. 집안에서 한 사람이라도 정신 차리고 현재의 문제를 직시할 수 있는 사람이 필요합니다. 의식이 있는 사람이 아직은 의식이 부족한 사람에게 맞출 수 있는 것도 조화와 균형이라고 생각합니다. 특히 많은 남성들은 밥벌이하기 위해 생존에 매여 있습니다. 매슬로의 결핍 욕구에서 설명해 줍니다. 이것이 해결되지 않으면 성장 욕구로 발전할 수 없습니다. 생존과 안전의 욕구에 매달릴 수밖에 없는 현실과 구조적인 문제도 있습니다. 이 점을 알고 깊게 상대를 이해할 필요가 있습니다.

소통의 시작은 의식 확장이며 의식 확장은 바로 상대의 가능성을 발견해 주는 코치가 있어야 합니다. 첫째, 생각이 바뀌고 변화, 성장을 돕기 위해 코칭 역량을 넓힙니다. 일단 코칭이 무엇인지 정확하게 알려야 합니다. 생각보다 사람들이 코칭이 무엇인지 정확하게 모르며 코치라는 이름을 붙입니다. 둘째, 코칭이 무엇인지 알리기 위해 시간이 허락하는 선에서 무료 코칭을 실시합니다. 한 번이라도 받아 본 사람들은 코칭의 중요성을 인식합니다. 셋째, 블로그, 카페, 인스타를 적극적으로 활용해서 코칭의 숨겨진 매력을 하나씩 알립니다.

비상식적이고 검증되지 않는 생각은 한 가정에 한 코치를 만들겠다는 새로운 발상입니다. 이 발상은 하나의 사실이나 문제를 생각할 때 기존의 사고에서 수평적 사고로 전환한 발상입니다. 사람들이 코칭 받기 전과 받은 후에 의식의 전환을 경험합니다. 나도 코치가 되기 전에는 사건 사고를 일으키는 둘째 아들이 나의 아들이 아니었으면 하는 후회와 한탄을 한 적이 있습니다. 그렇게 생각해 보았자 해결되지 않습니다. 코칭 공부를 통해 기다려 주는 부모 코치가 될 수 있었습니다. 기도하며 기다려 주는 코치 엄마가 있어서, 아들이 다시 가정으로 돌아올 수 있었습니다. 현재 아빠와의 힘든 관계도 잘 견디며 열심히 일하고 있습니다.

바로 해결이 되지 않는 가정의 문제는 시간이 해결해 주는 일도 많습니다. 조금 참고 기다리는 시간이 고통스럽고 지루합니다. 그래서 많은 부모들이 기도하며 기다립니다. 자녀는 내가 세상에 태어나게 한 장본인입니다. 모든 책임은 곧 나로 시작합니다. 그래야 문제가 해결됩니다. 나는 곧 자녀의 거울입니다. 나는 부모 중에 한 사람을 코치로 만들고 싶은 사명이 있습니다. 현재 무너지고 있는 가족의 안녕을 위해서입니다. 부모 코치를 통해 사람을 살리는 일을 하는 것이 저의 사명이며 비전입니다.

8
2012년 전문 코치 타이틀

네가 어디서 왔는지는 중요하지 않다.
중요한 것은 네가 어디로 가고 있는가이다.

브라이언 트레이시

아침입니다. 늦었습니다! 부지런히 씻습니다. 6시 30분 차이니, 빠르게 아침 준비합니다. 가족을 위해 아침상은 차려놓고 출발합니다. 다른 것은 챙길 겨를이 없이 서둘러 현관을 나섰습니다. 오전 9시까지 강남에 도착해야 하네요. 걸음이 느립니다. 나이도 먹었고 몸도 불었습니다. 젊은이들처럼 빠르게 움직일 수 없다는 게 아쉬웠습니다. 버스에 몸 싣는 것조차 힘겹습니다. 겨우 자리를 잡고 앉았네요. 눈꺼풀이 저절로 감깁니다. 다음 주 필기시험입니다. 졸고 있을 시간도 없습니다. 그동안 배운 코칭 책을 폅니다. 깨알 같은 글씨들. 우리 같은 사람 위해서 글자 좀 크게 만든 책 나오면 좋겠다, 생각해 봅니다. 반 페이지 읽었습니다. 무슨 말인지 모르겠습니다. 이해가 되질 않네요. 읽는 족족 머릿속에 들어오면 얼마나 좋을까요?

공부만 할 수 있으면 좋겠다고 생각해 봅니다. 애도 챙겨야 하고 집안 일도 해야 합니다. 가장 손이 많이 가는 남편 뒤치다꺼리도 해야 합니다. 시간이 부족하네요. 잠을 줄이고 삽니다. 피곤하고 지치지요. 내가 왜 이런 걸 하겠다고 나서서 고생인지 모르겠습니다. 금방 생각이 바뀝니다. 내가 선택한 일입니다. 내가 결정한 도전입니다. 반드시 성과를 내고 싶습니다. 현실은 녹록지 않습니다. 모든 게 나를 막아서는 벽입니다. 머리도 안 따라 주고, 나이 먹어 느리고, 공부해 본 적은 한참 되었습니다. 챙겨야 할 다른 일도 많습니다.

시험 당일, 내 심장이 그렇게 빨리 뛸 수 있다는 사실을 처음 알았습니다. 인터넷으로 필기시험을 치른 적이 없습니다. 40초당 한 문제를 빠르게 풀어야 합니다. 40초 지나면 다음 문제가 나옵니다. 아리송해도 풀고 지나가야 합니다. 겨우 진정하고 한 문제씩 풀어 나갔습니다. 느낌이 좋지 않습니다. 알 듯 모를 듯 한 문제도 많았고, 외웠던 내용이 기억나지 않는 경우도 많았습니다. 시험 방법도 처음 해 보는 방법입니다. 놓치는 문제가 많습니다. 시험이 끝나자, 한숨이 절로 납니다.

2년 동안 강남 역삼동에 있는 아시아코치센터에 다녔습니다. 주말 토요일이면 어김없이 갑니다. 시외버스 타고 이곳까지 가는 데 두 시간 걸립니다. 9시에 시작해서 6시에 교육이 끝납니다. 토요일에 와서 하루 숙식하고 일요일까지 수업 듣는 사람도 있습니다. 그런데 나는 주부라는 이유로 토요일 저녁이면 내려갔다가 다시 다음 날 아침 6시 30분 차에 올라타야 합니다. 공부는 재미있습니다. 정진우 박사가 가르치는데 코칭의 노하우가 많은 분입니다. 어떤 날은 중국에서 막 비행기 타고 왔다고 하면서 그곳 교육 현장에서 경험한 리더들 코칭 지도한 이야기 들려줍니다. 신기하기도 하고 새롭기도 한 공부에 푹 빠집니다. 정진우 대표는 국제코치로서 PCC입니다. 코치로서 코칭 경험이 많습니다. 아시아코치센터는 부부가 함께 운영하는 코칭 회사입니다. 여러 가지 과정이 열립니다. 내가 받고, 있는 과정은 국제과정입니다. 첫 교육비가 육백육십만 원입니다. 정보가 부족해서 무작정 교육받기 시작했습니다. 보통 한국코치협회 KAC 인증 코치 자격 과정은 21시간 공부하고 서류를 제출합니다. 무식이 용감하다고 일단 가격 따지지 않고 공부 시작하는 일은 내가 잘하는 일입니다. 먼저 서류를 냅니다. 서류가 합격하면 인터넷으로 필기시험을 봅니다. 합격하면 셋째 주 토요일에 실기시험을 칩니다.

필기시험만 쳤는데도 머리가 띵하고 입맛이 없습니다. 1주일 후 발표입니다. 컴퓨터가 눈앞에서 사라졌으면 좋겠다는 생각을 합니다. 떨어졌으면 어떻게 하지? 돈도 썼고 시간도 많이 투자했는데. 내가 자신을 신뢰하지 못할 것만 같습니다. 앞으로 다른 도전을 하는 데에도 자신감 없네요. 호흡이 거칠어집니다. 아침 9시 50분, 차라리 시간이 멈췄으면 좋겠습니다. 누군가에게 대신 미루거나 떠넘길 수 있는 일이라면 얼마나 좋을까. 심장 박동은 더 빨라집니다. 손바닥에 땀이 흥건하게 나오기 시작합니다. 9시 55분. 책상 앞에 앉아 컴퓨터를 켭니다. 크게 숨을 한 번 쉬고는 한국코치협회 홈페이지를 열었습니다

여러 번 눌러야 합격자 발표가 나옵니다. 처음부터 훑어봅니다. 나의 이름이 보입니다. 드디어 내가 필기시험에 합격했습니다.

2주 후면 실기시험입니다. 토요일 오전에 보기로 했습니다. 매일 연습입니다. 아시아코치센터에서 잘 가르치는 이용구 코치에게 개인 코칭까지 받았습니다. 코치는 코칭을 많이 받아 봐야 잘할 수 있습니다. 그동안 국제과정을 통해 공부하고 코칭 시간을 쌓은 경험, 많은 코치에게 코칭을 받으면 실력이 늡니다. 상대 코치가 한 질문을 녹음기에 담아서 동네 걸을 때마다 귀에 꽂고 들었습니다. 입에서 질문이 툭 튀어나올 정도의 반복입니다.

그동안 청소년과 주부들 개인 코칭도 많이 해 주었습니다. 학생들의 고민은 친구 문제입니다. 부모들은 성적이 더 중요합니다. 학생들과 부모들의 고민 차이 간극을 줄이는 것이 우선입니다. 일단 학생을 만나면 개인 신상명세서를 적어 놓습니다. 그리고 디스크로 학생의 행동 유형을 검사합니다. 성격 유형을 알면 자신을 이해하게 되고 상대도 조금은 알게 됩니다. 한 달에 한 번 정도 엄마를 초대합니다. 엄마의 성격 유형도 검사해 주고 두 사람의 다른 점을 설명해 줍니다. 양쪽 입장을 충분히 설명해 주고 질문을 통해 코칭을 해 줍니다. 이렇게 두 사람 생각의 격차를 줄입니다. 매주 같은 시간 같은 요일에 만나 코칭을 해 줍니다. 코칭을 통해 자신이 원하는 학교로 진학한 친구도 있고 조금 낮은 학교이지만 새롭게 꿈을 펼치는 친구도 있습니다. 이렇게 코칭 실습 시간을 채웠습니다.

드디어 실습 코칭을 평가받는 날입니다. 아침부터 두근거리는 마음을 가다듬고 드디어 전화로 코칭을 시작합니다. 상대편 고객 될 사람과 심사위원 두 분, 이렇게 코칭이 시작됩니다. 심사위원이 전체적인 시험 방법이나 규칙을 설명합니다. 그리고 코칭에 대한 인터뷰를 합니다. 인터뷰는 예를 든다면 코칭의 철학이 무엇인지, 두 개 정도 질문을 통해 시험 긴장을 풀어 줍니다. 인터뷰 후에 드디어 실기시험이 시작됩니다. 시험 날 상대 고객도 중요합니다. 상대가 잘 들어 주고 잘 웃어 주는 사람을 만나야 편하게 코칭 할 수 있습니다. 그동안 열심히 코칭 연습한 덕분인지 무사히 시간에 맞추어 실기시험을 치렀습니다. 발표는 10일 후입니다.

열심히 살았습니다. 아니, 적어도 그렇게 살기 위해 노력했지요. 나이도, 머리도, 일상도, 그 어떤 방해 속에서도 내 꿈을 이뤄 보고자 주말마다 강남에 와서 공부했습니다. 차라리 그냥 집에서 쉬면서 가정이나 옳게 돌봤으면 낫지 않았을까, 이제 와 후회해 본들 무슨 소용 있겠는가, 이런 마음도 생깁니다. 드디어 발표날입니다.

오전 10시. 내 이름 앞에 "KPC 전문 코치"라는 타이틀이 붙었습니다. 그렇게 염원하던 전문 코치 자격증입니다. 2년 동안 발품 팔고 서울 강남까지 와서 공부한 성과입니다. 작은 성공이라고 말하고 싶네요. 쉽게 공부하지 않았습니다. 정진우 박사 무료 특강 듣고 무조건 신청한 과정이었습니다. 비용도 만만하지 않습니다. 그래도 끝까지 해냈습니다. 그리고 전문 코치라는 타이틀을 얻었습니다. 이 과정을 통해 알아챈 것이 있습니다. 무엇이든 시작했으면 반드시 끝까지, 꾸준히 해야 한다는 것입니다. 그래야 작은 성취를 이룰 수 있습니다. 2년에 긴 시간이 코칭 경험, 질문을 통한 자각의 힘을 길러 주었습니다. 그 힘으로, 1인기업으로 코칭 자격 취득 과정을 운영하고 있습니다. 2년의 과정이 이루어 낸 결과입니다. 향상성을 가지고 배우고 전달하는 삶을 살고 있습니다. 앞서 도움을 준 선배 코치들의 나눔 덕분입니다. 오늘도 사람 살리는 코칭을 사랑합니다.

9

마흔에 꽃피운 삶을 고백합니다

인간이란 존재는 여인숙과 같다. 매일 아침 새로운 손님이 도착한다.

기쁨, 절망, 슬픔 그리고 약간의 순간적인 깨달음 등이

예기치 않은 방문객처럼 찾아온다.

잘랄루딘 루미

　사람들은 다른 사람에게 관심이 없습니다. 자신에게 집중하세요. 그리고 자신을 더 많이 사랑하세요. 서울 잠실 교보문고에 가는 날입니다. 롯데백화점에 들러서 예쁜 귀고리를 구매했습니다. 화이트 골드입니다. 제법 값나가는 귀금속입니다. 그동안 글 쓰고 책 읽느라 열심히 노력한 자신에게 선물했습니다. 일주일 정도 지난 날입니다. 우연히 귀고리 침대에다 올려놓고 이불을 휙 들치다가 한쪽을 잃어버렸습니다. 아마 침대 밑에 있는 것 같습니다. 침대를 혼자 옮기지 못해서 언젠가 찾아야지 하면서 그냥 한쪽만 하고 다녔습니다. 한편으로는, 다른 사람 반응도 궁금했습니다. '귀고리 한 짝만 하는 것 다른 사람들이 알아볼 수 있을까?', '물어보는 사람 있겠지?' 그런데 그런 일 전혀 없습니다. 지금까지 약 두 달이 되었는데

한 사람도 귀고리를 왜 한 짝만 착용했는지 물어보지 않습니다.

　이런 과정을 겪으며 알아낸 일이 있습니다. 사람들은 대체로 다른 사물이나 사람에게 관심이 없습니다. 자신이 관심 있는 것에만 집중합니다. 자신의 문제도 잘 해결하지 못하는데 다른 사람의 귀고리 한 짝 없는 것 그리 중요하지 않지요. 그런데 나는 나보다는 다른 사람에 초점을 맞추어 살았습니다. 남의 이목을 자주 살폈습니다. 친가족보다 원 가족에게 더 관심을 가지고 내 삶이 아닌 다른 사람의 눈치 보면서 사는 날이 많았습니다. 축제처럼 자유롭게 사는 삶은 다른 사람 눈치 보지 않고 내가 원하는 삶을 만들어 가는 일입니다. 사실은 내가 선택한 사람들, 내가 태어나게 한 사람들 챙기기도 바쁜데 원 가족 사람들 신경 쓰느라 죽을 뻔한 적도 있네요. 현실을 직시하는 날카로운 통찰력은 결국, 내가 휘둘리지 않고 자유하게 나답게 사는 일입니다. 내가 선택한 사람을 챙기고 도움이 되지 않은 사람들은 거리 두기, 경계 굳히기를 해야 합니다. 내가 가장 못하는 것이 객관적 거리 두기였네요.

　이번에 『마흔에 읽는 쇼펜하우어』에 이런 내용이 나옵니다. '홀로서기와 함께하는 삶' 사이의 갈등을 고슴도치 우화로 풀어낸 이야기입니다. 추운 날씨에 고슴도치들은 얼어 죽지 않으려고 달라붙어 하나가 되지만, 그들의 가시가 서로 찌르는 것을 느껴 떨어집니다. 그러나 추위를 견디지 못해 한 덩어리가 됐다가 떨어지기를 또 반복하고, 결국 상대방의 가시를 견딜 수 있는 적당한 거리를 찾습니다. 서로를 따뜻하게 하고 싶어 하지만 서로의 가시 때문에 접근할 수 없었고 서로 일정한 거리를 두고 체온을 나눴다는 지혜입니다. 이 이야기를 통해 관계는 최소한 간격을 두는 것이 최고의 방법이라는 것을 배웁니다. 귀걸이 하나로 알게 된 것은 사람들은 자기 자신에게 가장 관심이 있다는 사실입니다. 그래서 적당한 거리가 필요하답니다.

삶에 있어서 독립이란 무엇인가요. 주도적이고 강한 자만이 독립할 수 있습니다. 길을 잃은 것이 아니라 자신이 걸어가고 싶은 신비의 길을 걷는 일입니다. 아주 작은 독립을 얻기 위해 숱한 길을 돌아왔습니다. 마흔에 인생 이모작을 꿈꾸었습니다. 주부, 며느리, 엄마에서 스피치 강사 그리고 글쓰기 코치가 될 때까지 무수히, 강하고 완전한 독립을 꿈꾸었습니다. 그러나 늘 불안전합니다. 축제 같은 자유는 오는 것이 아니라 내가 만들어가는 것입니다. 좋아하고 잘하는 일, 일주일에 세 번만 하고 싶습니다. 그리고 나머지 시간은 나를 닦는 시간으로 사용하고 싶네요. 책도 읽고 삶도 즐기는 시간을 가집니다. 창조적인 아이디어가 꿈틀대는 시간입니다. 자신의 이야기를 쓰기 시작하니 사람과 세상이 보입니다. 인생 후반에 선택한 일이 글쓰기 코치입니다. 시간이 흐를수록 나에게 잘 맞는 일이라고 생각합니다. 그래서 선택했고 그 일을 책임을 지기 위해 오늘도 정성껏 배우고 있습니다.

어제 좋은 소식이 있었습니다. 자이언트 북 컨설팅 공저 8기가 함께 집필한 『오늘이 전부인 것처럼』 책이 출간되었습니다. 2월 11일 공저 8기가 시작되었습니다. 자이언트 북 컨설팅에서 공저 모집할 때 일단 신청서를 올리고 기다렸습니다. 전자책 두 권 쓰고 나니 내가 사인할 수 있는 책을 쓰고 싶었습니다. 감사하게 신청서 올린 것이 선정되었습니다. 로또 복권은 아니지만 빠르게 책 집필하고 싶은 나의 마음과 의지, 그리고 작가님의 배려 덕분에 공저 8기가 되었습니다. 열 명입니다. 청일점인 서영식 작가님 한 분 그리고 나머지 여성 작가 아홉 명입니다.

일단 줌에 모였습니다. 이은대 작가님이 공저 쓰는 법을 설명해 줍니다. 우리 열 명은 바로 쓰기 시작했습니다. 처음에는 말이 안 되는 글을 씁니다. 쓰고 나서도 허접해서 여러 번 지우고 고쳤습니다. 글이 조금씩 다듬어지니 눈에도 마음에도 들어옵니다. 이렇게 한 사람이 다섯 꼭지씩 집필했습니다. 그리고 초고가 끝나자 퇴고를 시작했습니다. 자주 들여다봅니다. 틀린 글자는 여러 번 봐도 왜 안 보이는지 모릅니다. 보고 또 보고 정리하고 짝꿍 퇴고(다른 작가님과 서로 교환해서 고쳐 주는 것)까지 합니다. 엄마가 아이 들여다보듯 수시로 매만지니 글이 좀 살아납니다. 드디어 5월 2일 출간 계약을 합니다. 계약하는 날 소풍 가는 어린아이 같았습니다. 주위가 다 환합니다. 손주 유한이가 말썽부려도 이해가 됩니다. 마음이 차오르는 기쁨으로 넘쳐 있습니다. 작가님들과 동대구 코오롱 팔공산점에서 만났습니다. 1층을 지나 2층에 올라가니 플랜카드가 나를 반깁니다. "공저 8기 출간 사인회". 사진 많이 찍었습니다. 현장에 근무 중인 대표 매니저 이영은 작가님의 도움과 이은대 작가님의 열의가 빛나는 오후입니다. 생애 최고의 이벤트 날입니다. 그동안 긴장했던 마음 풀리니 웃음이 절로 납니다. 찍고 또 찍고, 먹고 충분히 즐기는 시간입니다. 하루가 짧았습니다. 뿌듯합니다. 이렇게 좋은 날, 인생에 얼마나 될까요.

신기하고 기특한 일, 어제 드디어 첫 책을 낳았습니다. 아기가 세상에 빛을 보듯이 예쁜 모습으로 나에게 다가왔습니다. 표지도 예쁘고 제목도 눈이 부십니다. 백란현 작가가 가장 먼저 소식을 알리고 황혜민 작가, 이영란 작가가 블로그에 올리고, 여기저기 흠뻑 취한 날입니다. 오늘 목요일 문장 공부 끝나고 만나서 출간한 책을 어떻게 알리고 살릴 것인지 의논한다고 합니다. 3개월 이상 강렬하게 초고 집필했습니다. 그리고 퇴고했습니다. 시간의 힘과 정성 그리고 반복의 꾸준함으로 글이 책으로 태어났습니다. 팀으로서의 전력을 다한 팀장의 리더십과 서기 윤희진 작가의 보이지 않는 곳에서 노고, 팀원들의 협력은 글쓰기 코치로서의 시작 그리고 연결이 되었습니다.

노을이 지는 나이에 행운의 그룹을 만났습니다. 외롭고 얕고 쓸쓸한 삶에서 매일 읽고 쓰는 삶, 실천하는 삶을 살고 있습니다. 이곳저곳에서 전화가 옵니다. 축하한다고 해냈다는 응원의 목소리입니다. 오늘이 전부인 것처럼 살고 있습니다. 어제 이은대 작가님 강의에서 이렇게 말합니다. 성공의 비결은 누구나 할 수 있는 그 일을 정성껏 끈질기게 오래 계속하는 것이라고. 통제하지 못하는 것은 두고, 내가 할 수 있는 일에 집중하는 것입니다. 나는 오늘도 내가 좋아하는 글을 씁니다. 그리고 다양한 책 '멘토'를 만남으로서, 자유하게 삽니다. 마흔에 꽃피운 삶입니다.

멈추지 말고 성장하기

사람들은 자신의 삶을 해명하지 않고 증명합니다. 『다산의 마지막 질문』 2장에 나오는 문장입니다. 자신을 증명하기 위해 달리듯 살았습니다. 아니, 살아 냈습니다. 살얼음판 같은 결혼 생활 그리고 사춘기 아들 덕분에 겪게 되는 우여곡절들 그 속에서 저를 찾기 위해 부단히 살아 낸, 동분서주한 이야기입니다. 내 일상의 경험은 다른 주부들이 겪는 아픔과 크게 다르지 않습니다. 마흔 살까지 그냥 주부로 살았습니다. 아들 둘 키우며 좌충우돌했고 시어머님 모시면서 어려움도 많이 겪었습니다. 남편이 하는 사업을 9년 동안 돕기도 했습니다. 이선희란 이름을 찾기 위해 나 자신부터 알고 싶었습니다. 내가 누구인지, 그리고 무엇을 하고 싶은지, 어떻게 살 것인지 고민하며 멈추지 않고 성장하려고 노력했습니다.

어려서부터 결핍을 겪었습니다. 막연하게 공부해야 한다는 의지로 시작한 주경야독은 중학교 졸업 이후에 생존과 직결된 몸부림이었습니다. 특별한 깨달음을 얻은 일이 아닙니다. 부족한 사람이 성취할 수 있는 조건은 교육이라는 생각이 들었습니다. 제때 배우지 못한 결핍은 평생학습으로 이어져서 지금의 저를 만들어 주었습니다. 배우면서 알아챈 사실은 공부란 세상을 향해 한 발자국씩 나아가는 과정이란 것입니다. 무의식 무능력에서 능력을 갖추고 나중에 무의식 능력이 될 때까지 멈추지 않고 진보하는 일입니다. 늘 채워지지 않는 허기에 배우고 또 배웠습니다. 공부 덕분에 미래의 희망이 보이기 시작했습니다. 만만하지 않은 세상을 살아 내기 위해서는 아주 작고 사소한 일도 중심을 가지고 신중하게 고민하고 해결해 나가야 합니다.

이 책을 통해 3가지 전달하고 싶은 내용이 있습니다. 사람이 살면서 결핍은 꼭 필요한 일이라고 생각합니다. 결핍을 통해 알게 된 사실은 첫째, 늘 배우려는 존재 자체에 있습니다. 배우면서 눈치챈 일은 늘 자신이 부족하다는 사실을 깨닫는 일입니다. 둘째, 성장입니다. 부족을 채우려는 습성으로 인해 자신을 발견하고 노력하는 삶을 살게 됩니다. 성장은 부족함, 즉 결핍에서 시작됩니다. 동시에 나눔으로 연결됩니다. 배워서 남 주는 일은 나의 본질이며 가치관으로 자리를 잡게 되었습니다. 셋째, 재미와 의미입니다. 다른 일은 재미나 흥미 없습니다. 내가 경험한 일, 정보를 다른 사람에게 전달할 때 재미가 있고 의미가 생깁니다. 이 일이 진정 나의 일, 삶이라는 생각이 듭니다. 신나고 즐거운 일도 의미가 없으면 지속할 수 없습니다. 내가 하는 강의와 공부를 누군가에게 전달할 때 상대의 눈빛이 빛나면 그렇게 행복할 수가 없습니다. 그래서 강의하는 일을 오랫동안 해 왔습

276
마흔에 꽃피운 삶을 고백합니다

니다. 마흔에 시작한 독서와 공부로 나다움을 찾아 가고 있습니다.

두 번째, 전달하고 싶은 내용은 주위에 아무리 장애물이 많아도 끊임없이 자신을 위한 삶을 살기 바란다는 것입니다. 공부하고 책을 읽기 전까지 주위에 눈치 보며 자주 휘둘리며 불평과 불만으로 꽉 찬 세월을 보냈습니다. 인생의 계획표도 없이 그저 살았습니다. 아침에 눈을 뜨면 한숨으로 시작해서 불평으로 끝내는 하루를 보냈습니다. 꿈과 희망이 없는 나날이었습니다. 어느 날 우연히 나보다 더 어려운 사람의 성공한 책을 읽기 시작했습니다. 인생 책, 내가 힘이 들 때 읽고 삶을 버틸 수 있는 책『다시, 나는 희망의 증거가 되고 싶다』서진규 작가의 이야기는 저에게 한 줄기 희망이 되었습니다. 이렇게 살 수 있구나! 누구나 마음만 먹으면 현재 어려움 극복하고 내가 원하는 삶을 살 수 있다는 것을, 책을 통해 배웠습니다. 독서를 통해 조금씩 다른 세상을 만났습니다.

캄캄하고 힘들 때 누군가의 손길, 눈길 받고 싶지만 쉽지 않았습니다. 그 시절 책 한 권이 내 인생의 빛으로 다가와 많은 어려움을 극복하도록 도움을 주었습니다. 책과 관련된 일을 하고 싶었습니다. 남편과 다투어도 도서관이나 공부하는 장소에서 마음의 치유와 안정을 찾았습니다. 그 이후에도 외롭거나 힘들면 책을 읽습니다. 아무 때나 친구처럼 제 옆에서 저를 위로해 주는 멘토가 책 안에 있습니다. 사람에게 힘들다, 어렵다고 말하고 나면 뒤통수가 뜨거워집니다. 그러나 책은 언제나 저를 기다려 줍니다. 그리고 나 자신을 돌아볼 수 있고, 생각할 수 있게 성찰을 돕습니다.

문제 해결도 도와줍니다. 앞선 선각자들 덕분에 인생의 부족한 점 조금씩 채우며 살아갑니다. 가끔은 지는 것이 이기는 삶이라는 것도 터득합니다.

이 책에서 세 번째 전해 주고 싶은 이야기는 인간은 누구나 다른 사람에게 영향력을 끼칠 수 있다는 사실입니다. 통닭 한 마리 튀겨 주는 사람도 좋은 기름으로 정성껏 튀겨 주면 건강한 삶을 선물하는 것입니다. 글을 쓰고 책을 읽으면서 내 삶 속 경험에서 단 한 가지라도 누군가에게 도움을 줄 수 있는 이야기를 전달하려 합니다. 그렇게 생각하고 세상을 마주 보니 이제는 다른 사람들의 삶이 보입니다. 경력 단절 주부들, 공부하고 싶거나 자신이 원하는 일을 찾아갈 수 있도록 신뢰의 오작교가 되고 싶습니다. 평범한 일상에서 틈을 내어 배우고 자각하여 발전하는 삶을 살 수 있도록 돕고 있습니다. 제가 걸어온 길은 가시밭길이었습니다. 먼저 경험한 선배로서 그 가시밭길 헤쳐 주고 지름길 안내해 주는 도움의 손길을 나누고 싶습니다.

이 책은 지금 상황이 될 때까지 부단히 노력하고 애쓴 발자국입니다. 누군가 저를 따라서 오는 한 사람에게 손 내어 주고 위로와 격려해 주고 싶습니다. 삶은 고단하지만, 당신이 있어서 살아갈 만하다는 말 듣고 싶습니다. 주부들 가족 뒷바라지, 자녀들 양육하면서 자신이 원하는 바람직한 방향 찾기란 쉽지 않습니다. 북극성은 너무 먼 곳에 있습니다. 그 북극성 바라보며 따라가는 일, 수없는 장애물을 헤쳐 가야 합니다. 가장 가까운 사람들이 장애가 되고 방해가 됩니다. 응원해 주며 도와주는 사람보다 말리고 하지 못하도록 막는 환경이 더 큽니다. 그런 환경을 해치고 여기까지 온 이유는 책 읽고 글 쓰는 삶을 위해서입니다. 읽고 쓰다 보니 휘둘렸던 마음 단단해지며 자신을 알아 가고 사랑하게 되었습니다. 예전의 삶은 다른 사람에게 인정받기 위해 보이는 부분에 치중했다면, 지금은 스스로 인정하고 자축하고 예측하며 삶을 살고 있습니다. 살기 위해 밟아 온 길을 돌아보니 꾸준히 정성껏 살아 낸 흔적이 가득합니다. 지금까지 살아온 삶으로 증명하고 싶습니다.

희망이 꽃피운 삶입니다. 독서와 평생교육으로 나아가는 마흔 이후 삶의 스토리입니다. 앞으로 남은 버킷 리스트는 나처럼 새로운 세상 환경의 변화를 추구하고자 하는 주부들에게 책을 집필할 수 있도록 글쓰기 코치로서 돕는 일입니다. 그리고 각 가정에 소통을 위해 한 명의 코치를 만들고 싶습니다. 배우고 실행하는 코치, '상대의 말 들어 주고 질문하는 일'을 하며 사람 살리는 사람이 코치입니다. 이 일을 오랫동안 하기 위해 오늘도 자신에게 질문하면서 글을 씁니다. 아침에 블로그 쓰고 퇴고로 마무리 집필합니다.

또 하나의 바람은, 이 세상에서 가장 사랑하는 손주 유한이와 함께 세계 여행하는 일입니다. 첫 번째 가고 싶은 곳은 이탈리아, 그리스 로마입니다. 오늘도 아침에 도착해서 책 읽어 달라는 손주에게 『그리스 로마신화』 27권을 읽어 주었습니다. 로마에 다녀온 사람은 성경도 읽어야 유럽을 이해할 수 있다고 합니다. 부지런하게 책 읽어 주고 있습니다. 그리스

로마로 떠나기 위해서입니다. 별에서 온 유한이 3학년 여름방학에 출발합니다. 유한이와 메모하고 사진 찍으며 파르테논 신전 등을 찾아가면서 여행하고 싶습니다. 작은 소망이며 희망입니다. 이 책을 읽는 독자들과 함께 플로리시한 삶을 기대합니다.